SUPERBUR
NARRATIVA

Maria Venturi

LA MOGLIE NELLA CORNICE

Biblioteca Universale Rizzoli

ISBN 88-17-11422-7

prima edizione Superbur: settembre 1992
nona edizione Superbur Narrativa: marzo 2001

A tutte le donne che amano un uomo innamorato di un'altra, o di un ricordo.

Nota dell'autrice

I protagonisti e i fatti di questo libro sono inventati. Vi compaiono però alcuni personaggi reali e conosciuti, amici a cui voglio bene e che ho descritto così come li conosco e li vivo io.

M.V.

Antefatto

Un lampo rischiarò a giorno la stanza e subito seguì il fragore del tuono. Joanna tratteneva il fiato irrigidita dalla paura, le piccole mani serrate contro il cuore. Dalla crepa del soffitto le gocce cadevano su un catino sbriccato con il rumore di tante monetine. *Sei sola, sei sola, sei sola*, sembravano dire sempre più crudeli, sempre più in fretta.

«Mamma!» la piccola chiamò per l'ennesima volta, sussultando impaurita al suono della stessa sua voce. Il flash di un lampo saettò di nuovo dalla finestra e Joanna serrò gli occhi con forza aspettando il rimbombo del tuono. «Mamma...» ripeté piano, in un sussurro. E il tuono esplose paralizzandola. Non poteva fuggire, non poteva urlare, non poteva correre tra le braccia di papà. Cominciò a piangere sommessamente. Papà era morto, tanto tempo fa, e aveva portato tutto via con sé.

Per un attimo la bimba dimenticò la paura nello sforzo di ricordare. Smise di piangere e spalancò gli occhi per fermare la visione di immagini così belle che alcune volte le sembravano un sogno: le finestre con le tendine arricciate, il rumore del tosaerba sul prato, il profumo dei biscotti, le braccia di papà che la facevano volare verso il cielo, le piccole risa della mamma... E poi la mamma che singhiozzava, sostenuta da due signori in divisa, e scappava via di corsa dicendo: «Fai la brava, Jo».

Da quella sera la mamma non aveva riso più. Joanna serrò di nuovo gli occhi e scosse convulsamente la testa. Non voleva ricordare, adesso. La casa con le tendine improvvisamente svuotata e silenziosa, un lungo volo in aeroplano, la mamma che diceva triste: «Andiamo a vivere con la nonna italiana», lei e la mamma davanti alla porta di una brutta casa con tante persone cattive che le scrutavano in silenzio. E una piccola stanza umida senza tendine. Quante notti aveva dormito lì, abbracciata alla mamma in un unico lettino con il materasso che faceva una grande buca nel mezzo?

Questo materasso, invece, era rigido e freddo. E questa casa ancora più brutta, con le pareti scrostate, il tetto rotto, il tavolo che traballava, un rivolo d'acqua melmosa che ristagnava sotto al lavandino.

Tirava vento, ora, e l'anta del vecchio armadio cominciò a muoversi scricchiolando. Joanna rabbrividì, e un altro tuono rimbombò unendosi al martellare del suo cuore. All'improvviso sentì un fruscio davanti alla porta d'ingresso. Tese l'orecchio e si sollevò sul letto con un sobbalzo di felicità: la chiave stava girando nella toppa, era la mamma che ritornava. La porta si aprì e la bimba stava per correrle incontro quando udì un respiro profondo e affannoso.

«Kate?» chiese una voce maschile sibilante, che a Joanna sembrò quella d'un serpente. Si raggomitolò sotto al lenzuolo per non udirla, ma la voce ripeté, adesso più imperiosa: «Kate?».

I passi si avvicinavano. Venivano verso di lei. «Kate?» Il richiamo finì in una bestemmia, la Persona aveva inciampato nello sgabello ai piedi del letto.

«La mamma non c'è» Joanna sussurrò. Un lampo illuminò una figura che le apparve minacciosamente gigantesca. La Persona era un uomo e odorava di sudore e di vino.

«Accendi la luce» le ordinò. La bimba, come ipnotizzata, annaspò sulla spalliera del letto e percorse con le piccole dita il vecchio filo intrecciato, alla ricerca della peretta. Premette il bottoncino bianco, ma la stanza restò al buio. L'uomo imprecò e si avvicinò al letto con passi strascicati. «Tu saresti la principessina, eh?» affermò con un sogghigno.

I fari di un'automobile proiettarono un veloce cerchio di luce attraverso i vetri e Joanna vide una grossa mano allungarsi verso di lei. La stanza ripiombò nel buio e la grossa mano si posò con forza sul suo petto magro.

«Niente tettine» disse una strana voce ansimante.

Joanna capì di colpo, raggelata, che quella gigantesca ombra china su di lei era una bestia e cacciò un urlo. Ma dalla sua gola non uscì alcun suono: la Bestia le aveva posato velocemente una zampa sulle labbra e Joanna non riusciva neppure più a respirare. Tentò di divincolarsi, ma un peso enorme le balzò addosso, schiacciandola. Con la zampa libera, grugnendo, la Bestia le lacerò la camicia da notte e Joanna svenne.

Un dolore disumano la riportò alla coscienza. Lei gridò e gridò e gridò, ma la sua voce restò inchiodata nel centro del petto, sotto una zampa che continuava a strizzarla e a schiacciarla. Nella stanza si udiva soltanto un rantolo animalesco e il rumore della pioggia che picchiava sul catino dicendo: *Bambina cattiva, bambina cattiva, bambina cattiva.*

Parte prima

I

«Scuoti i capelli!» ordinò Fontana. Spostando vigorosamente la testa da destra a sinistra, e da sinistra a destra, Joanna dovette farsi forza per non scoppiare a ridere. I fotografi di moda si dividevano in due categorie, gli intimisti e i dittatori, quelli che sussurravano sensualmente e quelli che comandavano come kapò: Fontana evidentemente aveva optato per quest'ultima categoria. Era il suo primo servizio importante e Joanna si divertiva ad assecondarlo, pregando però in cuor suo che la caposervizio del giornale si decidesse ad arrivare e a intervenire.

Il fondale azzurrino era pacchiano, il ventilatore inutile, le luci maldisposte. E lo sgabello su cui l'avevano issata la costringeva a una posa acrobatica assolutamente innaturale. Ma, come sempre, Joanna si guardò bene dall'intervenire. La docilità faceva parte della sua fama. Il mese prima era apparsa drammatica e carnale sulla copertina di *Vogue America*, esangue e ambigua su quella di *Bazaar*, allegra e dolcemente maliziosa su quella di *Elle*. Ogni giornale e ogni fotografo potevano trasformarla a loro piacimento: ma era una docilità apparente, perché in realtà Joanna non avrebbe mai permesso a nessuno di truccarla o vestirla o ritrarla in modo diverso da come piaceva a se stessa.

E alla fine era sempre lei a dare l'ultimo tocco al maquillage, a sistemare in un certo modo un foulard o una spilla, a stabilire *come* guardare l'obiettivo. Adesso guardava Fontana esaminare i polaroid con aria perplessa.

Bravo ragazzo, hai capito che non ci siamo, rise tra sé. E gettò un'altra occhiata all'ingresso del teatro di posa. La caposervizio stava finalmente entrando, con la solita aria trafelata di tutte le giornaliste di moda.

«Fontana, che ci fai con quel fondo? Neutro, ti avevo detto!» strillò. Poi, avvicinandosi a lei: «Ciao, Joanna». Le abbassò una spallina, raddrizzò lo spacco della gonna, le spinse indietro la frangia e di colpo cacciò un altro urlo. «Tina! Ti avevo detto niente kajal! Lavare la faccia e rifare tutto, solo una sfumatura di ombretto sulle palpebre!»

Joanna saltò giù dal trespolo con un balzo felice. Era quello che si aspettava, il tratto scuro del kajal le induriva il viso e Tina, la truccatrice, ci aveva dato sotto anche con il fondotinta. Andò nella toilette, aprì il rubinetto dell'acqua fredda e si sciacquò più volte il viso: detestava i detergenti, solo il contatto con l'acqua le dava quel meraviglioso senso di freschezza e di pulizia.

Finì di detergersi con un kleenex, si sciacquò di nuovo e tornò in camerino. Stavolta fu lei, con i gesti precisi di un'infermiera di sala chirurgica, a porgere a Tina mascara, pennelli e fondotinta. A trucco finito, si passò la spazzola tra i capelli levandone ogni residuo di lacca. Poi si guardò allo specchio soddisfatta.

«Selvaggia come Loredana Berté e atomica come Gilda» declamò alle sue spalle il fotografo Fontana.

Joanna lo fissò nello specchio, senza girarsi. «E tu chi vuoi imitare, Avedon o Toscani?» ribatté, subito dispiaciuta per il tono involontariamente acido.

Le faceva rabbia sentirsi dire che rassomigliava a qualcuno, forse perché le era costato tanto trovare se stessa. Scacciò una fastidiosa fitta di malessere, si girò e sorrise. «Sono pronta, andiamo?»

Il fondale era stato sostituito, il trespolo era scomparso e l'assistente stava piazzando di nuovo gli ombrelli sotto lo sguardo critico di Donata Girelli, la caposervizio. «Adesso dacci dentro tu, Fontana» lei disse infine.

Era sempre più evidente che, per il giovanotto, si trattava del primo servizio importante e la presenza della Girelli gli impediva di riassumere la maschera di dura professionalità. E Joanna, dando un'occhiata all'orologio, decise di collaborare: erano ormai le dieci e mezzo e a quella copertina poteva dedicare soltanto quella giornata.

Scrollò la testa e poi la spinse avanti e indietro con movimenti dolci ma veloci (un vecchio trucco del mestiere per rilassarsi e distendere i muscoli del collo) e offrì un volto radioso all'obiettivo. «Così... bene... bene... sorridi» la invitò Fontana cominciando a scattare.

«Prendila anche di tre quarti» suggerì la caposervizio.

«Viene meglio di fronte. È una delle poche che può sorridere, approfittiamone» ribatté Fontana. E rivolto a Joanna: «Continua a sorridere».

«Non troppo, Joanna!» strillò la caposervizio. «Stiamo presentando un vestito, non il biglietto vincente della Lotteria Italia!»

Joanna capì al volo cosa volevano da lei: doveva essere allo stesso tempo cordiale e intimidatoria, sorridente e distaccata, svagata e assorta. Lo chic visto dalle testate che dovevano alzare il target osando ma non troppo, pensò ironicamente.

Sei in ribasso, ragazza mia, si disse poi guardando in macchina con labbra socchiuse e occhio trucido. Non avrebbe mai accettato di posare per la copertina di un giornale minore come *Penelope* se Fray, il capo della sua agenzia, non glielo avesse chiesto per favore.

«Bene... così... alza appena appena il collo...» Un *clic* dietro l'altro, con brevi intervalli per ricaricare la macchina. I muscoli del collo cominciavano a dolerle, le labbra tremavano nello sforzo di controllarle, nel box attiguo stavano montando un altro servizio e le era difficile concentrarsi: doveva essere sparita una camicetta e una redattrice litigava a voce alta con la guardarobiera che giurava di averla appesa dieci minuti prima nella fila di mezzo.

Alle sei del pomeriggio finalmente Fontana disse che poteva bastare e Joanna pregò, in cuor suo, che fra trecento scatti ve ne fossero almeno un paio decenti. Passò in segreteria a consegnare la fiche e vide che aveva cominciato a piovere. Un brivido di freddo le corse per la schiena e istintivamente si strinse nella giacca a vento.

«Se sei sulla mia strada, ti do un passaggio» disse Fontana alle sue spalle.

«Con questo tempo non si trovano taxi, ne sto cercando uno da mezz'ora» intervenne la segretaria.

«Abito in via Spiga, ma puoi lasciarmi al primo posteggio o in piazzale Loreto» Joanna disse al fotografo.

L'auto di Fontana era una vecchia jeep cui polvere e pioggia avevano dato un colore indefinibile e un'aria di battaglia. Fontana le aprì lo sportello e salì a sua volta. Mise in moto e azionò il tergicristallo che cominciò a spostarsi con uno stridio di ferrovecchio.

«Non è il massimo, ma sono tornato stamattina dalla campagna» si scusò Fontana.

«Odio la campagna» Joanna disse in fretta.

Fontana si girò verso di lei con aria stupita.

«Però hai un bellissimo naso» lei aggiunse scoppiando a ridere.

«Perché ridi, adesso?»

«Perché ha smesso di piovere, perché stasera alla TV trasmettono *Come eravamo* e perché... perché basta.»

«Sei una strana ragazza, lo sai?»

«Come ti chiami di nome?»

Fontana si girò di nuovo, con la stessa aria stupita. «Amedeo.»

«Mi piace. Senti, hai qualche impegno stasera?»

«No... Perché me lo chiedi?»

«Potremmo mangiare una pizza insieme. Adoro la pizza» lei propose.

«E adori i film d'amore.»

«Appunto. Allora, sì o no?»

«Vada per la pizza. Adori anche un locale in particolare?»

«Quelli pieni di gente e molto rumorosi» lei disse seriamente.

Fontana replicò guardando la strada: «Non finisci di sorprendermi. Oppure mi stai prendendo in giro?».

«No» disse Joanna laconica.

Piazzale Loreto era un ingorgo di macchine e Amedeo Fontana si concentrò sulla guida. Joanna teneva le mani raccolte sul grembo e fissava qualcosa davanti a sé, stranamente silenziosa.

Per quanto assurdo fosse, nonostante l'avesse scrutata e fotografata tutto il giorno, lui "vedeva" realmente soltanto adesso la lunga massa di riccioli ramati, il piccolo naso diritto, gli occhi nerissimi dal taglio leggermente allungato, le labbra carnose e perfette che, nel sorriso, dischiudevano una fila di denti bianchi e diritti. Non a caso era la top model del giorno, la più pagata e richiesta. In una giornata Joanna poteva guadagnare più del suo stipendio di un mese. Solo che lui avrebbe potuto lavorare per altri trent'anni, mentre lei, fatalmente, nei prossimi due sarebbe stata superata e bruciata.

«Quanti anni hai?» le chiese, accorgendosi subito che la domanda poteva apparire senza alcun nesso logico.

«Ventitré, le soglie della decrepitezza» Joanna rispose con un risolino. «Tra un anno al massimo dovrò pensare alla pensione.»

Era come se gli avesse letto nel pensiero, e Fontana avvertì un curioso disagio. A metà del piazzale deviò verso destra. «In fondo a viale Monza c'è una pizzeria affollatissima, potremmo andare lì. Ma com'è che ti piace tanto il rumore?» chiese per riportare la conversazione a un livello più fatuo.

«Sono cresciuta in un orfanotrofio» Joanna disse con semplicità. «Lì non c'era mai profumo di pizza. E nessuno si dava spintoni, alzava la voce o teneva lo stereo a tutto volume. C'erano solo suore e bambine.»

«Sei... hai avuto un'infanzia molto triste.»

«Più che altro molto silenziosa. Ci pregavano sempre di parlare a bassa voce, e forse per questo adesso mi piace tanto il rumore.»

«Ordina prima tu, altrimenti poi mi pento» lei rise.

Fontana esaminò la lista e chiese una pizza napoletana. «A me una quattro stagioni» disse Joanna. La cameriera stava andandosene, quando lei la richiamò. «Aggiunga, per favore, molti funghetti e molto origano. E mozzarella doppia!»

«Vedo che non hai problemi di linea» osservò, più che chiedere, Fontana.

«Fino a quindici anni ho avuto il problema di ingrassare: ero inchiodata a trenta chili.»

«Era... è stato quando eri in quel collegio?» Fontana chiese con cautela.

Joanna gli inchiodò addosso i lunghi occhi. «Sì, ma

non occorre usare un tono tanto dolente. Lì ho avuto il primo materasso a molle, la prima minestra calda, le prime scarpe senza suola bucata.»

«Ma i tuoi genitori...»

«Mio padre ebbe un incidente d'auto quando io avevo quattro anni, mia madre si impiccò quando ne avevo nove. Purtroppo non si può dire, come in quel famoso film, che tra un episodio e l'altro ho goduto di una certa serenità: mia madre, per mantenermi, faceva la prostituta, e siccome non era né giovane né bella guadagnava pochissimo. Vedi, lei era americana e si era sposata in America, dove io sono nata. Papà invece era figlio di italiani. E quando morì, mia madre andò a Salerno convinta che i nonni italiani ci avrebbero ospitate e accolte. Ma erano molto vecchi e molto poveri: noi eravamo "le americane", una donna e una bambina sconosciute che non sapevano neppure parlare la loro lingua. Ci ospitarono come poterono, con molti sacrifici e poco affetto. Fu per quello che la mamma venne a Milano. Sperava di trovare un lavoro, invece trovò soltanto qualche uomo da rimorchiare a casa o nella solita pensioncina squallida.»

«Joanna... io...»

«Uno di quegli uomini, una notte, mi violentò. Avevo nove anni. E quando uscii dall'ospedale, mia madre si era impiccata. Così fui messa in un orfanotrofio. Ma è una storia lontanissima. Quella povera bambina silenziosa e scheletrica è diventata una splendida e affamata top model di ben quarantasette chili. Quando pensi che arriveranno le pizze?»

«Joanna, racconti a tutti la storia della tua vita?»

«Fino ad ora, solo a quattro persone: allo psicologo del tribunale, a un dolcissimo uomo, a una stupenda persona che si chiama Henri Chenot. E a te.»

«Perché a me?»

«Perché hai i capelli a spazzola e gli occhi ansiosi. Lo psicologo mi congedò a diciassette anni dopo avermi convinta che ero molto intelligente e ''predisposta'' alla fortuna, oltreché dotata di istinti sanissimi. E d'istinto ho avuto voglia di parlare con te. Sei sposato, Amedeo?»

«Sì, felicemente. E ho due figli gemelli, di tre anni.»

«Mi piacerebbe molto conoscere la tua famiglia. Come si chiamano i gemelli?»

«Luca e Andrea. Sono molto belli.»

«Hanno i capelli a spazzola e gli occhi ansiosi?»

«Joanna, chi è stato il tuo primo uomo?»

«Un fotografo di Rimini. Fu la mia ultima vacanza in una colonia. Io vidi in lui il principe azzurro, lui l'adolescente con gli occhi a mandorla e il fisico atomico. Sorvolando sui particolari, fu quel fotografo a lanciarmi. Ho cominciato con la pubblicità di una marca di calze, lo sai?»

«Hai... hai avuto altri uomini, dopo?»

Joanna scoppiò a ridere: «Di nuovo questo tono circospetto! Sì, ho avuto molti altri uomini, tra cui un playboy parigino molto mondano, un industriale milanese molto ricco, un giornalista americano molto famoso, un agente internazionale molto introdotto... Sono loro che mi hanno aiutata a arrivare fin qui. E smettila di sbriciolare quel grissino a occhi bassi, Amedeo».

«Forse, suggerendoti di seguire il tuo istinto, il tuo psicologo non intendeva propriamente questo.» Adesso aveva alzato gli occhi e la fissava.

«Forse no, però di certo non mi sento né traumatizzata né perduta.»

«E come ti senti?»

«Una ventitreenne senza legami e senza tabù. Non

considero il sesso un peccato... e in qualche caso può essere addirittura una buona azione verso se stessi.»

Lui stava per ribattere qualcosa, ma erano arrivate finalmente le pizze e Joanna spalancò le mani con un gesto gioioso di bambina, cominciando a mangiare velocemente.

L'analisi deve fare davvero miracoli, si disse Fontana osservandola. Un'infanzia come la sua avrebbe disintegrato qualunque essere umano: invece Joanna ne era uscita intera e viva. Una splendida ragazza dal corpo selvaggio e... e il cuore innocente pensò, sentendosi subito ridicolo. Però disse, molto seriamente: «Mi piacerebbe davvero diventarti amico, Jo».

«Anche a me. E ricordati di presentarmi i tuoi gemelli!»

Tra acquisto e ristrutturazioni quel piccolo attico in via Spiga era venuto a costarle novecento milioni: tutti i guadagni di due anni di lavoro, più un lauto assegno che Mario Fortis, il ricco industriale milanese, l'aveva costretta a prendere alla fine della loro relazione.

''*Non voglio essere pagata, mi hai già offerto i sei mesi più sontuosi della mia vita*'' si era ribellata lei.

''*E lo stesso vale per me. Ma ho una moglie e una figlia adulta e la nostra storia stava diventando pericolosa. Con questo assegno non intendo pagarti, ma farti un piccolo regalo. E mettermi a posto con la coscienza, sapendo di non lasciarti... su una strada.*''

A Joanna capitava spesso, ritornando a casa, di pensare a Mario Fortis: era la persona più affettuosa e gentile che avesse mai incontrato. Un uomo di cinquantotto anni con i corti capelli grigi e gli occhi chiarissimi circondati da tante piccole rughe. I suoi tre maglifici gli davano molte tensioni e molto lavoro, ma quando era con lei si preoccupava che mangiasse, che si coprisse, che non bevesse troppi caffè.

Talvolta Joanna si era trovata a invidiare la figlia di Mario: doveva essere molto bello avere un padre così. Ma forse quella ragazza non se ne rendeva conto, dava tutto per scontato. Lo squillo del telefono la distolse dai ricordi.

«Joanna? Sono io, Amedeo. Mia moglie dice se domani sera vuoi venire a cena da noi per conoscere i gemelli. Ho appena finito di parlarle di te, e anche lei ha molta voglia di conoscerti.»

Joanna tacque qualche istante: dall'altro capo del filo giungevano voci squillanti di bambini e, nel sottofondo, la sigla del telegiornale.

«Jo, sei lì?»

«Sì. Grazie, verrò molto volentieri. Alle otto va bene?»

Le piaceva davvero l'idea di aver trovato degli amici. E anche la moglie di Fontana doveva essere molto fortunata: lui non sarebbe probabilmente mai diventato un grande fotografo, ma era un uomo intelligente e sensibile che aveva tutta l'aria di amare tantissimo la famiglia.

Joanna si accorse che aveva ancora addosso la giacca a vento. La appese nel vecchio attaccapanni Thonet, un acquisto di pochi giorni prima, e poi passò in soggiorno. Accese il televisore ricordando improvvisamente che su un canale privato trasmettevano *Come eravamo*. Robert Redford e Barbra Streisand si stavano baciando appassionatamente. Aveva già visto due volte quel film, a Milano e a Parigi, provando lo stesso assurdo sentimento di rassicurazione. Non solo lei aveva dovuto subire tanti distacchi e tante perdite: la vita avrebbe finito per dividere anche quei due innamorati intelligenti e bellissimi.

Ma adesso, chissà perché, anziché consolarla l'idea le dette molta malinconia. Non sono mai stata innamorata, pensò, e per nulla al mondo vorrei soffrire così. Spense il televisore e si affacciò alla portafinestra che dava sul terrazzo. Era stato proprio quel terrazzo a conquistarla, un anno e mezzo prima: era settembre e la vite del Canada fiammeggiava sui muri. Il padrone le aveva lasciato i grandi vasi di terracotta pieni di gerani e di piante verdi, un vecchio tavolo e la fontanella di pietra.

Adesso era marzo e tutto era senza vita: la luce dell'interno si proiettava sui rami spogli facendoli apparire come scheletri. Ma molto presto sarebbero scoppiate le gemme, quei rami si sarebbero ricoperti di foglie e la vita sarebbe di nuovo esplosa.

Joanna sentì improvvisamente voglia di telefonare a Henri Chenot, l'uomo più saggio e più sereno che avesse mai conosciuto. Era stato lui a insegnarle che nessuna sconfitta e nessuna infelicità potevano essere definitive: nel momento stesso in cui sembrava di aver toccato il fondo, per quella stupenda legge di equilibrio che è la vita, sarebbe ricominciata la risalita.

Guardò l'orologio e desistette: troppo tardi per telefonare. Henri aveva il culto della pace serale. Il giorno era dedicato alle confusioni, alle paure e alle nevrosi dei pazienti che correvano nella sua clinica della salute, a Merano. E la sera era per i suoi figli, per i suoi libri, per se stesso.

"Rilassati e stacca. E sii egoista. Sembra tanto facile amare se stessi, e invece all'origine di tutti gli squilibri c'è questa enorme difficoltà di volersi realmente bene." Le parve di riudire la sua voce.

"Volersi bene è anche impedire che il lavoro, la generosità e l'abnegazione ti prendano la mano facendoti dimenticare quella grande regola che nulla è giusto se non ti rende felice. Chiediti sempre, prima di fare qualcosa, se è un bene anche per te." Era ancora la voce di Henri Chenot.

È quello che ho sempre fatto, Joanna si rassicurò. Tornò nel soggiorno e guardò con amore i grandi divani bianchi, la lampade di Venini, i quadri di Fiume, i multipli di Pomodoro, i mobili pieni di oggetti. Quella casa calda e ricca, nel cuore di Milano, era come un monumento all'amore di Joanna per Joanna. Giorno dopo giorno, aveva investito per se stessa e su se stessa. Come le avevano insegnato per anni, dopo l'inferno di quella notte.

II

La moglie di Amedeo Fontana si chiamava Anna, era piccola e magra, con i capelli alla paggio e lo sguardo ridente. Era ad aspettarla davanti all'ascensore, e appena la vide l'abbracciò come se la conoscesse da anni. Luca e Andrea, i gemelli, erano fermi sulla porta di casa e la osservavano con grande attenzione.

Andrea si tolse il pollice di bocca e indicò i due pacchi che Joanna teneva in mano. «*Mii?*» chiese.

«Buoni, piccoli. Entra, Joanna» intervenne Amedeo.

«Uno per te e uno per il tuo fratellino» Joanna disse. «Sono due grandi orsi.» I pacchi furono aperti con gridolini festosi.

«*Io tanti cani.*» Era Luca, l'altro gemello. Aveva posato il suo orso e la guardava.

«La nostra cagnetta ha fatto sei cuccioli, ieri, e i bambini sono impazziti» spiegò Anna.

Andrea sparì di corsa e pochi istanti dopo riapparve tenendo tra le mani due cuccioli. «*Mii.*»

«Non sono tuoi, ma della loro mamma. Andiamo subito a rimetterli nella cuccia» lo rimproverò Amedeo. E, rivolto a Joanna: «Stanotte lui e il fratello si sono alzati e si sono portati i cuccioli nel loro letto. Tre per uno. Ci ha svegliati il guaire disperato di Pam».

Disse Anna: «Pam ha nove anni, troppi per la prima cucciolata, e non ha avuto un parto molto semplice: il veterinario ha dovuto farle tre iniezioni».

Luca la prese per una mano e Andrea per l'altra e la portarono in bagno, dove era sistemata una grande cesta avvolta di panni bianchi. Pam era un incrocio tra un cocker e un setter. Aveva il muso bianco e due occhioni di velluto colmi di malinconica dolcezza. Joanna la accarezzò, e lei agitò lentamente la lunga coda, poi cominciò a leccare uno dei suoi cuccioli, sollevando di tanto in tanto il muso. Nei suoi occhi, adesso, c'era una luce di infinito orgoglio. E anche di stupore, come se non riuscisse a rendersi conto del miracolo di quella tarda maternità.

«Sembra un essere umano» sussurrò Joanna, commossa.

«Per noi è come se lo fosse» disse Amedeo. «Capisce tutto, e fa capire tutto quello che vuole. Chi ha detto che i cani non sorridono? Quando è felice, il muso di Pam è tutto un sorriso.»

Ora la cagnetta stava seguendo con aria preoccupata le mani dei gemelli che frugavano tra i cuccioli. «Andiamo a cena, è pronto» intervenne Anna.

Senza saperlo, aveva preparato alcuni tra i piatti preferiti di Joanna: risotto con la zucca e polpettine di verdura al sugo di pomodoro. Joanna prese due porzioni di tutto e Anna alla fine rise. «Amedeo mi aveva fatto credere che tutte le fotomodelle sono schizzinose e inappetenti!»

«Adoro mangiare e ho una grande fortuna: non ingrasso di un etto, neppure se davanti al televisore divoro due scatole di canditi!»

«Amedeo mi ha raccontato dei tuoi problemi di qualche anno fa...»

«Quando avevo quindici anni e pesavo trenta chili? Allora ero malata. Per tre anni, dopo... dopo la disgrazia, mi nutrirono a fleboclisi. Non riuscivo a tenere neppure un cucchiaio di brodo. Secondo Signore, lo psicologo che mi curò, rifiutavo inconsciamente la vita. Adesso sono affamata: di cibo e anche di vita!»

«Deve essere stato molto bravo, quello psicologo» osservò Anna.

«E anche infinitamente paziente. Quando mi affidarono a lui, non aprivo bocca da un mese. E per altri sei non riuscii a dirgli una parola. Neppure come mi chiamavo. Lui veniva da me oppure andavo io nel suo studio, e spesso ce ne stavamo in silenzio per un'ora. Ma non ero affatto imbarazzata, perché lui non mi faceva domande: mi lasciava star lì zitta zitta, come se fosse la cosa più naturale del mondo, e di tanto in tanto mi sorrideva. Oppure mi parlava: della sua bambina che aveva la mia età, dei fiori che si vedevano sul davanzale, di una bellissima bambola che aveva visto in una vetrina... Ma non si aspettava affatto che gli dicessi qualcosa. Fino a quando, dopo sei mesi, sentii come un peso che spariva da qui...»

Joanna si interruppe e congiunse le mani sul seno. Respirò a fondo e, scrollando la testa, sorrise: «Mi accorsi che mi si muoveva dentro qualcosa... Era la voce che voleva uscire. E le prime parole che dissi allo psicologo furono: ''Ti voglio bene, Signore''. Da allora l'ho sempre chiamato così, Signore».

Anna aveva gli occhi lucidi. «Sei una ragazza straordinaria, Jo.»

«Dopo essermelo sentito ripetere per anni, ho corso il rischio di crederlo davvero!» scherzò Joanna. «In realtà avevo, semplicemente, una struttura sana. E sono stata molto aiutata perché riemergesse, a dispetto di tutto.»

«Anche il fisico ti ha aiutato» intervenne Amedeo con tono volutamente scherzoso.

«Soltanto a guadagnare molti soldi. Il che non è poco: sono incrollabilmente sicura che una persona che ha fame e freddo non può pensare, né vedere quanto è bello un tramonto, né amare il prossimo oppure se stessa. Fin da bambina mi giurai che non sarei mai più stata povera.»

Fu Anna ad accorgersi, per prima, che i gemelli erano spariti. «Luca! Andrea!» chiamò. Nessuna risposta. Dal bagno giunse l'inquieto abbaiare di Pam e Anna, scusandosi, corse di là.

Luca era arrampicato sul lavabo e stava masticando qualcosa con una smorfia di incuriosito disgusto. L'armadietto dei medicinali era aperto.

«Che cosa hai preso? Luca, che cosa stai mangiando?»

«*Memelle osa*» caramelle rosa, spiegò l'altro gemello, chiaramente contrariato perché la mamma era arrivata prima che potesse mangiarsene qualcuna anche lui.

«Anna, che cosa è successo?» Amedeo era sopraggiunto, seguito da Joanna.

«Credo che Luca abbia aperto il tubetto dell'Optalidon. Era quasi pieno e... e sono rimaste poche pillole.» La voce di Anna era soffocata dal panico. Aveva preso in braccio il bambino e ora tentava di farlo vomitare. Amedeo se ne stava lì impalato, incapace di reagire.

«Andiamo subito al pronto soccorso» disse Joanna con voce ferma. E nessuno vide che anche nei suoi occhi c'era il panico.

Al pronto soccorso del Fatebenefratelli c'era un insolito trambusto, gente che andava e veniva di corsa. E Joanna dovette alzare la voce perché un infermiere si fermasse un istante.

«Abbia pazienza, c'è stato un incidente stradale gravissimo e tre persone stanno morendo» l'uomo disse, facendo per correre via di nuovo.

Joanna lo afferrò per la manica e indicò Luca. «Anche questo bambino sta morendo, ha inghiottito un tubetto di Optalidon e se non vi sbrigate a fare qualcosa vi denuncio tutti!» disse urlando.

«Lavanda gastrica. Me lo dia.» Allungò le mani, afferrò il piccolo e senza aggiungere altro se lo portò via di corsa, tenendolo in braccio come un fagotto.

Anna era rimasta a casa con l'altro gemello e Amedeo aveva la faccia stravolta. «Mettiti tranquillo, adesso andrà tutto bene» lo rassicurò Joanna spingendolo verso una panca.

«Ma dove lo hanno portato?»

«Hai sentito anche tu, no? Gli faranno subito una lavanda gastrica. Sono incidenti che capitano tutti i giorni, sapessi quante porcherie riescono a inghiottire i bambini... Anna fortunatamente se n'è accorta subito e così ce la caveremo solo con un grande spavento.»

«Per fortuna, anche, c'eri tu» sospirò Amedeo cominciando a rilassarsi. Senza che se ne accorgesse, Joanna lo aveva fatto sedere.

«Ora ti lascio qui» gli disse «e vado a cercare Luca. Penso a tutto io, non preoccuparti. E non muoverti!» gli raccomandò. L'infermiere che aveva portato via il gemello aveva percorso un tratto di corridoio e poi aveva voltato a sinistra. Joanna seguì lo stesso percorso.

All'improvviso un disperato e sommesso pianto infantile la bloccò. Respirò a fondo, con le gambe che tremavano. Non sopportava di sentir piangere un bambino e in *questo* pianto c'erano paura, desolazione, impotenza. Respirando di nuovo, a fondo, Joanna svoltò e lo vide. Più precisamente, vide una felpa azzurra con la sagoma allegra di un Puffo. Sotto la felpa, una piccola schiena magra e curva, scossa dai singhiozzi.

Joanna allungò una mano con infinita cautela. «Piccolino...» sussurrò. Il bimbo smise di piangere e la guardò. «Mi porti dalla mia mamma?» chiese. Aveva circa sei anni, il visino a triangolo e un corto caschetto di capelli biondi. Negli occhi rossi di lacrime brillava una luce incerta di speranza.

«Dov'è la tua mamma?» Joanna chiese con dolcezza.

«Laggiù...» Il bimbo allungò un braccino tremante, indicando la fine del corridoio. Lei notò che aveva un brutto graffio sotto l'occhio destro.

«Che cosa è successo, Piccolino?»

«Un camion ci è venuto addosso... E abbiamo sbattuto contro un'altra macchina...» Parlava con affanno, e aveva ricominciato a singhiozzare.

«Eri... eri solo con la mamma?» Joanna chiese inginocchiandosi davanti a lui e accarezzandogli il visetto.

«No, guidava il mio papà. Anche lui è laggiù, però non si è fatto niente. La mamma invece...» Scoppiò a piangere di nuovo, e Joanna sentì tra un singhiozzo e l'altro «tanto sangue», «non si muoveva».

Era certo questo il tremendo incidente di cui le aveva appena parlato l'infermiere. Joanna si rialzò e strinse il piccolo tra le braccia. «Adesso sono qua io, smetti di piangere.» Prese un kleenex e gli asciugò gli occhi.

«Chi sei?» il bimbo le chiese con vocina tremante.

«Mi chiamo Joanna. La mia mamma mi chiamava Jo. E tu?»

«Mi chiamo Pietro. La mia mamma mi chiama...» Si interruppe e scoppiò, ancora, in un pianto dirotto. Era una disperazione straziante e lucida, da adulto, Joanna pensò sconvolta. Sentendo, anche lei, una improvvisa voglia di piangere.

Fu in quel momento che vide uscire, dalla porta di fronte, l'infermiere. L'uomo la riconobbe e le venne incontro: «Il suo bambino sta bene, adesso, ma è meglio che per stanotte resti qui. Avverte lei suo marito?».

Stava per dire "non è mio marito". Invece chiese: «Potremmo vederlo un attimo?».

«Un attimo solo» puntualizzò l'infermiere. «Tra un'ora lo portiamo su. Dormirà tutta la notte come un angioletto e domattina potrete tornare a prenderlo.»

«Vieni con me» Joanna disse al piccolo Pietro. Il bambino si lasciò trascinare senza far resistenza e lei andò incontro a Amedeo, che si era alzato e a sua volta stava correndo verso di lei.

Non si accorse neppure che Joanna stringeva per mano un bimbo.

«Cosa hanno detto? Luca come sta?» chiese affannato.

Lei gli riferì quello che aveva detto l'infermiere e Amedeo, senza aspettarla, corse verso la saletta dove stava suo figlio.

«Perché non sei andata via anche tu?» Pietro si informò quando lui e Joanna rimasero soli.

«Per stare con te.» Era passato un quarto d'ora da quando Amedeo, dopo aver controllato che il suo piccolo fosse fuori pericolo, si era lasciato convincere a tornare a casa per rassicurare Anna e cercare di riposare.

«Non hai bambini, tu?» chiese ancora Pietro.

«No, però i bambini come te mi piacciono tantissimo.»

Pietro si strinse nelle spalle. «La mamma dice che sono molto cattivo e che se continuo a fare i capricci nessuno mi vorrà bene.»

Bella mamma, Joanna pensò istintivamente. Ma le venne in mente che quella donna stava lottando per sopravvivere e subito si pentì. «Le mamme ogni tanto sono nervose e dicono qualche sciocchezza» sorrise al bambino.

«La mia no.» La piccola voce era diventata affilata come una lama.

«Certo, scusa» lei farfugliò imbarazzata. Ma il bimbo non l'ascoltava. Aveva visto suo padre uscire da una porta, in fondo al corridoio, e gli stava correndo incontro. Joanna lo seguì come un automa e poi si fermò.

L'uomo stava stringendo il bimbo al petto, convulsamente. «Pietro, devi essere forte. La mamma è...»

«No!» gridò Joanna interrompendolo «non glielo dica così!»

"E adesso mi riportate a casa? Mi riportate dalla mia mamma?"

"No, bambina, la tua mamma è morta." Voci lontane, una remota sera di pioggia, la scalinata dell'ospedale, una fitta di dolore che si irradiava per tutto il suo corpo come quando la Bestia, venti giorni prima, l'aveva lacerata e lasciata in un lago di sangue.

L'uomo la stava fissando con espressione sbalordita e Joanna si riscosse dall'incubo. «Non glielo dica così» ripeté in un sussurro. «Aspetti che sia a casa, lontano da qui.»

«Ha ragione.» Anche lui aveva parlato pianissimo, con uno strano tono impotente e sconfitto.

«C'è qualcuno che vi aspetta, a casa?»

L'uomo la fissò per qualche istante stranito. «Nessuno. Eravamo soltanto noi tre, Francesca, Pietro e io.»

«Mi aspetti qui. Vado a chiamare un taxi e vi accompagno.»

Abitavano all'ultimo piano di un sontuoso palazzo in viale Majno. Il soggiorno era enorme, lussuoso, e così asettico, nel suo lindore, che a Joanna sembrò disabitato da anni. O abitato da un fantasma. A quel pensiero, così sinistramente reale, rabbrividì.

"Il fantasma" campeggiava dentro una cornice d'argento massiccio, in un primo piano che sarebbe piaciuto molto a *Vogue:* capelli biondi raccolti in uno chignon, occhi truccati con sapienza, labbra dischiuse in un sorriso appena accennato. L'espressione di vaga alterezza scompariva in una foto più piccola, dove la donna era ritratta vestita da sposa. Qui aveva un sorriso autenticamente felice, e causa di tanta felicità era certo l'atletico uomo che la fissava adorante: a Joanna sembrò il sosia di Robert Redford, così alto e biondo, e con quella chiostra di denti perfetti.

Un pensiero la folgorò: era lo stesso uomo che stava seduto davanti a lei, tenendo tra le braccia il figlio addormentato. Il volto smagrito, la pelle grigiastra, gli occhi vacui e arrossati lo rendevano irriconoscibile.

Il bimbo si mosse, aprì gli occhi. «Siamo a casa» suo padre gli disse con dolcezza. Nei suoi occhi era tornata, con la disperazione, la vita.

«È a casa anche la mamma?»

Joanna si inginocchiò davanti al bambino e gli fece una carezza. «Tornerà prestissimo. E certo sarà molto contenta se tu adesso andrai a letto.»

«Tu sei... Joanna? Quella che la tua mamma ti chiamava Jo?» Era confuso e insonnolito.

«Sì, Pietro. Ora vieni, ti metto a letto io.»

«I bravi bambini vanno sempre a letto da soli.»

«Ma le brave ragazze come me aiutano sempre i bimbi stanchissimi a infilarsi il pigiamino» Joanna replicò. Tolse Pietro dalle braccia di suo padre e, raccogliendoselo contro, disse: «Mi fai vedere dov'è la tua stanza?».

È leggero come una piuma, Joanna pensò turbata. Attraverso la felpa poteva sentire tutte le sue piccole ossa. «Ti va se ti scaldo un bicchiere di latte col miele?» chiese strizzandogli l'occhio.

Sul viso del piccolo apparve un'espressione come di panico. «No... No...»

"No... No..." Lei non aveva la voce, allora, ma lo diceva scuotendo la testa con forza, terrorizzata al solo pensiero che la suora potesse costringerla a fare entrare nel suo corpo quel disgustoso bicchiere di latte.

Di nuovo l'incubo. Smettila di piangerti addosso e pensa a questa creatura, Joanna si rimproverò. «Niente latte, signorino Subito pigiama e nanna.»

«Prima devo fare la doccia e lavarmi i denti.»

«E se stasera ne facessimo a meno?» Joanna propose strizzandogli di nuovo l'occhio.

Pietro la fissò sbalordito. E subito dopo quasi spaventato: «Oh, no, la doccia e i denti tutte le sere!».

E bravo fantasma, Joanna imprecò, abbiamo fatto un bel lavaggio del cervello a questo piccolino. «Dov'è il bagno?» gli chiese allegramente, preferendo non contraddirlo.

«Alla sinistra della mia stanza.»

Era un bagno molto chic, tutto piastrellato di bianco, con gli accessori bianchi, le spugne bianche siglate FF. Già, la defunta si chiamava Francesca, Joanna pensò con inspiegabile rabbia. Francesca e poi? Aprì il rubinetto per riempire la vasca, ma l'acqua non scendeva.

«Devi girare prima questa manopola» intervenne Pietro, eseguendo. Poi tolse la felpa, i calzoncini, le mutandine, la maglietta e le calze e ripiegò meticolosamente ogni capo.

«I bravi bambini non lasciano mai nulla in disordine!» recitò Joanna, e fu stupita nel vedere il bimbo illuminarsi. Ha riconosciuto finalmente un messaggio familiare, si disse con la rabbia che cresceva.

Ma quando Pietro entrò nudo nella vasca, ogni risentimento lasciò posto a una tenerezza struggente. Era come un passerottino implume, indifeso e magro.

«Ti aiuto a lavarti?» chiese con voce rotta.

«Sì, Joanna, per piacere.»

Quando tornò in soggiorno, trovò il padre del bambino con la foto della moglie in mano. L'uomo la depose in fretta, come se fosse stato sorpreso a rubare, e chiese: «Si è addormentato?».

«Sì.»

«È riuscita a dirgli che... che sua madre è morta?»

«No. Era troppo stanco e sotto choc. E poi le brutte notizie non si danno mai di sera, la notte ingigantisce ogni dolore.»

L'uomo ebbe un gesto di fastidio e lei proruppe: «Le sembra troppo banale, vero? Non ha mai provato ad avere una brutta notizia di sera?» chiese sprofondando nel divano.

«No. Francesca, Pietro e io eravamo una famiglia felice e perfetta.»

«Bene, adesso siete dei comuni mortali e sarà bene usare molta cautela col piccolo.» Aveva parlato con asprezza, e se ne rese conto vedendo la perplessità nel viso dell'uomo. «Mi scusi,» aggiunse «parlo sempre di getto, è più forte di me.»

«Mi scusi lei, signorina. Non so cosa avrei fatto, se non ci fosse stata lei.» Tacque un attimo e poi, a disagio, esclamò: «Ma non mi sono ancora presentato...».

«In certe circostanze noi comuni mortali passiamo sopra alla forma.»

«Mi chiamo Alberto Fortis.»

«Io Joanna.»

«Joanna e basta?»

Adesso fu lei ad arrossire. «Ho anche un cognome, Fusaro, ma sono conosciuta come Joanna e basta...» Un attimo di pausa e aggiunse: «Faccio la fotomodella, e nel nostro lavoro molte volte usiamo soltanto il nome».

«Lei è famosa?» si informò cortesemente l'uomo.

«Finché dura, sono la numero uno.» Non riuscì a nascondere un tono d'orgoglio, e subito se ne vergognò. Quell'uomo aveva appena perduto la moglie, in modo tanto tragico, e lei cinguettava autocelebrazioni.

Ma lui aveva l'aria di non averla neppure sentita. «Non so come farò, domattina, a dire a Pietro che sua madre non c'è più. Quei due si adoravano» disse affranto.

«Se crede, posso fermarmi qui a dormire e dirglielo io» Joanna si sentì offrire. «Però poi devo scappare via presto. E adesso dovrei fare una telefonata.»

«Il telefono è su quel cassettone. Non so proprio come ringraziarla, Joanna.» Aveva l'aria di chi non osa credere in un miracolo.

Sul cassettone campeggiava una mini-collezione di foto incorniciate nei soliti argenti. Francesca, sempre Francesca, fortissimamente Francesca in tutte le pose. Compose il numero di Amedeo Fontana distogliendo gli occhi. E mentre riconosceva sulla parete di fronte uno splendido arazzo di Depero sentì la voce di Amedeo.

«Amedeo? Tutto bene? Anna è tranquilla? Volevo dirti che domattina posso accompagnarti a prendere Luca in ospedale.»

«Non serve che ti disturbi. E poi, non hai un servizio?»

«Non domattina. Comincio solo all'una, in esterni, per via delle luce.»

«Allora mi farai molto piacere. Dove sei, adesso?»

«In casa di... di un amico» Joanna riassunse sbrigativamente.

«Ah. Bene, ciao, piccola. E ancora grazie, di tutto.»

Joanna tornò a sedersi accanto all'uomo. «Grazie per avermi chiamato amico» lui disse con un forzato, mesto sorriso.

«Di nulla, signor Fortis.»

«Può chiamarmi Alberto, se crede.»

«Vada per Alberto.» Tacque. Non sapeva che cosa dirgli, sola con lui si sentiva intimidita e a disagio. Cosa che non le accadeva da tempo immemorabile.

«Sono disperato» lui disse a un tratto, con un gemito. E scoppiò a piangere convulsamente.

«Oddio no... non faccia così, la prego.»

«Francesca era tutto, per me. Non so se riuscirò a vivere senza di lei.» Aveva gli occhi pieni di lacrime.

«Si sopravvive a tutto» Joanna affermò quasi solenne.

«Cosa può saperne, lei? È ancora una bambina...»

Joanna non replicò e invece chiese: «Senta, posso farle un latte caldo? O preferisce una camomilla?».

Alberto la fissò e per qualche istante parve dimenticare la sua disperazione. «Lei è sempre così? Voglio dire così impulsiva, generosa e disponibile?»

«Non sempre e non con tutti» rispose volubilmente. Sempre e con tutti, pensò invece tra sé, e soprattutto con chi soffriva o aveva bisogno di lei.

«Allora debbo ringraziarla in modo particolare. Non so davvero cosa avremmo fatto, stasera, senza di lei» disse per la seconda volta.

«Non avete una domestica, o una tata, insomma qualcuno che vive in questa casa?»

«Abbiamo una coppia di domestici filippini, ma in questi giorni sono in vacanza. Eravamo in vacanza anche Francesca, Pietro e io. L'incidente è accaduto al ritorno, in via Palmanova...»

«Me lo ha raccontato Pietro, al pronto soccorso. Deve essere stato tremendo, per lui, vedere la madre ferita.»

«È morta in ambulanza. Non c'è stato nulla, nulla da fare.» Stava di nuovo piangendo.

«Francesca... sua moglie, non aveva dei parenti? Qualcuno che bisogna avvertire?»

Lui inghiottì a vuoto e spalancò gli occhi, poi esclamò con voce soffocata: «Sua madre! Mio Dio, come ho potuto dimenticarmi di lei?».

«Se crede, posso telefonare io.»

L'uomo la guardò come se avesse bestemmiato. «Lei? E cosa c'entra lei?»

III

«A Parigi no. E tanto meno a New York» Joanna ripeté per la decima volta, con la stessa irrevocabilità. Adesso cominciava anche a irritarsi per l'insistenza di Giacomo Fray. Possibile che non avesse ancora capito?

A quanto pareva no. Infatti, per la decima volta, stava facendole il medesimo discorso: «Da tre mesi stai lavorando solo per l'Italia, e sempre con le solite testate. Ancora tre mesi e la tua faccia sarà bruciata, non riesci a capirlo?».

Lei, stanca di replicare, stavolta non rispose, e il silenzio sembrò incoraggiare Fray. «Vedi, Joanna, qui non è in gioco soltanto la tua carriera, ma anche l'affidabilità della mia agenzia. Da tre mesi stiamo dando l'okay a *Elle*, a *Woman*, a *Bazaar*, a *Vogue* e altri, e da tre mesi spediamo freneticamente telex per dire che non puoi partire. Una volta avevi l'influenza, un'altra un ascesso al dente che ti rendeva infotografabile, un'altra ancora era morta tua nonna... Non so più che scuse inventare. Finirà che smetteranno di chiamarti, e anche di rivolgersi alla mia agenzia. Ti rendi conto che sei la sola modella italiana richiesta in tutto il mondo? E che continuando a fare i capricci nessuno ti chiamerà più?»

«Me ne rendo conto, ma per qualche tempo ancora non posso assolutamente lasciare Milano» ripeté, accorgendosi con dispiacere che poteva apparire soltanto caparbia.

«Ti vuoi decidere una buona volta a dirmi il reale motivo di tutto questo?»

«C'è un bambino che ha bisogno di me» Joanna si decise a sussurrare, con fatica.

«Cosa hai detto? Un bambino? E che bambino è? Cosa vuol dire che ha bisogno di te?» L'impetuosa raffica di domande si smorzò in un perplesso calando, come se Fray si fosse via via risposto da solo. E difatti affermò, più che chiedere: «Parli del figlio dell'avvocato Fortis?».

«Lui, sì.»

«Avevo sentito dire che da qualche tempo fai la baby-sitter in casa Fortis, ma...»

«Faccio qualcosa di molto più importante,» lo interruppe Joanna «aiuto quel bambino a sopravvivere. Sai, vero, la tragedia che hanno avuto in quella casa? Ai funerali della mamma, Pietro ha avuto una crisi convulsiva... e aveva la febbre altissima... È stato otto giorni in ospedale.» Joanna ricacciò le lacrime e provò a immaginare quell'orribile pomeriggio al Monumentale, mentre la cassa di Francesca spariva nella cappella dei Fortis.

Fray vide, di colpo, il volto di Joanna indurirsi in una smorfia di odio.

Joanna stava pensando alla madre di Francesca, alla velenosa e incartapecorita faccia di quella donna quando lei aveva supplicato: *''Non porterete Pietro ai funerali! Vi prego, il bambino no...''*.

''Lei chi sarebbe, signorina? È da stamattina che volevo chiederglielo.''

''Sono... la governante'' aveva mentito, in fretta.

E la madre di Francesca, gelida: *''Non sono abituata a discutere con la servitù''*.

Joanna si accorse che Fray la stava osservando e ritornò alla realtà. «Il piccolo mangia soltanto se ci sono io. Si addormenta soltanto se io gli tengo la manina.» Ancora le lacrime che le pungevano gli occhi.

«Tutto ciò è nobile, mia cara, ma la tua carriera?»

«In questo momento è l'ultima cosa a cui penso. E poi posso fare molte cose a Milano, lo sai. Versace mi vuole per la sua campagna pubblicitaria, c'è la proposta per il lancio di quel nuovo profumo della Rubinstein, stiamo definendo per quel *video* del made in Italy, c'è la partecipazione straordinaria all'ultimo film di Maselli ambientato nel mondo delle sfilate... Insomma, non mi sento proprio disoccupata» ridacchiò.

«Però vuoi chiudere con l'estero. La tua forza, Joanna, sta proprio nell'essere una top model internazionale. Paulina, Dayle o la Andersen non dovranno faticare molto per spiazzarti dal mercato americano.»

Joanna alzò le spalle. «Prima o poi qualcuno mi avrebbe spiazzata comunque. Sai bene che sulla vetta si resta due anni al massimo.»

«Ma tu ci sei da un anno soltanto! E il meglio dovresti raccoglierlo adesso! Hai valutato quanti soldi perdi, se molli adesso?» Fray la scrutò sperando di averla scossa: sapeva quanto il denaro contasse, per Joanna. Incalzò: «Oppure l'avvocato Fortis ti passa cento milioni al mese per fare la baby-sitter a suo figlio?».

"Joanna, come potrò ripagarti per quello che stai facendo per Pietro? A volte la tua presenza mi sembra la prova che Dio non ci ha del tutto abbandonati." Risentì la voce di Alberto.

E la vocina ansiosa di Pietro: *"Jo, ti fermi a dormire qui anche stanotte? Come faccio se stanotte mi sveglio e non ci sei?"*.

E ancora Alberto Fortis: *"Non posso certo chiederti di trasferirti in questa casa, però prova a organizzarti. Puoi portare qui qualche vestito e fermarti un po' più spesso"*.

«E allora, Joanna?» Era Giacomo Fray, questo. «Il famoso avvocato sa quanto ti costa, in soldoni, accudire all'orfanello?»

«Non me ne frega niente, dei soldi. E vattene a quel paese, Fray.»

L'uomo fece la stessa faccia che se gli avessero comunicato la fine del mondo. Ma *era* la fine del mondo che Joanna si esprimesse in quel modo. E soprattutto che "se ne fregasse" dei soldi. Soltanto in quel momento capì che non c'era proprio nulla da fare.

La ragazza si era alzata e si alzò anche lui. «Bene, piccola, vedrò di sceglierti il meglio qui a Milano. Senza rancore, eh?»

Uscì dal portone dell'agenzia Fray ed emise un profondo respiro. L'equivoco era finito, finiti i pretesti, le mezze spiegazioni, i "no" pieni di disagio. Adesso aveva definitivamente chiarito tutto, e nessuno più le avrebbe telefonato per dire "fra tre giorni a New York", "ce la fai a prendere il volo delle 20 per Parigi?", "per quel servizio di costumi da bagno hanno fissato Cuba".

Forse è davvero finita anche la mia carriera, Joanna si disse. E si accorse di non provare né dispiacere né rimpianto. Corse trafelata verso il parcheggio dei taxi. «Viale Majno,» disse all'autista «ho un po' fretta.»

Pietro l'aspettava alle undici e lei era in ritardo di mezz'ora. Quando il taxi fermò, vide che il bimbo era già sceso. Stava ai piedi della scalinata con un berrettuccio di cotone in testa, tenuto per mano da Ketuth e Maria, la coppia filippina. Appena la scorse, si liberò della loro stretta come un piccolo prigioniero e le corse incontro. «Sei in ritardo, Jo!»

Maria sopraggiungeva ansimando. «Ha voluto scendere a ogni costo e ormai non l'aspettavamo più.» Parlava perfettamente l'italiano, era in Italia da dieci anni e da sette lavorava con il marito in casa Fortis. Joanna non poté fare a meno di ricordare la sera in cui l'aveva conosciuta. Era stato dieci giorni dopo i funerali di Francesca. Alberto stava prendendo degli appunti, lei e Pietro stavano giocando a Scarabeo. A un certo punto erano entrati Ketuth e Maria. Lui alto e magro, lei piccola e matronale, con due occhi nerissimi e attenti. Una "mamie" con la pelle più chiara.

Si erano arrestati sulla soglia, in silenzio, e Joanna aveva pensato divertita: ecco gli schiavi in parata!

Alberto finalmente li vide e li presentò. «Joanna, questi sono i nostri angeli custodi. Maria è la governante, suo marito Ketuth fa l'autista, il giardiniere, il maggiordomo... Sono venuti da noi quando Francesca aspettava Pietro e sono davvero gli angeli della casa.»

«Signorina...» Ora Maria la stava riportando alla realtà, scrutandola con la solita espressione diffidente. «Signorina, Pietro non ha voluto prendere le vitamine. E non si è messo nemmeno la maglietta di lana.»

«La maglietta con questo caldo?» Joanna si sorprese. Guardò Pietro e gli tolse il berretto. «Via anche questo, la testa si copre soltanto quanto nevica.»

«Ma anche quando c'è il sole. La signora voleva sempre così» Maria replicò feroce.

«Sì, Jo, Maria ha ragione» Pietro disse rimettendosi il berretto.

«Bene, come vuoi. Adesso andiamo.» Meglio non far polemiche.

Il tassista li stava aspettando con la portiera aperta. «Adesso ci porti in viale Campania» Joanna disse. E, rivolta a Pietro: «La sorpresa che ti ho promesso è lì, nella casa dei miei amici».

«Sono quelli con i gemelli Luca e Andrea?»

«Sì, signorino.»

«E la sorpresa qual è?»

«Se te lo dico adesso, che sorpresa è?»

C'era molto traffico e impiegarono oltre mezz'ora per arrivare davanti al portone dei Fontana. Joanna pagò il tassista e prese Pietro per mano. «Forza, signorino, tre piani e ci siamo.»

Venne ad aprire Anna. Abbracciò Joanna e si chinò verso il bambino. «Sei Pietro, eh? Finalmente ci conosciamo, ho sentito tanto parlare di te.» Fece per abbracciarlo, ma lui istintivamente si ritrasse.

In quel momento sopraggiunsero i gemelli, seguiti da un cucciolo bianco e nero con le buffe zampe che sembravano di pelouche.

Luca lo afferrò per la coda e lo prese in braccio. «*Ora tuo*» disse porgendolo a Pietro. Pietro alzò gli occhi su Joanna. «Che cosa vuol dire?»

«Vuol dire che Luca e il suo fratellino te lo regalano. Adesso questo cucciolo è tuo. Si chiama Buck ed è la sorpresa che ti avevo detto.»

Luca teneva faticosamente tra le braccia il cane, che si divincolava per scendere a terra. «Tuo» ripeté porgendoglielo.

Pietro allungò le mani con circospezione e lo prese. Il cucciolo sollevò il musetto e smise di colpo di divincolarsi. «Mio?» chiese il bambino. Sul suo viso si leggevano sorpresa, curiosità, diffidenza.

«Proprio tuo, amore» Joanna rise.

«Ma la mamma non vuole i cani in casa...» balbettò Pietro.

Anna e Jo si scambiarono un'occhiata. «Sono certa che la mamma sarebbe felicissima di questo tuo nuovo, piccolo amico» Joanna disse decisa.

Buck si era disteso tra le braccia di Pietro, affondando la testina nell'incavo del suo braccio. Il bimbo parve esitare. Poi, con un sorriso, fissò il cucciolo e gli fece una carezza. «Il papà mi permetterà di tenerlo?» chiese incerto.

«Puoi esserne sicuro, Piccolino.»

Finalmente tranquillizzato, Pietro schioccò un bacione sul muso di Buck. «Ho sempre desiderato un cane» spiegò gravemente. «Grazie, Jo, è una sorpresa bellissima!» aggiunse felice.

«Che cosa ne direste di andare a tavola?» propose Anna.

«Ci fermiamo qui anche noi due, Joanna?»

«Certo, Pietro. Purché mangi tutto.»

Il bambino sedette tra i gemelli e volle tenere il suo nuovo amico sulle ginocchia. Pam, la mamma di Buck, si accucciò placidamente ai piedi di Pietro.

Disse Anna: «Mi hai tolto un bel fastidio, Jo, prendendoti Buck. Era l'ultimo cucciolo da piazzare e non sapevamo dove sbattere la testa. Questa casa è troppo piccola per due cani... E presto dovremo trasferirci».

«Non pensi che Pam soffrirà, quando porteremo via il suo piccolo?»

«Forse per un paio di giorni, ma soltanto perché le mancherà la compagnia. Le mamme-cane sono più sagge di noi, non hanno il nostro feroce istinto materno. Come smettono di allattare i cuccioli, il loro senso di proprietà finisce.»

Pietro stava ascoltando con grande attenzione. «Io preferisco le mamme vere che vogliono bene ai loro bambini per sempre» fece solenne.

«Okay, Piccolino, però adesso mangia.» Gli spaghetti erano ancora nel piatto e come sempre Pietro giocherellava con le posate. Ogni boccone sembrava una sofferenza, per lui, ma finalmente si decise a mangiare.

«Ma non c'è un piatto, o un cibo che gli piacciono particolarmente?» s'informò Anna rivolta all'amica.

«No. Questo rifiuto ce l'ha da sempre» Joanna disse piano. Che razza di perfettissima madre sei stata, Francesca?, si chiese in silenzio.

"Una madre limpida e rigorosa. E di Pietro voleva fare un uomo eccezionale." Alberto Fortis l'aveva descritta così, qualche settimana prima. *"Era lei stessa eccezionale. Dolce, efficiente, attenta..."* E con due schiavi in servizio permanente, si ripeté Joanna. Sempre lì a lustrare, a spolverare, a cucinare esangui piattini senza profumi né sapori, da mangiare senza gioia.

Anna stava chiedendo a Pietro: «Ho preparato il budino al cioccolato, ti piace?».

«Troppo pesante per lui» intervenne Joanna con ferocia.

«Però mi piace» osò Pietro. «Mammina qualche volta mi permetteva di mangiarlo.»

E brava mammina. Ma perché questo rancore astioso, questa rabbia che cresceva giorno dopo giorno? Joanna provò a pensare alla fine di Francesca. Una bella e felice donna di trent'anni che adesso stava rinchiusa in una bara con le braccia incrociate sul grembo, senza più speranze né pensieri né amore. Ma non riuscì a provare pena. Francesca è sempre nella sua casa, pensò, e aggrappata come una piovra nel cuore di suo marito e di suo figlio.

"Non potrà mai esserci un'altra come lei." La maledettissima tristezza di Alberto Fortis. Chissà che uomo sarebbe diventato se invece di incontrare Francesca avesse amato una donna attiva, imperfetta, passionale, viva... Via giacca e cravatta, via quella voce sempre com-

posta, via quella perenne, controllata rigidità. Joanna lo immaginò davanti al televisore coi piedi nudi incrociati sul tavolino e suo figlio in braccio che sgranocchiava pop corn. Lo "vide" urlare perché nel cassettone c'erano solo calzini spaiati, correre in tuta nel parco, divorare un piatto di lasagne gonfie di besciamella, indignarsi perché gli avevano proposto di difendere un terrorista, fare una scenata di gelosia alla moglie perché era tornata tardi...

"Francesca era... affidabile, ecco. Non mentiva mai, non nascondeva mai nulla. Era chiara e rassicurante. Un meraviglioso punto fermo." L'uomo sportivo, appassionato e felice sparì. Di nuovo l'Alberto anchilosato nella perfezione del rimpianto. Joanna provò l'assurda voglia di piangere e finse di raccogliere qualcosa sotto al tavolo.

Quando rialzò la testa, vide Pietro mangiare un cucchiaio di budino dopo l'altro. L'ultimo lo fece leccare a Buck, il "suo" cucciolo.

«Ma... che cosa è quello?» Maria, immobile sulla porta, indicava verso le braccia di Pietro.

«Un cucciolo di cane» Joanna disse con allegra voce squillante.

«E dove lo state portando, signorina?»

«In casa, Maria. Qui dentro c'è una cuccia, bisogna metterci sotto un cuscino e un panno.» Joanna consegnò alla donna un grosso pacco e lei lo prese riluttante, come se dentro ci fosse una bomba.

«Ci fa entrare?» chiese poi. Maria si fece cupamente da una parte e Pietro alzò gli occhi verso di lei: «Non ti dispiace, vero, che ho il mio cane?».

«Sai bene che la tua mamma non voleva bestie, in questa casa» la donna rispose asciutta.

Joanna cacciò un urlo. «Io e lei parleremo dopo, Maria! Entriamo, Piccolino. Come ti ho detto, la tua mamma in cielo sarà felicissima che tu abbia un nuovo amico.»

«Non so che cosa dirà l'avvocato, stasera» borbottò ancora Maria.

«Le ho detto basta!» Joanna aveva di nuovo alzato la voce e intanto trascinava Pietro verso la sua stanza.

«E se il papà non me lo fa tenere?» Pietro chiese con un filo di voce.

«Il papà *te lo farà* tenere.» Il tono, categorico, non ammetteva repliche.

«Nella mia stanza?»

«E perché no? È un bel cucciolo pulito e vaccinato. Da bambina anche io sognavo di avere un cane, sai, Pietro?»

«E la tua mamma non te lo ha regalato?»

«No.»

In quel momento Ketuth apparve sull'uscio e per la prima volta Joanna lo vide sorridere. «È stata molto brava, signorina» disse.

Brava perché aveva portato il cane? O perché aveva alzato la voce con Maria? Lo guardò interrogativamente e lui le strizzò un occhio. Impulsivamente Joanna gli volò addosso e gli schioccò un bacio sulla gota. «Grazie» sussurrò.

«Di niente, signorina Joanna. Grazie a lei... di tutto.» Adesso appariva confuso, e infatti corse via senza girarsi.

«Perché hai dato un bacio a Ket?» si informò Pietro incuriosito.

«Perché... perché ne avevo voglia. È una bravissima persona.»

«Che cosa vuole dire una bravissima persona?»

«Vuol dire che è gentile, che capisce, che... che sa strizzare un occhio al momento giusto.»

«E Maria non è una bravissima persona?»

«Sì, ma in modo diverso.»

«La mia mamma era molto diversa da te, Jo» affermò il bambino dopo qualche istante di riflessione.

Lo spero bene. «Ma io ti piaccio lo stesso, vero, Piccolino?»

«Sì. Sei una bravissima... amica.»

Adesso fu Maria ad affacciarsi sull'uscio. «Il bambino deve prendere le vitamine» ricordò con quel solito tono che sembrava sempre offeso.

«E prenderemo le vitamine!» Joanna disse allegra.

«Si ferma a dormire qui, stasera?» si informò, neutra, la donna.

«Sì» rispose prontamente Pietro. E, rivolto a lei: «Vero che sì, Jo?».

«Sì.»

«È arrivato l'avvocato» annunciò Ketuth.

Questa stanza sembra l'anticamera di un'ambasciata, rise tra sé Joanna.

«Glielo dici tu del cane, Jo?» chiese Pietro. Buck si era appisolato placidamente sul letto del bambino, morbido e tenerissimo batuffolo di pelo. Ma evidentemente Alberto era già stato informato. Altro arrivo altra udienza, pensò Joanna vedendolo affacciarsi alla porta.

«E allora, che cosa è questa faccenda del cane?» l'uomo chiese.

«È un cane *tout court*. Si chiama Buck e l'ho regalato a Pietro.» Nella voce di Joanna c'era come una sfida.

«In questa casa...»

«Non sono mai entrate bestie, lo so. Ma adesso c'è Buck.» Ketuth stava seguendo con vivissimo interesse, Joanna registrò.

«Forse sarebbe stato meglio se tu mi avessi informato prima.»

«Vale a dire se ti avessi chiesto il permesso? Ho preferito non correre rischi, Alberto.»

«Tu e Pietro avete la faccia ansiosa di due criminali!» lui scoppiò improvvisamente a ridere. Joanna sentì un'emozione violenta in mezzo al petto. Non lo aveva mai visto ridere, e neppure con quella faccia viva e giovane. Le piccole rughe intorno agli occhi si erano come spianate e adesso lei riuscì a riconoscere il ragazzone alto e adorante della foto di nozze. Gli stessi folti capelli biondo scuro, gli stessi occhi verdini e ridenti, la stessa mascella squadrata e piena di grinta. Provò l'impulso di volare a dargli un bacio, come aveva fatto poco prima con il cameriere filippino, ma si sentì improvvisamente ridicolissima.

E solo in quel momento, riscuotendosi, vide l'enorme sollievo che aveva disteso il faccino di Pietro. Corse a baciare lui. «Hai visto, Piccolino? Te lo avevo detto che il papà sarebbe stato felice di Buck!»

«Non esageriamo...» Alberto continuava a sorridere. «Però, Pietro, non devi assolutamente tenere il cane sul letto. Intesi?» Il tono era tornato severo. La sola a sorridere, ora, era Maria, che si affrettò a togliere il cucciolo dal letto del suo padroncino.

Erano soli, adesso. Mi sono innamorata di lui, Joanna pensò quietamente, attenta a non far frusciare il giornale mentre voltava pagina. Lo squillo del telefono la fece sobbalzare. «Vado io» disse alzandosi con impeto e facendo cadere una vecchia caffettiera d'argento dal tavolino.

Era la madre di Francesca. «Joanna? Ancora lei? Mi

passi mio genero, la prego.» La voce della donna era stupita e villana.

Alberto chiese: «Chi è?» e Joanna gli allungò il ricevitore. «Tua suocera.» Poi andò in cucina.

Maria stava sistemando i piatti e le stoviglie della cena negli armadietti.

«Era molto buono lo sformato di spinaci» le disse gentilmente.

«È piaciuto molto anche a Pietro» la donna rispose senza sollevare gli occhi. E aggiunse: «Da qualche giorno il bambino mangia di più». Benché continuasse a non guardarla, nella sua voce c'era un filo di cordialità assolutamente inedito.

Cercando con cura le parole giuste per non spezzare quell'esile contatto, Joanna disse: «Ho notato che Pietro mangia molto volentieri puree, budini, sformati. Insomma i cibi che non deve masticare...». Si fermò un attimo ricordando che erano state le prime cose che aveva mangiato anche lei, tantissimi anni prima, dopo le fleboclisi.

«Ho notato anch'io,» osservò Maria «ma la signora voleva proprio che il bambino imparasse a masticare.» La stava fissando negli occhi, questa volta, e ogni traccia di cordialità era scomparsa.

«Ma visto che non vuole farlo, non possiamo lasciarlo morire di fame, le pare?» Al diavolo la cordialità, che la schiava recepisse il messaggio.

Le fece un gesto di saluto e tornò in soggiorno. Alberto era ancora al telefono e stava facendo sì, sì, sì, con un'espressione mortificata e incupita. «Hai ragione, Carla. Sì, farò come dici tu.» Quando mise giù, la sua faccia diventò ancora più scura.

«Qualcosa non va, Alberto?»

«Nulla va più, da quando Francesca se n'è andata» replicò con stanchezza.

Quella fitta di rabbia! Joanna inghiottì. «Le cose non "vanno" mai da sole e mi pare che sarebbe l'ora di dargli una spintina. Oppure ti piace sguazzare in un'atmosfera di catastrofe?»

«Accidenti a te, Joanna!»

«Oh, finalmente due parole incoraggianti!»

«Che cosa intendi dire?»

«Sarebbe salutare che tu imprecassi più spesso. E che qualche volta rompessi un piatto, difendessi una prostituta, insultassi i signori giurati, ti mettessi un maglione colorato, ti buttassi giù in canoa da una rapida. Insomma, sarebbe l'ora che ti ributtassi nella vita, se mai ci sei stato.» Joanna stava urlando.

«Senti, non ti permetto...»

«Strillalo più forte! Ma tanto non mi serve il permesso per dirti che Francesca se n'è andata e sta portando via anche voi. In questa casa non c'è vita, non lo vedi? Non lo senti? Tripli vetri alle finestre, perenne penombra, non un oggetto fuori posto... È come un cimitero. Un posto dove non si ha voglia di ridere, di mangiare, di far chiasso, di litigare.» Joanna non urlava più, adesso.

«Da quando Francesca è morta...»

Lei scosse la testa. «No, Alberto. Era così anche prima, soltanto che tu e il bambino eravate talmente innamorati di lei da non accorgervene. Non vi serviva il sole, perché il vostro sole era lei. Non avevate fame, perché il vostro nutrimento era lei. Non ridevate mai, perché nella passione non c'è mai allegria...»

«Era una donna straordinaria.» Sempre quel tono adorante.

Era straordinariamente asettica come la perfezione, Joanna avrebbe voluto urlare. Invece si sentì chiedere impulsivamente: «Era una buona amante, per te?».

Alberto la fissò, allibito. Poi voltò la faccia e i suoi occhi caddero sulla foto del matrimonio. «Era unica» mormorò. «Innamorata e innocente. Piena di pudore e... di purezza.»

Vorrei che fosse come nel film *Rebecca, la prima moglie*, Joanna pensò sinistramente. Vorrei che Alberto potesse scoprire orribili verità su di lei, come un figlio segreto, un fascio di lettere appassionate scritte a un ballerino martinicano... Lo guardò in faccia e vide che stava sorridendo mestamente lontano.

«*Io* non sono né pura né innocente» disse torva. Si era alzata e gli stava davanti. Alberto la guardò come se una minaccia incombesse su di lui.

Inorridito, vide Joanna slacciarsi la camicetta. E poi sfilarsi il reggiseno. E poi... Abbassò gli occhi in fretta. Quando li rialzò, lei era nuda e diritta davanti a lui e lo fissava sfrontata.

«Sei molto bella» disse in tono leggero.

«Da quanto tempo non fai l'amore, Alberto?»

«Ti prego di rivestirti. Subito» sibilò.

«Rivestimi tu.»

Lui si curvò, raccolse la camicetta e gliela gettò addosso.

«Infilamela.»

«Maria e Ketuth possono arrivare da un momento all'altro. Smettiamola con questo gioco.»

«Maria e Ketuth non entrano mai senza bussare. E questo non è un gioco.»

«Joanna, ti prego, rivestiti.» Ora supplicava.

«Ecco la camicetta. Infilamela tu, ti ho detto.» Allargò le braccia e Alberto annaspando riuscì a infilarle nelle maniche.

«Ora devi allacciarmi i bottoni.» Joanna si accorse che le dita di lui tremavano.

Come ipnotizzato, Alberto infilò nell'asola il primo bottoncino. E poi il secondo. Sobbalzò, quasi, quando sentì il contatto della sua pelle.

«Continua» Joanna sussurrò.

La pelle della ragazza era morbida come la seta e lui sentì uno strano fremito partirgli dalle ginocchia fino al cuore. Allungò le dita e le fece scivolare sul suo seno. Era piccolo, sodo, caldo. «Joanna» disse piano.

«Sì, sono io. Non smettere, ti prego.» Anche la sua voce era calda. E dolcissima.

Con un gemito, Alberto la strinse tra le braccia e le cercò le labbra. Fu un bacio lunghissimo. Poi, lentamente, la distese sul divano.

«Devi svestirti anche tu» Joanna sorrise. La sua goffaggine la intenerì. Lo amo, pensò. Lo amo tantissimo e un giorno anche lui dovrà amarmi.

«Joanna...» lui disse. Le era scivolato accanto e la guardava. «Sei molto bella» mormorò. E lei ebbe la certezza che la stava vedendo adesso, per la prima volta.

«Anche tu sei molto bello. Non ti hanno mai detto che somigli a Robert Redford?»

«Non serve che gli uomni siano belli.»

«Oh. Non credo che tutte le ragazze siano d'accordo.» Lo vide accennare un sorriso e si sentì come inondata di felicità. «Voglio che tu mi prenda, adesso» disse fissandolo.

Lui la baciò di nuovo lentamente, quasi con pudore, e si posò sopra di lei. Joanna lo strinse con forza, sospirando, e quando entrò dentro di lei sentì qualcosa che le esplodeva dentro, un piacere che si irradiava dal centro di se stessa a tutto il corpo. Era amore, gioia, allegria. Non ho mai provato niente di simile, non mi sono mai sentita così viva pensò, abbandonandosi e gemendo di felicità.

Erano rivestiti, adesso, e Alberto aveva acceso una sigaretta. «Non ti avevo mai visto fumare» lei sorrise.

«A Francesca il fumo dava fastidio.»

«Francesca non c'è più e a me piace l'odore del fumo» disse con dolcezza.

«Joanna, non puoi fermarti qui» Alberto disse in fretta.

Lei lo guardò. «Non capisco.»

«Non puoi più venire qui a dormire... né a mangiare o a giocare con Pietro.»

«È perché abbiamo fatto l'amore? Ti senti in colpa?»

Lui fece cenno di no. «È perché non sta bene.»

Joanna scoppiò a ridere. «Continuo a non capire. *Non sta bene* a chi? E per quale motivo?»

«Perché io sono un giovane vedovo e tu una bella ragazza.»

«La mia bellezza non è esplosa stasera, ero bella anche tre mesi fa.» Continuava a ridere, ma nella sua voce c'era un cenno di panico. «Alberto, chi ti ha detto che non devo venire più qui?»

«La mamma di Francesca. Mi ha telefonato proprio per dirmi questo. Un'ora fa» precisò, come se lei non ricordasse quella voce arrogante.

«La mamma di Francesca non può organizzare la tua vita.»

«Ma ha ragione. Sto offendendo la memoria di Francesca. E mi sto esponendo a pettegolezzi molto spiacevoli.»

Era come se recitasse una lezione imparata a memoria. «Lo pensi davvero? Ne sei davvero convinto?»

«Sì, Joanna. Io non posso darti niente. Appartengo a quella schiera di uomini che hanno una sola donna, per sempre.»

«Anche se questa donna muore?»

«Francesca non morirà mai. E tu meriti tanto di più che non un vedovo inconsolabile. Prima o poi vorrai sposarti, avere dei figli.»

«A Pietro non hai mai pensato? Pietro mi vuole bene» Joanna disse con affanno.

«Tra dieci giorni devo andare a Los Angeles per una serie di conferenze e lo porterò con me. Staremo via quasi un mese e al ritorno ti avrà certo dimenticata» disse con involontario cinismo.

«Alberto?»

«Sì, Joanna?»

«Sei il più grosso stronzo che abbia mai incontrato.» Si alzò di scatto e fuggì via, sbattendo con violenza la porta d'ingresso.

IV

Il 10 giugno partì per Parigi, il 14 volò a Londra, il 19 era a New York, dove Fairchild in persona venne a salutarla mentre era in sala posa. Il 29 tornò a Milano, stremata, e come d'accordo appena a casa telefonò subito a Fray. «Sono di nuovo sulla vetta, amico» annunciò.

«E io ho altri programmi per te.»

«Un saltino a Tokio? Un servizietto qui a due passi, in Marocco?»

«Hai sempre voglia di scherzare, tu.»

Non ti dico. «E allora, Fray?»

«Programmi grandiosi di cui ti parlerò al momento opportuno» disse misteriosamente.

«E nel frattempo, quanti giorni di libertà mi concedi?»

«Un attimo che controllo.»

Joanna lo vide, come se l'avesse davanti agli occhi, sfogliare il suo planning, gettare un'occhiata panoramica sulle decine di foglietti-promemoria sparsi sulla scrivania, mordicchiare la penna, tornare a sfogliare il planning.

«Una lussuria: sette giorni» annunciò alla fine. «Il 6 luglio alle 8 in punto vieni in agenzia. Senza occhiaie, senza foruncoletti e con tutti i capelli in testa.»

Riattaccando, per un attimo Joanna rise. Un giorno gli aveva telefonato che per un servizio di pellicce si era dovuta tagliare i capelli alla paggio. Uno scherzo, naturalmente, ma a Fray era quasi venuto un colpo.

«Cambiano look e testa solo le nullità» le aveva spiegato poi. «Le giornaliste importanti, le top model, le star e le vere signore sono fedeli a se stesse dal primo all'ultimo giorno. Non le vedrai mai oggi bionde domani brune, oggi sexy e domani austere. Stile è essere uguali a se stesse sempre, definitivamente.»

Io, quella di allora, più non sono la stessa, pensò adesso Joanna con malinconia, adattandosi un famoso verso di Neruda. Allora. Estate 1977 a Rimini, nella colonia convenzionata con una banca. L'aveva convinta a andarci Signore, lo psicologo che l'aveva seguita da quando era bambina, quello a cui, ritrovando la voce, aveva detto: "Ti voglio bene, Signore". Non aveva mai smesso di chiamarlo così.

I bambini più grandi della colonia avevano quattordici anni, e lei passava le giornate a leggere sulla spiaggia. Era abbronzatissima, i capelli resi fiammeggianti dal sole. Li portava molto corti, allora, e per dispetto e per sfida si tingeva le labbra e allungava gli occhi con un vistoso tratto di matita marron.

Lui era un ragazzo bellissimo, aveva una macchina fotografica a tracolla e una mattina si era fermato guardandola come una visione. E Joanna aveva ricordato un discorso fatto tante volte, con lo psicanalista.

"Se un ragazzo mi corteggia, Signore? Se mi chiede di andare a letto con lui?"

"Il sesso non è male, Joanna. Ma può diventarlo."

"E come faccio a capire se è bene o se è male?"

"È bene se ti dà gioia, se nell'abbracciare un'altra persona ti senti libera e innocente."

"Io sono contaminata e sporca, Signore. Da quando avevo nove anni."

"Joanna, credevo che di questo non avremmo dovuto parlare più: a nove anni tu hai avuto un incidente. Come una bambina che cade dalla finestra o va sotto un'automobile. Ed ora sei guarita."

"Però il giorno in cui un ragazzo mi abbraccerà, risentirò addosso quel corpo... Il sesso mi fa schifo, Signore."

"Joanna, tu non hai ancora conosciuto il sesso. Quella notte non hai amato né sei stata amata, hai solo incontrato un povero uomo ammalato."

Otto anni di confidenze, di domande, di rassicurazioni, di risposte. E quel mattino, a Rimini, *lui* la stava fissando incantato. Era abbronzato, alto, con gli occhi celesti.

Due sere dopo l'aveva portata sulla spiaggia e tra le sue braccia lei si era sentita soprattutto libera. Non doveva aspettare i diciotto anni per lasciare l'istituto, ora lui l'avrebbe sposata e amata per tutta la vita.

"Ma io sono sposato, Jo. E ho due bambini."

"E allora perché hai fatto l'amore con me?" Era stupefatta.

"Perché sei bella e ti desideravo. Perché io e te faremo grandi cose insieme."

Al mattino dopo le aveva scattato un mucchio di fotografie. E due mesi dopo una voce femminile molto professionale le aveva telefonato da Carpi: «Abbiamo visto alcuni suoi provini in costume da bagno. Produciamo calze e avremmo bisogno di una ragazza del suo tipo per una pagina di pubblicità. Potremmo averla in fabbrica?».

Era stato Signore, lo psicanalista, a ottenere il permesso dall'istituto. Signore non si scandalizzava di niente. Le diceva "buttati", "segui il tuo istinto", "non avere mai paura".

Il giorno in cui era morto, di un infarto, Joanna

avrebbe voluto morire anche lei. Ma aveva conosciuto Henri Chenot.

"*Se dalla vita hai avuto soltanto dolore, rallegrati: non potrà che arrivarti la tua parte di bene. È una legge quasi matematica*" Henri le aveva insegnato.

Non devo lasciare che i ricordi mi schiaccino, si rimproverò Joanna. Si sentiva frastornata e stordita, come fuori dal tempo. Ho sette giorni liberi, pensò, sono una signora. E abito in un attico di sogno. E sono una ragazza famosa e ricca.

Il ricordo di Alberto Fortis le piombò addosso come una pietra. Neppure un mese prima erano insieme. E Pietro le stringeva al collo le sue braccine magre, strusciando il visetto contro il suo viso... Erano a Los Angeles, adesso. "*Al ritorno ti avrà certo dimenticata.*" La voce crudele di Alberto.

Scoppiò a piangere. Aveva conosciuto fame e freddo, solitudine e violenza. Aveva sofferto tanto, ma questa era una sofferenza nuova, senza rabbia né via d'uscita. Come una trappola vischiosa. Milioni di donne, si rimproverò, amano un uomo che non le ama. Milioni di donne di tutto il mondo in questo stesso momento aspettano una telefonata che non arriva, si chiedono *perché* è finita, ricordano parole che non sentiranno più. È successo anche a te, Joanna. Non fare la protagonista, la vita non è la copertina di *Vogue* né esistono destini speciali in carta patinata.

Solo che io, si disse umiliata, non sono capace di reagire da sola. A nove anni mi hanno preso e mi hanno insegnato di nuovo tutto: a parlare, a mangiare, a pensare, a non sentirmi sporca, ad aver coraggio. Hanno continuato a ripetermi che ero bella, buona, eccezionale, intelligente, padrona del mio futuro. E quando mi hanno lasciata, sono entrata danzando in un mondo d'oro: il successo, la ricchezza, altre persone che mi ripetevano "sei straordinaria", "sei unica", "sei splendida". E io sicura e fiera. Finché un uomo mi ha spezzato la corazza e mi ha detto «non ti voglio, vattene via». E non so che cosa fare, nessuno è qui ad aiutarmi, per la prima volta sto soffrendo da sola. Sono sola, Signore è morto, non so con chi parlare...

Henri, pensò improvvisamente. E l'ansia si ritrasse come per miracolo. Henri Chenot poteva aiutarla. Fece il numero di villa Eden, a Merano. Era lì. La centralinista disse di aspettare. Aspettò.

«E allora, Joanna?» La sua buffa, unica voce con quel suo accento franco-spagnolo in cui si sentiva sempre come un sorriso. Henri, era Henri.

Impetuosamente, mangiando le parole, senza fermarsi un attimo, senza quasi respirare, gli raccontò tutto. Parlò per mezz'ora. Poi tacque, ansimando.

«E dove està il problema?» chiese infine Henri.

«Mi ha cacciata via.»

«E tu inseguilo.»

«Ma dove? Adesso è a Los Angeles. In America.»

«Lo so che Los Angeles è in America. Ma l'America no è una foresta, existono li telefoni. Tu chiama.»

«Io non ho il numero, Henri. Non so dove alloggia.»

«Lui no è esparito. Lui ha seguramente lasciato in estudio el numero di telephone. Tu chiami la sua secretaria e chiedi dove è. Poi telefoni al numero.»

«E se lui mi butta giù il telefono?»

«Questo no è sicuro. Forse no butta giù il telefono, però no puoi sapere si no provi. Joanna, el problema è sempre sapere se "sì" oppure "no". La incertezza è uno veleno. Si tu telefoni, sai se "sì" oppure ''no'', se lui te vuole oppure se no existono esperanze. Depende solo da te.»

«Può dipendere anche da lui, Henri. Lui non mi ha mai chiamata.»

«Quello che no fa uno, può fare l'altro. C'è sempre uno che deve prendere la iniziativa.»

«Ma perché proprio io?»

«E perché proprio lui? Telefona, Joanna.»

«Ho paura.»

«No, sei orgogliosa. Metà delle sofferenze se eviterebbero sensa lo orgoglio.»

«Credi che lui un giorno possa amarmi, Henri?»

«Io no sono un mago, però può amarti. Sua moglie è morta e lui è vivo. No existono dolori eterni, però ci vuole tempo per capire questo.»

La segretaria di Alberto fece un mucchio di domande prima di darle il numero. Chi è, signorina? Si tratta di una cosa personale? Potrei riferire io? Debbo sentirlo domani. Alla fine cedette. E adesso Joanna aspettava che il centralino dell'albergo di Los Angeles le passasse l'appartamento di Alberto.

La voce di lui le dette quasi le vertigini. «Sono Joanna» gli disse.

Al di là dell'Oceano, un silenzio che a lei sembrò eterno. Poi: «Joanna? Sei tu? Dio, ti ringrazio. Dove sei, Joanna?».

«A casa. A Milano. Mi senti? Mi senti, Alberto?»

«Ti sento. Joanna, Pietro sta male.»

Un colpo al cuore. «Che cos'ha? È successo qualcosa?»

Un altro silenzio. Signore, fa' che non caschi la linea, Joanna implorò.

«Joanna, sei lì?»

«Sì, sì, Alberto. Che cosa è successo a Pietro?»

«Non parla, non mangia. Sono disperato. E devo stare qui ancora parecchi giorni. Joanna?...»

«Sì, ti sento.»

«Pietro continua a chiedere di te.» Un attimo di esitazione. «Non ti ha dimenticato.»

«Vi raggiungo subito. Col primo aereo.»

«È una follia» lui disse, ma Joanna sentì nella sua voce un incredulo e infinito sollievo. E le parve di scoppiare di gioia.

«Alberto, non preoccuparti, arrivo subito. Hai capito? Adesso telefono all'aeroporto e volo da voi. Di' a Pietro che sto arrivando!» Non si preoccupò di sapere se aveva capito bene, riattaccò subito, prima che potesse obiettare qualcosa.

E, subito, telefonò a Linate. Il primo volo possibile sarebbe partito l'indomani mattina alle 9, dalla Malpensa. Sì, c'erano ancora alcuni posti disponibili, ma sarebbe stato meglio se lei avesse fatto il biglietto quel giorno stesso, con l'okay. All'ufficio prenotazioni della Bopa la conoscevano bene, era l'agenzia viaggi di cui si serviva anche Fray. Mise giù il ricevitore e fece il nuovo numero.

Era Joanna Fusaro, potevano recapitarle a casa, quella sera stessa, un biglietto per Los Angeles? L'impiegato le lesse le coincidenze e gli orari, andavano bene? Sì, disse lei. Però bisognava aspettare un paio d'ore per avere via telex la conferma delle prenotazioni, avrebbe richiamato l'agenzia. Riattaccò, dopo aver raccomandato di ricordarsi, di farle immediatamente sapere.

Adesso doveva preparare la valigia. Cominciò dalla biancheria. Poi passò alle scarpe. Poi tolse dall'armadio due blazer di lino (l'ultimo regalo di Armani), un paio di gonne, un pantalone, due camicette. Ah, non doveva dimenticare il costume da bagno. Infilò in valigia anche quello, insieme con un pareo, e già si vide in piscina nuotare con Pietro. Chissà se Piccolino sapeva nuotare. C'erano tante cose che ancora non sapeva di lui, pensò. Per esempio, come andava a scuola? Anche quando dormiva in viale Majno, lei scappava via prestissimo e non lo aveva mai accompagnato a scuola, né mai era potuta andare a riprenderlo. Bisogna che vada a parlare con la sua maestra, si propose diligentemente, è molto importante sapere come Piccolino si comporta con i compagni, se studia, se sta attento.

Ricordò all'improvviso che era quasi luglio e le scuole erano ormai chiuse da due settimane. Bene, sarebbe stato per il prossimo ottobre. Mi sto piazzando in pianta stabile nella famiglia Fortis, si trovò a pensare con stupore, sto facendo programmi a lungo termine come se Alberto mi avesse messo in mano la sua casa e la sua vita.

"Io non posso darti niente. Appartengo alla schiera di quegli uomini che amano una sola donna, per sempre" le aveva detto invece con tono definitivo poche settimane prima, invitandola ad andarsene.

Niente è per sempre, Joanna si ripeté drizzando le spalle. Chiuse la valigia e andò di nuovo al telefono. Doveva avvertire Anna Fontana del suo viaggio. Anna è la sola amica che ho, realizzò con affetto. Per le fotomodelle era molto difficile avere amicizie femminili, soprattutto se arrivavano ai vertici, come lei. Era un lavoro individuale, ognuna protagonista del "suo" servizio, e le occasioni di posare insieme erano rare. Le vecchie amiche d'infanzia finivano per allontanarsi e considerarle irraggiungibili estranee, agli occhi delle donne comuni apparivano esseri privilegiati, e perciò da guardare con invidia, sospetto, distacco.

Con Anna era stato tutto diverso, invece, e fin dall'inizio. Fece il suo numero e appena lei alzò il ricevitore le disse del suo viaggio per raggiungere Alberto e Pietro. Anna la lasciò parlare e alla fine disse perplessa: «Spero che tu stia facendo una cosa giusta, Jo».

«Io sono certa di sì. Lo so, d'istinto.»

«Il guaio è, Joanna, che non sempre gli istinti coincidono.» Una breve pausa, un piccolo sospiro. «Quel Fortis, per esempio, potrebbe essere istintivamente convinto che non sei la donna giusta per lui.»

«*Devo* rischiare. E volare da lui è il solo mezzo che ho per vedere chiaro. Ai distacchi definitivi si finisce per rassegnarsi, è l'incertezza, la mezza speranza che ti fa arrovellare, ricordare, dannare. Io voglio solo cercare una risposta definitiva.»

«Joanna? Adesso anche il mio istinto dice che stai facendo una cosa giusta...» Anna, dall'altro capo del filo, era commossa.

«Baciami Amedeo e i gemelli. A prestissimo.»

In quello stesso momento, al di là dell'Oceano, Alberto stava pensando a lei. La baby-sitter per Pietro era in ritardo, ma mancava ancora un'ora alla conferenza di Patrick Grayson, il famoso scienziato. Tema: la psicopatologia della prostituzione. In quelle settimane, mentre i medici, gli psichiatri e i penalisti più famosi degli States facevano la cronaca scientificamente commentata delle sentenze più difficili e controverse, lui si era trovato spesso a pensare a Joanna. Così sana e solare, così distante dalle violenze, dalle contorte follie e dai raccapriccianti raptus che i vari tribunali avevano dovuto negli ultimi anni capire e giudicare.

E adesso Joanna stava per arrivare. Quando, quella

sera, aveva sentito la porta sbattuta con forza, era stato certo che non l'avrebbe rivista mai più. E benché fosse quello che lui lucidamente voleva, aveva provato una oscura sensazione di perdita. Pietro l'aveva cercata per giorni. E rientrando a casa, alla sera, l'aveva cercata d'istinto anche lui, continuando a provare la stessa sensazione di perdita.

Pietro era fuori di sé dalla felicità, da quando sapeva che Joanna li avrebbe raggiunti. Lui, invece, non riusciva a essere altrettanto felice. Si sentiva stordito e come paralizzato. Cosa si sarebbero detti? E se Joanna si fosse, di nuovo, spogliata sfrontatamente stringendolo tra le braccia? *Quel* ricordo non l'aveva più abbandonato. E l'enorme senso di colpa per la sua debolezza era accresciuto dal fatto che entrando dentro di lei aveva dimenticato desolazione e tristezza sentendosi completamente, assolutamente se stesso. Assurdamente felice, osò dirsi.

Rivide i lunghi, nerissimi occhi di Joanna scintillanti di... sì, di adorazione, e il senso di colpa crebbe smisuratamente. Non posso darle niente, si ripeté, è una impetuosa ragazzina innocente che si è infatuata del mio dolore e dei miei trentasette anni. Probabilmente sono stato il primo uomo adulto della sua vita e devo dirle subito, appena arriva, che non potrò mai amarla, che dopo Francesca non possono esserci altre donne, per me.

Ripensando a due sere prima ebbe la sensazione di arrossire. La solita ragazza scollacciata e disponibile che gravita nell'orbita di hall, congressi e uomini importanti, i soliti scoperti approcci, la breve salita in ascensore verso una qualunque, anonima stanza. Era stato un rapporto frettoloso, senza coinvolgimento né gioia. E tornando al Bel Air aveva pensato ancor più intensamente a Joanna, ai suoi occhi adoranti.

Una volta in stanza, era stato tentato di telefonarle. E non era la prima volta. Avrebbe voluto chiederle scusa, dirle che gli mancava, che Pietro chiedeva ogni ora di lei. Ma la differenza dei fusi orari e la paura delle sue reazioni l'avevano fatto desistere.

Era stata lei a chiamarlo. E benché fossero passate due ore, provava ancora lo stesso senso di incredulità e di sollievo. In quel momento gli sembrava di non ricordare il suo viso, e con un gesto guardingo prese la rivista posata sul tavolino davanti a lui. In copertina campeggiava la faccia di Joanna. Era in un supermarket con Pietro quando il bimbo stesso, eccitato, aveva indicato quella rivista. *"È Joanna, papà, è Joanna."* Era stato praticamente costretto ad acquistarla. E adesso lei era lì, curiosamente altera in un top scintillante, gli occhi truccati e l'espressione fissa su qualcosa molto lontano, come in un irraggiungibile traguardo di perfezione. Per un istante gli ricordò Francesca. Scacciò inorridito un pensiero tanto blasfemo e buttò bruscamente la rivista sul tavolo, quasi scottasse.

Francesca. *"Ti è caduto questo foglio"* le aveva detto rincorrendola. Dieci anni prima, davanti alla Statale. Lui era assistente del professor Gilardi, lei matricola della Facoltà di legge. La ragazza si era voltata. Aveva i capelli biondissimi raccolti con un elastico, la camicetta di seta bianca e una gonna grigia, a pieghe. Aveva risposto composta: *"La ringrazio"*.

"Puoi darmi del tu!"

Senza rispondere, si era allontanata. Si erano rivisti per caso (o per miracolo, come continuava a pensare) a casa di Mario Fortis, suo zio. Francesca, così la bionda principessa si chiamava, era la migliore amica di sua cugina Laura. Era stato un amore a prima vista.

"Anche per me" avrebbe confidato lei, arrossendo,

due anni dopo. Era la loro prima notte di nozze. La prima volta che poteva stringere tra le braccia il rotondo e verginale corpo di lei. E aveva avuto l'impressione di profanarla, quando l'aveva penetrata. Dolcemente, lentamente, con una commozione senza fine. Era stato così per settimane. Poi Francesca era rimasta incinta e, per consiglio dell'ostetrico, non avevano più avuto rapporti. Era devastata dalle nausee e aveva continue fitte al basso ventre. Al quinto mese si era messa a letto e aveva eroicamente aspettato il termine della difficile gravidanza.

"È un bellissimo maschietto di tre chili e mezzo!" Gli pareva di risentire la voce del professor Campi, l'ostetrico, come se fosse ora. Lo avevano chiamato Pietro. *"Voglio un nome che non possa essere accorciato né storpiato da ridicoli diminutivi"* aveva spiegato Francesca. E Pietro era uno di questi rari nomi.

Francesca, troppo debole per allattarlo, aveva voluto una balia. Come ai vecchi tempi. *"Il nostro bambino deve avere il meglio, Alberto."* E quante volte l'avrebbe stretta, piangente, tra le braccia, perché Pietro rifiutava la pappa, si svegliava terrorizzato per il rumore di un tuono o rifiutava di tuffarsi in piscina nonostante gli inviti del maestro di nuoto.

"I bravi bambini non hanno paura di nulla, Pietro." La dolce, ferma voce di Francesca.

"Ma io ho paura, mamma!"

"Devi imparare fin da ora a diventare un uomo coraggioso e forte. Come il tuo papà."

Sono davvero un uomo coraggioso e forte?, si chiese adesso Alberto, sconvolto da quei ricordi. Francesca, non potrà mai esserci un'altra come te, Francesca mia.

V

«Tuffati, pigraccio!» Joanna lo aveva afferrato per un braccio e con la mano libera gli spruzzava addosso l'acqua della piscina.

«No, Jo, mi fai il solletico, Jo!» Pietro rideva, divincolandosi.

«Adesso ti butto giù!» Lo afferrò per la vita e, tenendoselo contro, si calò in acqua con lui. Poi si allungò nell'acqua, a braccia aperte, e se lo mise sul dorso. «Tieniti stretto, Piccolino!»

Pietro fece una risatella spaventata, ma aggrappato a Jo non aveva poi tanta paura. «Tu nuotavi anche quando eri bambina? Avevi una piscina, nella tua casa?»

«No. Ero una bambina povera e avevo una brutta casa.»

«Io non sono povero» constatò Pietro gravemente. Senza accorgersene, era scivolato dal dorso di Joanna e stava a galla soltanto tenendo una manina posata sul fianco di lei.

«Bravo bambino! Adesso prova a staccarti: ti tengo io.» Joanna gli passò un braccio sotto alla vita e lo spinse in avanti. «Muovi i piedi e agita le braccia... Così, come faccio io.»

Alberto, seduto al bordo della piscina, osservava Joanna e suo figlio muoversi nell'acqua. Joanna aveva una pazienza incredibile. Ma forse ''pazienza'' non era il termine esatto, pensò. Era una dolcezza istintiva che si sprigionava da tutto il suo essere, tanto più sbalorditiva in una ragazza impetuosa, estroversa e a volte selvaggia come era lei. Era andato a prenderla con Pietro all'aeroporto e l'aveva vista dirigersi verso l'uscita a testa alta, con passo composto, i larghi pantaloni bianchi sul corpo alto e magrissimo. Bastava un'occhiata per capire che faceva la modella.

Ma appena li aveva visti, Joanna si era fatta largo a gomitate e, pestando il piede di un prete dall'aria assorta, era volata verso di loro tendendo le braccia a Pietro. E il bimbo, emozionato, era scoppiato in singhiozzi. Però quella sera, al ristorante del Bel Air, aveva mangiato un intero hamburger. E aveva voluto una doppia porzione di patatine fritte e di torta di mele.

Era stato sei giorni prima. E l'indomani pomeriggio sarebbero tornati a Milano. Joanna aveva voluto dormire nella stanza di Pietro e si era comportata con lui, Alberto pensò con sollievo ma anche con una punta di delusione, come una vecchia amica. La prima sera, nella stanza accanto, aveva stentato a prendere sonno temendo che da un momento all'altro la ragazza avrebbe bussato alla sua porta. Niente di tutto questo. E non un'occhiata di intesa, non un attimo di imbarazzo, non un cenno a quello che era accaduto tra loro.

Adesso Joanna e Pietro erano usciti dall'acqua e per la prima volta Alberto notò che lei aveva un corpo splendido. I capelli color fiamma sgocciolavano scomposti sul suo viso e Jo se li intrecciò in cima alla testa mentre, tenendo il bimbo per mano, si avvicinava a lui.

«Se ci fossimo fermati due giorni di più,» disse cercando l'accappatoio in una sacca «Piccolino avrebbe imparato a nuotare.»

«Non ho più paura, papà!» annunciò solenne Pietro.

E Alberto, anziché sentirsi inorgoglito, si sentì di colpo tristissimo. Quasi offeso. Pietro aveva dato a Joanna una soddisfazione che a Francesca, sua madre, si era sempre rifiutato di dare.

«Non avrai paura neppure stasera, vero, Pietro?» la ragazza stava chiedendo. Quella sera lei aveva un appuntamento con Herb Crocetti, il corrispondente californiano dell'agenzia Fray. Era un piacere che lei non aveva potuto negare allo stesso Fray. «Approfitta di questa tua insensata fuga per incontrarlo, ti voleva conoscere da un pezzo» lui gli aveva detto per telefono. «Crocetti ha le mani in pasta dappertutto, e può saltare fuori qualche proposta vantaggiosa.»

L'appuntamento era per le diciannove, a casa di lui, e Alberto si era offerto di accompagnarla e anche di andarla a riprendere tre ore dopo.

«Non voglio più la baby-sitter, non ho proprio paura, Joanna» stava dicendo Pietro.

«Bravo bambino» lei sorrise infilandogli la testa nel cappuccio dell'accappatoio.

«Anche la mia mamma mi diceva ogni tanto "bravo bambino"» ricordò Pietro, rabbuiandosi. E suo padre si dette del criminale per la gioia che provò nel vedere che il bambino soffriva ancora, ricordava ancora.

«È che tu sei *davvero* un bra-vis-si-mo bambino. Sempre» decretò Joanna. «E ora, di corsa a casa.»

«Ma, Jo, questo è un albergo, non la nostra casa!»

«Tutti i posti in cui si sta bene sono una casa» lei replicò seria.

«Eccoci nella leggendaria Hollywood» declamò Joanna guardando fuori dal finestrino. Senza saperlo, stava provando la delusione comune a tutti quelli che, arrivati nella Mecca del cinema, vedevano di colpo ridimensionate le loro grandiose aspettative. Hollywood era semplicemente un sobborgo di Los Angeles, con le larghe strade in cui passavano soprattutto automobili, tante brutte case squadrate, e pitturate con i colori più strani, molte pompe di benzina, molte insegne, molti semafori.

Se non vi fosse stata quella insegna issata sulla grande collina, una HOLLYWOOD gigantesca, avrebbe potuto apparire il qualunque anonimo quartiere di una qualunque città di provincia.

Alberto guidava senza parlare, condividendo l'impressione di lei, un po' a disagio per la faraonica Ford che la direzione del congresso gli aveva messo a disposizione. Adesso aveva svoltato e Joanna esclamò: «Qui si mette al meglio!».

Finite le insegne, le pompe, le basse case sfacciate, tutto cominciava a diventare lindo e verde. «È il celebre quartiere dei divi» Alberto spiegò.

«Finalmente parli, credevo che avessi perso la voce.»

«Sono solo un po' stanco, Joanna.»

«Non serve che passi a riprendermi, posso chiamare un taxi. E poi quasi certamente Crocetti mi accompagnerà. O mi farà accompagnare dal suo autista...» Si interruppe. «Non potrei abitare mai in un posto come questo, ma devo dire che è stupendo!» Parchi e giardini sembravano scivolare dolcemente fino al ciglio del viale. Di tanto in tanto si intravedeva, arrampicata sul verde, la facciata di qualche villa, o la lingua azzurra di una piscina, o un lezioso colonnato.

Alberto rallentò e si udì il latrare di alcuni cani. Quel posto splendido era così silenzioso e solenne che a Joanna fece malinconia. Aveva l'impressione che nessuno potesse vivere felice, lì, in quella atmosfera di lussuosa, funebre perfezione.

A Francesca sarebbe piaciuto pazzamente, si trovò a pensare. Anche la casa di viale Majno era come una di queste ville sul Sunset Boulevard. Si girò verso Alberto. Era mai stato felice? Sapeva cosa volesse dire essere felici? Ancora l'odio per Francesca, dolcissima imbalsamatrice. Chissà che infanzia aveva avuto. Chissà quali paure e incubi, o quanta solitudine, le avevano trasfuso quella voglia di smaterializzarsi, di diventare un angelo.

Joanna fece un lungo sospiro e Alberto si girò verso di lei. «Ti senti poco bene?»

No, stava per rispondergli, finalmente provo un poco di pietà per tua moglie e mi sento molto meglio. Gli disse invece: «Sto bene. E, come ti dicevo, non serve che tu venga a riprendermi».

«Sarò lì alle ventidue in punto.» Il tono era definitivo. «Che tipo di lavoro pensi ti proporrà, questo Crocetti?»

«Probabilmente nessuno, stasera. Ma io lavoro parecchio in America e, secondo il mio agente, Crocetti può essere molto utile.»

«Tieni molto alla tua carriera?» Era la prima volta che Alberto lo chiedeva o sembrava ricordare che lei era una celebre modella.

«Mi *piace* molto, ma non ho una inestinguibile sete di gloria. Questo lavoro brucia in fretta, e tra un anno probabilmente non sarò più la richiestissima e pagatissima Joanna. Dovrei fare quello che fanno le altre ''ex'': pubblicità, televisione, cinema o pubbliche relazioni. Ma nevrosi e agonismo sono in agguato e il pensiero di buttarmi in quella mischia non mi sorride.»

«Ma nella mischia, immagino, ti ci sei già buttata per arrivare dove sei arrivata» osservò Alberto.

«Non proprio. Quando inizi questo lavoro sei giovanissima, diciotto anni al massimo. E ti presenti a un'agenzia, con le tue brave foto, nello stesso stato d'animo di chi aspetta che estraggano il biglietto vincente di una lotteria. Se va, entri nel sogno. Se non va, torni coi piedi per terra. E per essere scelta non devi dare gomitate, né servono raccomandazioni, né andare a letto con qualcuno. È forse il solo lavoro in cui barare è impossibile. *Devi* funzionare.»

«E cioè?» Alberto sembrava molto interessato, adesso.

«Cioè avere quel ''qualcosa'' che distingue una bellissima ragazza da un'altra bellissima ragazza. Per diventare fotomodella devi avere quella bellezza speciale che piace all'obiettivo. La macchina fotografica deve amarti, ''sentire'' che può trasformarti, cambiarti e crearti a suo piacimento. Devi diventare sua ma senza perdere te stessa, come un'amante capricciosa e sfuggente.»

«Credo di capire che le fotomodelle devono avere, oltre a una certa bellezza, anche una notevole intelligenza.»

«È così. Almeno, una *particolare* intelligenza, quella che piace all'obiettivo. E qui torniamo al discorso di prima: quando ti presenti a qualcuno per essere lanciata in questo lavoro, non esistono vie di mezzo. O funzioni oppure non funzioni. Se funzioni, ti mettono in mano a un truccatore e a un parrucchiere e poi ti mandano da un fotografo. Diventi ''bookata'', come si dice in gergo, ossia hai un bravo librone pieno di foto tue che le varie giornaliste di moda esaminano, quasi sempre con occhio schizzinoso. Se superi il loro esame... sei in carriera. E se hai fortuna di fare il primo servizio per una rivista molto importante, sei entrata in questo lavoro dalla porta principale. È un'ascesa che nessuno può fermare, quasi automatica. Esistono le colleghe invidiose, ma soltanto una ragazza che ha i tuoi stessi numeri può levarti lo scettro. E non subito, ma soltanto quando il tuo tempo di rimanere sul trono è scaduto.»

«Non è nevrotizzante sapere che il successo dura tanto poco?»

«Sì, ma soltanto se hai un temperamento nevrotico. Se di fondo sei saggia, investi oculatamente quello che via via guadagni e, con un pizzico di fortuna, puoi anche viverci dignitosamente per tutta la vita. Ma quasi sempre le top model equilibrate e lungimiranti finiscono per fare un matrimonio d'oro. Industriali, costruttori, petrolieri, grossi professionisti e roba del genere. La bellezza è una carta vincente, in questo senso.»

Albero rise. «Soprattutto perché gli uomini molto ricchi sono spesso molto vanitosi e una moglie splendida figura nell'elenco degli status symbol!»

«Anche. Però non dimenticare che questa ''moglie splendida'' è una donna che ha viaggiato, sa muoversi, sa parlare, è paziente, resistente alle fatiche, ha un ottimo carattere, un enorme senso della disciplina e del dovere...»

«Ti stai facendo l'autoritratto, Joanna?» Alberto rideva di nuovo.

«No, sto descrivendo il lavoro di fotomodella. Quella che è realmente tale, si intende.»

«Tu hai già posato l'occhio sul tuo marito ideale?» Alberto si informò.

«No. Però... Lasciamo perdere, non è un discorso che si possa riassumere in due parole.» Aveva la voce improvvisamente infastidita.

«Tanto più» disse Alberto «che siamo arrivati. Però lo riprenderemo. Sei un'ottima conversatrice, non te lo hanno mai detto?» Rallentò dolcemente davanti a un breve viale. In fondo si scorgeva una cancellata in ferro battuto. «È qui, Joanna. Passo a prenderti fra tre ore.» Aspettò che lei percorresse il viale e che la cancellata si aprisse. Poi rimise in moto.

La direzione del congresso aveva organizzato in una sala del Beverly Hills un piccolo ricevimento d'addio, ma Alberto non se la sentiva di andarci. Era svuotato e stanchissimo. Fece qualche giro con la macchina. Cominciava a imbrunire e, con le luci che via via si accendevano, Hollywood sembrava più festosa. Imboccò una grande strada in discesa e in fondo vide lampeggiare l'insegna di un bar.

Era un locale piccolo, molto intimo e con le luci soffuse color pesca. Entrò e si sedette su una poltroncina con un serpente intarsiato sullo schienale e il fondo imbottito color rosa. Ordinò un bourbon liscio e cercò di capire che cosa non stava funzionando in lui. Erano passati quattro mesi dalla tragedia e il dolore delle prime settimane si era fatto meno atroce: ma invece di essere sollevato si sentiva, se possibile, ancora peggio. Scontento, ecco.

Bevve il bourbon e ne ordinò un altro. Non era mai stato scontento. Le tensioni, i problemi e le poche sconfitte professionali erano sempre rimaste fuori casa. E lontane dalla ''sua'' vita. Francesca aveva creato un nido in cui non c'era posto per interrogativi, inquietudini, pensieri neri. Riflettendoci, gli parve addirittura di non aver mai *pensato*, quando rientrava in casa. Tutto era organizzato e rassicurante, i soliti gesti e i soliti oggetti, cene tranquille con Ketuth che gli metteva davanti il piatto e gli versava il vino. E Francesca che chiacchierava con quella sua piccola tranquilla voce. Che aveva un filo, solo un filo di durezza quando diceva: ''*Pietro, non hai ancora finito la bistecca? Mangia, ti prego. E tieni bene il coltello''*.

Ordinò un terzo bourbon. *''Ti voglio tanto bene.''* Ancora la voce di Francesca. La loro ultima notte, a Chianciano, prima della sua morte. Non diceva mai ''ti amo'', e una volta le aveva chiesto perché. *''Perché tutti si amano. 'Ti amo' può essere passione, superficialità, bugia , illusione. Io ti voglio bene, Alberto. È molto di più. È un sentimento per sempre.''*

La sua logica rigorosa, senza mai contraddizioni. La sua intelligenza così sottile, così... pulita. Non si accorse di aver ordinato il quarto bourbon, e lo bevette d'un fiato. «Un altro» chiese al cameriere. Notò che l'uomo lo guardava fissamente e Alberto dovette sforzarsi di non ridergli in faccia.

Ora mi butta fuori. O chiama una guardia, come nei film di Hollywood. Ma *siamo* a Hollywood, ridacchiò.

«Tra dieci minuti chiudiamo, signore» disse il cameriere porgendogli l'ultimo bourbon. Alberto lo inghiottì d'un sorso e guardò l'orologio. Era lì da oltre due ore, e tra dieci minuti Joanna lo aspettava.

Joanna, Joanna, canticchiò mettendo in moto l'auto. Si concentrò nello sforzo di trovare una rima. *Joanna... barbagianna!*, rise felice. Sì, Joanna era una ragazza pericolosa, molto, molto pericolosa. Francesca non si era mai spogliata davanti a lui. Cercò di restare sul pensiero di Francesca e invece ricordò quella sera con Joanna. Il piccolo seno di Joanna. Le sue braccia attorno a lui. E i suoi gemiti...

Frenò di colpo. Accidenti, stava sbagliando strada. Cercò di individuare l'incrocio di tre ore prima, ma non era facile. Rimise in moto e ne imboccò uno sbagliato prima di arrivare, finalmente, sul Sunset Boulevard.

Joanna era già davanti al cancello, con Crocetti che

la stava ascoltando e rideva. Strinse gli occhi: le teneva anche una mano sulla spalla. Premette il clacson tre volte, con forza, e infine lei si decise a venire verso l'auto.

«Sei in ritardo» osservò. Crocetti le era venuto dietro e si curvò verso Alberto. «Buonasera. Vuole entrare a bere qualcosa?» chiese cordiale.

«No, abbiamo fretta. Monta, Joanna.»

Ripartì in gran fretta zigzagando. «Alberto...» Joanna lo fissava preoccupata.

«Sì?»

«Ti senti poco bene?»

«Mai stato meglio. *Joanna barbagianna!*» si mise a canticchiare. E scoppiò a ridere.

«Dove sei stato, Alberto?» Puzzava di alcol, registrò lei con improvvisa angoscia.

«In una bomboniera tutta rosa!» Rise ancora e azionò i tergicristalli.

Bambina cattiva, bambina cattiva, bambina cattiva... sembravano dire. Joanna si turò le orecchie e urlò: «Ferma questi accidenti!». Quella sera d'inferno, la Bestia sopra di lei... Stava per scoppiare a piangere. Non sopportava gli uomini ubriachi, né l'odore del vino. Avrei bisogno di altri vent'anni di analisi per rimuovere quella notte, pensò.

Alberto aveva frenato. «Joanna, perché urli? Che cosa ho fatto?» Era furioso con se stesso perché aveva la mente annebbiata e non riusciva a capire.

«Ti sei ubriacato, Alberto?»

«Sì» lui ammise lugubre. A Joanna sembrò un bambino castigato ingiustamente e l'angoscia sparì. Lui era Alberto, non la Bestia. Era l'uomo che amava. Il papà di Piccolino. Sospirò beata e poi esplose in una risata argentina.

«Perché ridi? Non c'è niente da ridere! Non mi ero mai ubriacato, prima!»

Joanna gli buttò le braccia al collo e lo baciò su una guancia. «Rido perché siamo qui insieme. Rido perché non sono mai stata così felice. E anche perché ti sei ubriacato. Pensandoci bene, è bellissimo. Hai fatto una cosa... grandiosa, ecco.»

Alberto rimise in moto. È una ragazza folle, pensò, ma mi piace. E gli piaceva cominciare a ritrovare un barlume di lucidità. Era stato l'abbraccio di Joanna.

Erano usciti dal viale dei divi ed erano di nuovo in una larga, anonima strada. A un certo punto Joanna gli posò una mano sul braccio. «Guarda laggiù, Alberto.»

«Dove?»

«A sinistra. C'è un mucchio di gente ferma, forse...» Stava per dire ''forse c'è stato un incidente'', ma si fermò in tempo. Era in un incidente che lui aveva perduto la moglie. Disse invece: «Forse ci sono degli ubriachi che stanno facendo a botte. Meglio tirare dritto».

Lui, come se non avesse udito, rallentò accostando sulla sinistra. Abbassò il finestrino e si sentì il suono di una chitarra. Poi una voce che arringava. E poi dei battimani. «Deve esserci una festa, fermiamoci a guardare» disse.

Erano un ragazzo e una ragazza. Giovanissimi. Lei con un lungo abito di seta bianca, lui con una specie di austera tonaca in raso nero luccicante. Lei suonava la chitarra e lui, in un inglese chiarissimo, che Alberto e Joanna capirono perfettamente, stava spiegando chi erano.

Erano i figli di Gea. Gea era la terra e loro predicavano l'amore sulla terra. Il ragazzo parlava con proprietà e con poesia, con ingenuità e con intelligenza. Alberto era ormai lucidissimo e vide qualcosa, come una lacrima, luccicare negli occhi di Joanna.

«Vorrei vivere come loro, girando per l'America e predicando l'amore» mormorò. Alberto le fece cenno di ascoltare.

«E adesso» stava dicendo il ragazzo «se tra voi ci sono degli uomini e delle donne che si amano, io posso sposarli. Non ho alcuna veste legale per farlo, forse molti saranno già sposati, ma *questo* matrimonio è il più solenne e il più duraturo perché celebrato con amore e voluto con amore. Senza l'inquinamento di dubbi, senza il logorio del calcolo o dell'attesa, senza la burocrazia delle istituzioni. Il solo documento che io rilascio è un piccolo cuoricino d'oro. E allora, chi vuole sposarsi?»

C'erano, Joanna valutò turbata, almeno cinque coppie, ma nessuna si fece avanti.

«Avete paura? Vi hanno lavato il cervello al punto che dovete riflettere per dire ''ti amo''? Siete così orgogliosi che non osate confessarvelo? Siete così infelici che vi ritraete con orrore all'idea di ripetere il vostro matrimonio?»

«Andiamo via, Alberto» sussurrò Joanna con voce arrochita.

Il figlio di Gea si stava avvicinando proprio a loro. Guardò Alberto. «Perché lasci che la tua donna fugga? Fermala con l'amore. Sposala senza riflettere. Imprigiona le tue paure e lascia parlare il cuore. Come ti chiami?»

«Alberto Fortis» Joanna lo sentì dire in uno strano tono ufficiale.

«Andiamocene» gli ripeté concitata, prendendolo per un braccio.

«No. Sposiamoci.» Era proprio la voce di Alberto?

«Ti prego, non ho voglia di scherzare.»

«Joanna, ho detto che voglio sposarti. *Voglio sposarti*. Adesso, qui.»

«Ma sei impazzito?»

Per tutta risposta lui disse al ragazzo in tonaca: Che cosa aspetti? Io... io amo questa ragazza».

«Tutto sommato, è stato uno scherzetto costoso» Joanna ridacchiò dieci minuti dopo. Si accorse che aveva ancora il cuoricino d'oro tra le dita. Il figlio di Gea aveva voluto fare le cose in grande: ne aveva dato uno anche a Alberto, e aveva respinto, offeso, i cento dollari che lui gli stava porgendo. La cerimonia, cuoricini d'oro vero compresi, costava trecento dollari, non cento.

«Anche l'amore ha il suo prezzo» incalzò Joanna sempre più a disagio per il silenzio di Alberto. Lui continuava a guidare piano e non aveva detto una parola da quando, un quarto d'ora prima, le aveva giurato "eterna dedizione e eterno rispetto".

Ma finalmente si decise a guardarla. «Smettila» disse.

«Guarda che era un gioco! Non è il caso che tu la prenda tanto drammaticamente. Eri un po' brillo e ci siamo divertiti. Punto e basta.»

«Per me non è stato un gioco, Joanna.» Si girò di nuovo, tolse una mano dal volante e le fece una carezza sul viso.

«E... e cosa è stato, allora?» Le tremava la voce.

«Un impulso. Qualcosa che in quel momento desideravo assolutamente, e veramente, fare.» Parlava lentamente scegliendo ogni parola come se, prima che a lei, dovesse spiegare a se stesso.

«Vuoi dire che in quel momento... hai desiderato assolutamente, e veramente, che io fossi tua moglie?»

«Sì. E anche adesso. Desidero assolutamente, e veramente, stringerti tra le braccia.»

È divertito, pensò Joanna con il cuore in gola. Sorride e scherza.

Quasi avesse intuito i suoi pensieri, Alberto chiese: «Pensavi che a cerimonia finita ti avrei scaraventata giù dall'auto, improvvisamente lucido e disgustato di me?». Rideva ancora.

«Lei ha indovinato, avvocato Fortis. E vince un premio da trecento dollari!»

«Siamo arrivati, signora Fortis. Si ricomponga, non mostri al portiere quella sua faccia libidinosa.»

Per la prima volta, quella notte, Joanna non ricordò la Bestia. Le mani di Alberto erano dolcissime, i suoi gesti pieni d'amore. Nessun uomo l'aveva mai posseduta con tanta tenerezza e tanta passione. Quando finalmente, all'alba, lui si addormentò, Joanna tornò in punta di piedi nella sua stanza. Pietro dormiva come un angioletto. Gli depose un lieve bacio sulla fronte. «Piccolino,» sussurrò «adesso ti sento tutto mio, come se stanotte ti avessi dato io la vita...»

VI

«Dunque, ricominciamo. Pur senza essere un costruttore o un petroliere, posseggo tre case e una villa e sono un famoso penalista. Dunque, posso essere un partito d'oro per una top model. Sì o no?»

«Alberto...»

«Joanna, come in tribunale, limitati a rispondere sì o no. Sono o non sono un partito d'oro?»

«Sì...» Un cerchio alla testa, il panico che cresceva, la paura della catastrofe.

«Direi che ho una salute eccellente. E, questo lo affermasti tu, ricordi?, sono anche un bell'uomo. Sì o no?»

«Sì... Ma...»

«Soltanto sì o no, prego. Abbiamo un'ottima intesa fisica. Giusto?»

«Sì.» Ormai era rassegnata a quel lugubre gioco.

«Ho un figlio che ti adora e ha un appassionato bisogno di te. O lo puoi negare?»

«No.» Questa volta Joanna rispose con convinzione.

«A questo punto ti ripeto: dove sta l'ostacolo? Per quale ragione non vuoi sposarmi, con una cerimonia vera, stavolta?»

Erano tornati a Milano da dieci giorni e una sera di tre giorni prima, all'improvviso, lui le aveva detto: «Joanna, voglio sposarti davvero».

"Perché hai paura di tua suocera? Perché non sta be-

ne avere una relazione fuori dal matrimonio?" aveva chiesto lei.

"Diciamo che amo le situazioni pulite e definite. E non mi va che si facciano pettegolezzi inutili."

"Alberto, tu sei ancora sotto choc per la morte di Francesca. Non..."

"Francesca sarà sempre nel mio cuore" lui l'aveva interrotta con improvvisa durezza. *"Una donna straordinaria che... Ma la vita in qualche modo deve continuare. E io voglio che tu abiti regolarmente e per sempre in questa casa. Mia suocera capirà."*

"Ma tu non mi conosci abbastanza."

«Tu non mi conosci abbastanza» stava ripetendo adesso. Da tre giorni diceva no, no, no, e lui incalzava, allegro o serissimo, paradossale o convincente, razionale o folle.

«Sei la sfrontata, brava ragazza che mi ha ridato la speranza. E che il mio bambino adora» lui disse convinto.

Sono una puttana, lei gridò dentro di sé. La figlia di una donna che si vendeva per soldi e che a sua volta si è data agli uomini per incoscienza, per sfida, per paura. E per scacciare il ricordo della Bestia. Sono una cattiva bambina che non è mai stata innocente, perché un essere immondo l'ha contaminata quando aveva appena nove anni.

Ma la voce le restò in gola e per un istante lei pensò tristemente che forse, come allora, aveva perduto la voce. No, Joanna, si disse, sei solo vigliacca. Hai paura che dagli occhi di Alberto sparisca il rispetto e ti guardi con schifo. Si sentì come sdoppiata: da una parte la Joanna implacabile, dall'altra la piccola Joanna terrorizzata. E fu a quest'ultima che chiese pietà. Sì, ho paura. Mi hanno ricostruito il corpo e il cervello per anni mi hanno ripetuto ''sei eccezionale'', ''sei forte'', ma dentro di me sono rimaste le ferite e la vergogna.

«Joanna, perché non dici niente?» La stava guardando, e anche lei lo guardò. E capì, desolata, che aveva soltanto un mezzo per non fargli commettere quell'irreparabile errore: dirgli tutta la verità. Ma non ora, temporeggiò. Ora era stanchissima.

«Ne riparliamo, Alberto» disse come una condannata a cui fosse stata concessa una brevissima grazia.

«Non vedo cosa altro c'è da aggiungere. Stasera verrà qui mio zio con la famiglia. È il solo parente che ho, e provo molto affetto per lui. L'ho invitato a cena perché sia il primo a conoscerti. Ti piacerà, vedrai.»

Le era piaciuto anche due anni prima, quando si era seduto accanto a lei in aereo e con spontaneità, con gentilezza, poco dopo aveva cominciato a parlare con lei.

Ora, entrando nel salone e vedendolo sorridente accanto a Alberto, Joanna si sentì agghiacciare: lo zio amatissimo era Mario Fortis, l'industriale che le aveva pagato metà dell'attico di via Spiga, l'uomo dai teneri occhi celesti che si preoccupava per lei e le diceva ''come stai?'', ''non bere tanti caffè...''. Mario Fortis. Lo stesso cognome: perché non ci aveva mai pensato?

«Jo, vieni» le stava dicendo Pietro, trascinandola verso gli altri. È la catastrofe, lei pensò. Avrebbe voluto fuggire. Oppure morire d'un colpo, subito. Invece non accadde nulla. Alberto si stava avvicinando con una signora sui cinquantacinque anni che le ricordò in qualche modo la madre di Francesca. Lo stesso sguardo diffidente e malignamente curioso. «Mia zia Isa» la presentò. «E questa è Joanna, la ragazza di cui vi ho parlato.»

Poi fu la volta della cugina Laura, una secca e slavata biondina sui trenta. La figlia di Mario, la fortunata e ricca ragazza che per sei mesi lei aveva invidiato con tutta se stessa.

E infine fu la volta di Mario. Quando Alberto glielo presentò, lei credette che il braccio le si fosse paralizzato. E aveva le dita di ghiaccio. Le labbra dell'uomo si dischiusero in un sorriso cordiale e pieno di allegria. Le sollevò, letteralmente, la mano e gliela strinse. «Finalmente la conosco, Joanna. Mio nipote sembra pazzo di lei.»

Lo fissò incredula. Poi capì, e si sentì quasi svenire per il sollievo e la gratitudine: Mario aveva fatto finta di non riconoscerla.

«Hai scelto una bella e bravissima ragazza» disse al nipote con serietà. Alberto gli fece un cenno d'intesa: Pietro era lì e non doveva ancora sapere. Era stata Joanna a chiedergli, chissà perché, di aspettare a dargli la notizia del loro matrimonio. E non appena il bambino si voltò, Alberto spiegò piano: «Lui non lo sa ancora, zio».

«Capisco,» l'uomo disse «ma credo proprio che non ci saranno problemi. Pietro ha bisogno di una madre, e spero che lei, Joanna, sarà una mamma affettuosa e paziente. Non è un bambino facile.»

Adesso Pietro si era allontanato. La zia Isa, la moglie di Mario, lo aveva preso sulle ginocchia e gli stava parlando fitto fitto.

Ketuth entrò con il vassoio degli apertivi e chiamò Joanna con un cenno. «Tra poco è pronto in tavola, signorina» disse. Da quando erano tornati da Los Angeles, e Joanna era rientrata in quella casa, il cameriere filippino sembrava considerarla già la nuova padrona. Maria, invece, aveva lo stesso atteggiamento brusco e sfuggente. Ritornando da Alberto e da Mario Fortis, passò accanto alla moglie di lui e sentì, con orrore, che stava interrogando il bambino su come Alberto l'aveva conosciuta. Il piccolo, diligentemente, rievocava quella notte al pronto soccorso. Ma la sua vocetta tremava.

Joanna si fermò e, con un gesto secco, prese per mano il bambino.

«Mi scusi, signora, ma ora Pietro deve andare a letto. Erano i patti, vero, Piccolino?»

«Vedo che il polso fermo non le manca, Joanna» la signora Isa osservò sarcastica.

«No, infatti» replicò nel medesimo tono.

Prese il bimbo in braccio e lo portò nella sua stanza, pregando tutti di scusarla. Pietro volle che lei gli raccontasse la favola di Archimede Pitagorico. E poi quella di Pierino che non mangiava mai e non diventava mai grande. E poi volle dodici baci. Li contò ad uno ad uno. Infine disse: «Diciamo insieme la preghiera». Raccomandò Gesù di proteggere lui, la mamma in cielo, il papà, la sua amica Joanna, Ketuth, Maria e Buck. Infine sussurrò: «Io ho un segreto, sai? Quando si spengono tutte le luci, faccio salire Buck nel mio letto. Dorme sempre con me».

Joanna gli spettinò i capelli. «Credevi che io non lo sapessi?»

«E allora perché non l'hai detto a Maria e al papà?»

«Perché sono la tua amica. E perché non faccio mai la spia.» Si alzò e fece per avviarsi alla porta.

«Joanna?!» lui la richiamò.

«Sì, Piccolino?»

«Sei proprio una *bravissima* amica.»

Mentre chiudeva la porta dietro di sé, Joanna si sentì stringere il cuore. Piccolino avrebbe presto perduto la sua amica. Era ancora più assurdo, se possibile, che lei sposasse Alberto dopo aver scoperto che Mario Fortis era suo zio. Non osava neppure pensare a come Alberto avrebbe reagito, se solo qualcuno glielo avesse detto.

A questo punto, non poteva neppure più buttargli la verità in faccia. Lui stimava e amava Mario Fortis, sarebbe stato crudele dirgli: ''Quel brav'uomo ha avuto una giovanissima amante e l'ha anche liquidata con un bell'assegno''.

Sono sporca e corrotta, pensò con vergogna, gli occhi pieni di lacrime, mentre si dirigeva verso il bagno. Mario Fortis era a pochi passi e lei, nel vederlo, si bloccò.

«Stai bene, Jo?» le chiese preoccupato, con la dolcezza di sempre.

«Bene come può stare una sudicia imbrogliona. Non sapevo che tu...» Soffocò un singhiozzo.

«Ssst» fece lui, un dito sulle labbra. «Me ne parlerai domani. Ti va bene a mezzogiorno, nel mio ufficio? Guarda che è un ordine. E ora vai ad asciugarti gli occhi e poi fila a tavola. Zitta e brava.»

Era già stata nel suo ufficio due volte, agli inizi della loro relazione. Ma adesso c'era una nuova segretaria che non poteva avere alcun sospetto. Né riconoscerla. Mario la aspettava. Appena lei entrò, si alzò e la baciò castamente su una guancia.

«Ti vedo pallidina. Troppi aerei e troppo caffè, eh?»

«Non so perché tu mi abbia fatto venire qui,» Joanna disse in fretta «è una situazione terribilmente imbarazzante. Per te e per me.»

«Forse per te» rettificò l'uomo. «Per me è stato un enorme sollievo sapere che stai per sposare un onesto e bravo ragazzo. Sono sempre stato in pena per te, in questi ultimi tempi.» La stava portando verso una poltrona e fu quasi costretto a farla sedere. Si sedette a sua volta in un'altra poltrona, spingendola vicino a quella di lei.

Le prese le mani tra le sue. «Joanna, rilassati.»

«Lo capisci che non posso sposare tuo nipote?»

Mario Fortis tacque con aria assorta. Infine disse, con cura: «Vedi, Joanna, capisco che tutto quello che sta accadendo non è consueto. Diciamo pure che è eccezionale, fuori da ogni regola. Ma anche tu lo sei. Anche la tua vita lo è stata. ''Eccezionale'' significa senza possibilità di confronto, qualcosa che esige un giudizio a sé, particolarissimo. Forse per una ragazza comune sposare il nipote di un... un ex amante sarebbe disdicevole. Ma non per te. Tu sei Joanna».

«La mia vita te l'ho raccontata, a suo tempo. Sai quanti uomini ho avuto prima, e dopo, di te?» lo aggredì, quasi.

«Zitta, Jo. Non li hai avuti per disonestà o per avidità o per vizio. Dovevi riconciliarti con gli uomini, e gli uomini che hai avuto sono stati come una terapia. Un mezzo per rassicurarti, per capire che il sesso non è violenza e i maschi non sono bestie. Jo, mi senti?»

«Sì. Sento tante belle, retoriche parole.»

«Posso dirti una cosa, piccola? Mia moglie l'hai conosciuta. È una donna egoista, ignorante, assolutamente qualunque. Eppure non l'avevo mai tradita. Sei stata la mia prima, e ultima, storia fuori dal matrimonio. E non mi sono mai sentito in colpa, perché... perché tu eri Joanna. La ragazza più coraggiosa e perbene che un uomo possa incontrare. Volevo avere questo privilegio...»

«Non sei stato il solo, Mario» lo interruppe cupa.

«Però io ho avuto un rapporto particolarissimo con

te. Posso dirti un'altra cosa? Quello che provavo per te non era passione, e forse neppure amore: era adorazione. Ti guardavo, ti toccavo, e mi sembrava di essere, appunto, un uomo smisuratamente fortunato. Perché non a tutti capita di incontrare una Joanna.»

«Chissà se Alberto riuscirà ad apprezzare questa sontuosa fortuna» lei disse feroce. «Dopo la casta Francesca, l'eccezionale Joanna...»

«No.»

«*No* che cosa?»

«Non devi dirglielo.» Il tono era perentorio e Mario continuò a parlare guardandola fissamente negli occhi. «Non devi dirglielo perché la povertà, la violenza, gli anni in orfanotrofio, l'anoressia, le cure *appartengono a te*. Joanna è nata da tutto questo. Ed è diventata un'altra. È questa altra che Alberto vuole sposare.»

«Però *a te* ho raccontato tutto.»

«Alberto potrebbe non capire. È... rigoroso e inflessibile» fu costretto ad ammettere.

«Vedi?» Joanna aveva il tono trionfante. «Lo vedi che sei d'accordo con me? In parole semplici mi stai dicendo di imbrogliarlo. L'uomo inflessibile si lascia rifilare la puttana. E visse cieco e contento.»

«Non bestemmiare, Joanna!» Mario Fortis sembrava furioso, adesso. «Alberto è figlio di mio fratello, il mio unico nipote. Credi che potrei imbrogliarlo? Che ti permetterei di fargli del male? Quello che hai lasciato dietro di te non conta. Conti *tu* come sei *adesso*, la ragazza che lui vuole. E io sono convinto che sei la cosa più bella che gli è capitata nella vita.»

«Dopo Francesca.»

L'uomo tacque qualche istante. «Non dovrei dirlo perché ha avuto una fine orrenda e merita pietà... ma io non ho mai amato Francesca. Era perfetta, però non mi piaceva. A volte mi sembrava come malata. Non chiedermi perché o di che cosa: non sono mai riuscito a capirlo. Era una sensazione, ecco. Era dolce e quieta, eppure... mi sembrava violenta. Lei non emanava vita.»

«Suo marito e suo figlio erano pazzi di Francesca» ricordò Joanna sommessa.

«Sì, è vero. Ma era una venerazione... malata. Si può impazzire anche per una droga. O per il male. Che Dio mi perdoni le cose crudeli che sto dicendo di una povera morta, ma è la verità. Ha avuto un solo figlio, e ha fatto di lui un bimbo fragile e spaventato. Anche Pietro ha bisogno di te, Joanna. Solo tu puoi aiutarlo. Sei la vita che finalmente entra in quella casa...» Supplicava, ora.

«Mario, *non posso* sposare Alberto senza dirgli di me. Devo rischiare...»

«E se non capisse? È come un cieco che non sa distinguere il sole o la luce. Non permettere che ti scacci, non fare questo male a lui e al piccolo. Ti prego, Jo. Alberto è come un figlio per me. Gli ho fatto io da padre... Non potrei fare nulla contro di lui. E voglio un bene infinito anche a te.» Era commosso. «Jo, piccola, mi darai ascolto?»

Lei alzò la testa in un gesto di sfida. «Sì, lo farò.» Anche la voce era spavalda e Mario Fortis riconobbe con sollievo la Joanna energica e fiera d'un tempo.

Non poté capire l'enorme paura che lei aveva dentro di sé.

Le nozze furono celebrate pochi giorni prima di Ferragosto, alle nove del mattino, in una piccola sala del semideserto Palazzo Marino. Testimone di Alberto fu suo zio Mario, di Joanna, Amedeo Fontana. Pochissimi gli invitati: la zia e la cugina di Alberto, Anna Fontana e un cupo Fray, per nulla consolato dalla promessa che lei avrebbe continuato a fare qualche servizio. Pietro non c'era: era in vacanza con Maria.

Ad Amedeo Fontana, che volle scattare qualche foto ricordo, sembrò la cerimonia più mesta che avesse mai visto. E la tristezza non lo abbandonò per tutto il tempo. Joanna avrebbe meritato calore, festa, allegria. E anche un vero abito da sposa: aveva ventitré anni, era una giovane ragazza splendente e quello avrebbe dovuto essere un giorno da ricordare per tutta la vita. Invece indossava un sobrio e spoglio tailleur grigio.

Anna, la moglie di Amedeo, stava pensando la stessa cosa: quel tailleur sembrava... sembrava la vecchia divisa dell'orfanotrofio. E perché Alberto Fortis non aveva voluto sposarsi in chiesa?

Era la domanda che Joanna stessa aveva rivolto ad Alberto, quando le nozze erano state decise. E lui aveva risposto: «In chiesa no. In chiesa mi sono già sposato, con Francesca».

Adesso, diritto e rigido accanto a Joanna, stava ascoltando la frettolosa lettura degli articoli del codice riguardanti i doveri dei coniugi. Alla fine, non vi furono congratulazioni né abbracci. Soltanto Mario Fortis strinse commosso la nuova nipote tra le braccia.

Vi fu uno svelto e informale rinfresco al Toulà. Poi Joanna e Alberto partirono per raggiungere Pietro. E mentre saliva in macchina lei ebbe il primo palpito di felicità. Tra poco avrebbe rivisto Piccolino. Lo avrebbe stretto forte forte a sé annunciandogli: "Ora sono la tua mamma, amore mio...".

VII

«Non capisco, Jo. Che cosa vuoi dire?» La piccola fronte di Pietro era aggrottata in tante sottilissime rughe, e senza rendersene conto si stava divincolando dalle braccia di lei.

«Vuol dire che Joanna ha sposato il tuo papà» intervenne in fretta Maria. A suo modo, la cameriera filippina sembrava ansiosa. E molto turbata.

Pietro alzò gli occhi verso suo padre. «Hai... sposato...» Sembrava non capire e nei suoi occhi c'era una luce supplichevole, come dire: spiegami subito, continuo a non capire.

Alberto girò la faccia a disagio. Sta vigliaccamente tacendo, pensò Joanna. Attirò di nuovo a sé il bambino. «Piccolino, è molto semplice. Stamattina io e il tuo papà ci siamo sposati. Ora sono sua moglie e... e perciò anche la tua mamma.»

Finalmente Pietro capì. Lentamente, e questa volta così consapevole che a Joanna parve di vedere tutti i suoi piccoli muscoli ricevere l'ordine di irrigidirsi, il bambino si sottrasse al suo abbraccio. «Io ce l'ho già una mamma. Non ho bisogno di una mamma.»

«Ma tu mi vuoi bene! Mi hai sempre voluto bene!» lei proruppe con panico. Stai calma, si ordinò, Piccolino sta registrando una nuova realtà, è un brutto momento, ora passa...

«Tu eri la mia *amica*. Tu dicevi che... che eri la mia *amica*» il bambino sottolineò, annaspando. Poi, fissandola con uno sguardo che la raggelò: «Mi hai imbrogliato. Hai fatto finta di essere la mia amica per rubare il posto della mia mamma».

Lei guardò disperata Alberto, che continuava a voltare le spalle, come se la faccenda non lo riguardasse. «Alberto» lo richiamò.

Lui, finalmente, si decise a parlare. Era gelido. «Pietro, sei stato molto maleducato e ti ordino di andare di là. Maria, lo porti in cucina o in giardino o nella sua stanza, dove diavolo vuole, purché me lo tolga dai piedi.»

«No!» pianse Joanna. «Non così!» Ma Pietro stava già uscendo dalla stanza con piccoli passi rigidi, la testa fieramente eretta, senza una lacrima.

«Oh, Dio... oh, Dio. E adesso che cosa faccio?» chiese Joanna più a se stessa che al marito.

«È solo un capriccio. Gli passerà» disse Alberto. Joanna si sbagliava, o c'era un sottofondo di panico in quella voce che voleva essere ferma e neutra?

Non avrebbe più ricordato come passò quel pomeriggio, cosa disse Alberto, se andò a riposare oppure restò seduta in quella stessa stanza. La memoria riprendeva dalle sette e mezzo di sera, quando Maria si affacciò in soggiorno e disse, proprio a lei: «Signora, Pietro non vuole scendere per la cena. Si è messo a letto e credo che abbia la febbre».

Joanna non si sorprese. Era ormai in quello stato d'animo che Signore chiamava ''predisposizione alla catastrofe'', la sinistra convinzione che qualunque cosa si fosse chiesta, si sarebbe sentita rispondere no, qualunque fatto fosse accaduto, sarebbe stato negativo. Alzandosi dalla poltrona a Joanna dispiacque soltanto sapere che avrebbe dato una grandissima delusione a Maria. Per mesi, sia pure con faccia chiusa e voce ostile, la donna si era rivolta a lei quando con Pietro aveva qualche problema, suo malgrado fiduciosa che sicuramente lei avrebbe risolto tutto. Ora non sarebbe stato più così.

Pietro era disteso bocconi, un braccio penzoloni fuori dal letto e un altro stretto attorno al suo cucciolo. E Buck stava con il muso nel cuscino, sfiorando il viso del suo piccolo padrone: quando sentì Joanna si sollevò un istante, agitò lentamente la lunga coda e subito ritornò nella posizione di prima.

«Stai poco bene, Piccolino?» Joanna si sforzò di chiedere con il tono naturale e gaio di sempre. Lui non rispose e lei ripeté la domanda. Dovette ripeterla la terza volta prima che Pietro si decidesse a aprir bocca. «Lasciami stare.»

«Senti, Piccolino...»

Il bimbo sollevò la testa e la guardò: «Sentimi tu: io non sono il *piccolino* di nessuno. Mi chiamo Pietro, la mia mamma mi chiamava sempre Pietro, e se tu non mi chiami per niente mi fai un piacere».

«Mi vuoi spiegare perché? Dimmi solo che cosa ti ho fatto, e poi me ne vado.»

«Mi hai imbrogliato.» C'erano desolazione e rabbia in quella voce.

L'ho perduto, lei pensò. Lei aveva allungato le braccia colme d'amore e le aveva ritratte con il peso dell'odio. Mi odia, si disse ancora, tornando da Alberto.

«Non devi prendertela» Alberto le disse facendole cenno di andarsi a sedere accanto a lui. «Pietro in questo momento è soltanto confuso, ma sai bene quanto è legato a te.» Le aveva passato un braccio attorno alle spalle. Restarono per qualche minuto così, in silenzio. Era ancora giorno e al di là della grande vetrata si vedeva l'erba del prato illuminata dagli ultimi raggi del sole. Sullo sfondo, le linee dolci delle colline.

Alberto seguì lo sguardo di lei. «È un posto molto bello, che scoprimmo cinque anni fa. Il bambino aveva avuto una brutta bronchite e il pediatra ci consigliò di allontanarlo dall'umidità e dallo smog di Milano» cominciò a raccontare. «Così scegliemmo un piccolo albergo di Gargnano, sul lago di Garda. Me ne parlò mio zio, che ha un maglificio da queste parti. Pietro restò a Gargnano tre mesi, con Maria, e io e Francesca li raggiungevamo ogni fine settimana. E alla domenica facevamo delle lunghe passeggiate nei paesi arrampicati sopra al lago. Fu così che scoprimmo questa casa. Cinque anni fa era un rustico mezzo diroccato tra gli alberi, ma tutt'intorno c'era questo grande prato e sotto si vedeva il lago. La vista era splendida. Fu... un amore a prima vista. Lo comprammo, lo facemmo ristrutturare e da allora siamo sempre venuti qui, ogni fine estate.»

Alberto, parlando, ricordava Francesca organizzare i lavori efficiente e attenta, discutere con il capomastro, assistere al taglio di quegli alberi che soffocavano la casa, prendere le misure, indicare agli idraulici e agli elettricisti dove fare gli attacchi di caloriferi e prese, aggrottarsi quando il geometra aveva proposto di lasciare le mura esterne del loro colore originario.

Lei volle la casa tutta bianca, dentro e fuori, con le persiane di una tonalità di verde che sembrava inesistente e introvabile. Riuscì a trovarla. Così come riuscì a trovare tre metri quadrati di specialissime piastrelle per l'angolo cottura della cucina, una cassapanca del Seicento lombardo miracolosamente integra e altri piccoli, preziosi gioielli di antiquariato locale. Al resto (il salotto, le stanze da letto, i tappeti, le luci, i bagni) pensò l'architetto, lo stesso che aveva arredato l'attico di viale Majno.

«Ne avete ricavato una casa grandissima» osservò Joanna.

«In realtà non lo è: neppure sessanta metri quadrati per piano. Domani te la farò vedere tutta. Di sopra ci sono tre piccole stanze da letto con due bagni, e al pianterreno abbiamo voluto privilegiare il soggiorno. La cucina non è abitabile e il bagno è microscopico. Però l'impressione è quella che hai avuto tu, di spazi molto grandi. L'abbiamo sempre chiamata "la casa di campagna", anche se trecento metri sotto c'è il lago.»

I pavimenti del soggiorno erano in cotto. Sicuramente autentico cotto toscano, Joanna pensò. La "casa di campagna" avrebbe fatto la felicità di riviste di arredamento tipo *AD*. Non mancava nulla di quello che ci si aspettava di trovarvi. Né c'era un particolare in più, tipo qualche involontario cedimento a un tocco rustico, un indulgere al cuscinotto allegro, o alla vecchia caffettiera, o alla vecchia stampa oleografica.

Francesca Fortis: Fortissimamente Fine, Joanna pensò con astioso sarcasmo. In quel momento Alberto l'aveva stretta ancor più forte a sé e, prendendole il mento tra le dita, le stava dicendo: «Non ti dispiace tutto questo, vero?».

«Che cosa?»

«Passare qualche giorno qui, in una casa che ha... ha costruito Francesca.»

Lei fece cenno di no. C'era forse qualcosa, oltre a tutte le case di famiglia, su cui Francesca non avesse lasciato il suo segno? Sapeva dall'inizio, e lo aveva accettato, che avrebbe dovuto sedersi sulle "sue" poltrone, mangiare sul "suo" tavolo, fare l'amore nel "suo" letto: quel che non aveva previsto era quanto più profondo fosse nelle persone il segno lasciato da Francesca.

Maria, sulla soglia, tossicchiò imbarazzata e subito Alberto allentò la stretta. «La cena sarebbe pronta,» la donna disse «posso apparecchiare la tavola?»

Joanna si svegliò alle cinque. Dalle persiane filtrava un fioco chiarore. Aveva sete e silenziosamente si accinse a scendere in cucina, ma Alberto la trattenne con un mugolio insonnolito. Socchiuse gli occhi e li richiuse di nuovo. Quando Joanna sentì il respiro di lui tornare regolare, si alzò cautamente chiudendo adagio la porta dietro di sé. La stanza di Maria e quella di Pietro erano allineate nel piccolo vestibolo. Joanna scese in punta di piedi la scala di legno, senza accendere la luce, tenendosi attaccata al corrimano. Quando fu al pianterreno, cercò tentoni l'interruttore della luce e finalmente fu in cucina.

Aprì il rubinetto e fece scorrere l'acqua. Bevette avidamente e poi cercò la macchinetta del caffè; trovò la chiave del gas, riempì la caffettiera e si sedette, il mento tra le mani, aspettando che il caffè salisse.

Era stata una notte senza felicità. La sua prima notte di nozze. Alberto era stato tenero come sempre, ma lei aveva avvertito qualcosa di innaturale e forzato nella sua passione. A un certo momento lui l'aveva chiamata ''Francesca'' e si erano irrigiditi entrambi. ''Scusami'' le aveva detto. Ma da quel momento lei aveva sentito tra loro il suo fantasma. Non era stata più capace di abbandonarsi. Né di provare gioia.

«Signora Fortis.» Maria era entrata in cucina, la vestaglia buttata sulle spalle, con la severità di una guardiana. «Signora Fortis,» ripeté girando la manopola del gas «sta bruciando la macchinetta del caffè, non ha sentito la puzza?»

La sentì adesso. La macchinetta era secca e annerita, da quanto tempo lei era lì, il mento tra le mani, a pensare?

«Mi dispiace.» Alzò la testa verso di lei.

«Meno male che me ne sono accorta io. Cosa vuole, adesso, un altro caffè?»

«Non importa, Maria, torni pure a dormire.»

La donna gettò un'occhiata alla pendola sopra il piccolo camino. «Sono quasi le sei, devo preparare l'elenco delle provviste e stirare. Torni a letto lei, piuttosto.»

Sciò, sciò, Joanna. Qui sei di troppo, disturbi. La cucina è il regno di Maria, la casa è il mausoleo di Francesca. Sei un'usurpatrice e... e un'imbrogliona. Rifece la scala e tornò al piano di sopra. La stanza di Piccolino era illuminata e lei vi si affacciò. La luce si spense, di colpo.

«Hai bisogno di qualcosa, Pi... Pietro?»

«Di niente. Sono andato in bagno e ora ho sonno.»

Buck aveva sentito l'odore di lei, si era avvicinato e le stava mordicchiando con diligenza una pantofola. «Vuoi che ti rimetta Buck sul letto?» chiese curvandosi e prendendo il cucciolo tra le braccia.

«Non serve, Buck è intelligente e salta su da solo. Ciao, buonanotte.»

Joanna tornò nella sua stanza in silenzio e Alberto accese l'interruttore dell'abat-jour. «Mi hanno svegliato le vostre voci. C'è un insolito movimento, da queste parti...» Si sforzava di scherzare e la tirò verso di sé. «Ti desidero, Joanna.»

Lei si divincolò dolcemente. «Maria è alzata e Pietro è sveglio.» Alberto la lasciò subito andare e poco dopo lei era distesa silenziosamente al suo fianco, le mani lungo il corpo, senza sfiorarlo. Il ricordo di Francesca gli tornò accanto, rassicurante e dolce. Il loro dolce risveglio dopo la prima notte di nozze. Non c'erano rumori, né presenze, né voci, allora. Loro due soli. I capelli biondi di lei appena scomposti, lo sguardo vagamente ansioso. *"Non sarò rimasta incinta, vero, Alberto?"*

"Perché, non vorresti avere un bel bambino?"

"Sì, ma non subito, tra qualche anno. Tre, diciamo. È così bello, io e te. È così bello essere tua moglie e basta." Pietro si era annunciato, invece, solo tre mesi dopo. *"Sono felice, Francesca. Felice e orgoglioso."*

"Dovrai essere orgoglioso, sempre, di tuo figlio" aveva quasi ordinato lei, con una strana voce.

Joanna lo sentì emettere un lungo sospiro, e strinse le unghie nei palmi fino a farsi male. Alberto si girò dandole la schiena, e sospirò di nuovo. Pietro. Eccolo, il pensiero che dalla sera prima e per tutta la notte era stato incombente e aveva tentato di scacciare. Pietro rifiutava Joanna, in modo così evidentemente viscerale che era facile aspettarsi complicazioni e problemi.

Forse sono stato avventato e precipitoso, Alberto pensò. La voce inorridita di sua suocera: "Vuoi risposarti?! Mia figlia è morta solo da cinque mesi... È indecente, e non riesco a dire altro. Così come è indecente quella Joanna. Come può piacerti un essere tanto vistoso e volgare, dopo aver vissuto con una ragazza come mia figlia?".

Forse avrei dovuto davvero aspettare, si disse con disagio. Pietro era così piccolo, fra qualche tempo il ricordo di Francesca si sarebbe fatto per lui meno vivo e avrebbe accettato senza traumi la presenza di un'altra donna nella loro casa. O forse non avrei dovuto risposarmi affatto, aggiunse, subito spaventato da quel dubbio. Allungò una mano: «Joanna...».

«Sì?»

«Sei ancora sveglia?»

«Sì.»

«Se è una bella giornata, potremmo prendere la macchina e andare a fare una passeggiata. Con Pietro.»

«Sì...»

Pietro non volle venire, gli faceva male la pancia, disse. E rifiutò di bere il latte, o una spremuta di arancia, e di farsi misurare la febbre.

Si comportò allo stesso modo anche nei giorni seguenti. Era Maria, ora, a insistere, a blandire, a minacciare. E se Joanna era presente, le faceva cenno di andarsene. Non soltanto non serviva più a nulla, ma la sua presenza era addirittura controproducente.

Ho perduto, Joanna si ripeté decine di volte, in quei giorni. Fino al pomeriggio in cui trovò Buck nella sua stanza da letto, legato con il guinzaglio ai piedi del cassettone. Lo prese in braccio e andò da Pietro. Era seduto sul prato, sotto un salice, e leggeva.

«Pietro, chi ha legato Buck nella mia stanza?»

«Io» rispose il bambino senza alzare gli occhi.

«*Tu?* E si può sapere perché?»

«Perché il cane me l'hai regalato tu, e io non voglio niente da te. Te lo puoi riprendere.»

Forza, Joanna. Ora puoi scoppiare in lacrime, fuggire via, ripeterti per la miliardesima volta che hai perduto e diventare per tutto il resto dei tuoi giorni il dolente ritratto della vittima. Oppure puoi lottare e urlare e ribellarti. Non è quello che ti hanno sempre insegnato a fare? Quando mai ti sei concessa di piangerti addosso? Da brava, scegli, Jo. Lotti o ti ritiri?

«Pietro, quando parli con me alza gli occhi. Mi hai sentito?»

«Sì.» Il tono di Joanna era così autoritario che il bambino ubbidì senza accorgersene.

«E adesso alzati e vieni qui.» C'erano due poltroncine di legno sotto al salice, e Joanna gli indicò in quale sedersi. Aspettò e si sedette anche lei, di fronte al bambino. «Io non voglio parlare con te» annunciò Pietro.

«Ma io sì, e mi farai il piacere di ascoltarmi. *Guardandomi in faccia!*» si sorprese urlare. Poi, lentamente e più adagio: «Io non ti ho imbrogliata, e non mi importa se lo pensi. Ti voglio molto bene, ma...» la sua voce ebbe un piccolo tremito «ma non mi importa se non lo credi. Mi importa invece, e molto, che tu la smetta di comportarti in questo modo. Esigo, hai capito?, *esigo* che quando ti chiedo qualcosa tu mi risponda, quando entro in una stanza tu non ti allontani, quando ti guardo in faccia tu non ti volti dall'altra parte».

«Tu mi hai imbrogliato...» Pietro ripeté cocciutamente.

«E mi sai dire perché? Una sera ho conosciuto un piccolo bambino e poi suo padre. E mi sono innamorata di loro a prima vista. Erano soli e piangevano. Io ho cercato di farli sentire meno soli e di non farli piangere più. Ho lasciato la mia bella casa e sono andata nella loro casa. Non avevo bisogno di niente, soltanto di dare... e ricevere amore.»

«Ma io *ti volevo* bene. Eri la mia *amica*.»

«E perché, adesso non lo sono più? La tua mamma è volata in cielo, Pi... Pietro, e tu hai bisogno di un'amica. Ti ho forse picchiato, maltrattato, trascurato?»

«Mi hai imbrogliato. Io volevo un'amica, e tu invece vuoi fare la mia mamma.»

«È la stessa cosa. Una bravissima amica, come tu mi chiamavi, è dolce e buona e paziente come una vera mamma.»

«Ma io non ti voglio bene, Joanna.» La voce di nuovo affilata come una lama.

«Mi dispiace tantissimo, ma adesso io sono qui e tu

devi accettare che io ci sia. E devi farlo come un bambino educato. Non ti permetterò mai più di ignorarmi e essere sgarbato e voltarmi le spalle.»

«E se lo faccio lo stesso?» La grande sfida.

«Ti prenderò a sculaccioni. Oppure ti metterò in castigo. Fino a quando non imparerai a comportarti bene. Non sei obbligato a considerarmi un'amica e a volermi bene, però a essere educato sì.»

«Sissignora.»

«Ecco, così va meglio. E adesso torna pure al tuo giornaletto. Ti richiamerò tra mezz'ora per la merenda.»

Maria aveva forse ascoltato il loro discorso? Quando Pietro si presentò in cucina, la donna gli porse lo yogurt e due biscotti senza l'espressione accigliata di sempre, pronta a dar battaglia se il piccolo li avesse rifiutati. Aveva invece una faccia stranamente curiosa, come se aspettasse di vedere se la predica della signora era servita a qualcosa.

Pietro mangiò senza protestare mezzo yogurt e un biscotto. Era già una mezza vittoria.

Alberto dovette ritornare a Milano il 20 agosto. Pietro, Maria e Joanna restarono sul Garda una settimana ancora. Alla vigilia della partenza Giacomo Fray le telefonò per chiederle, senza speranza, se se la sentiva di fare un servizio di abiti da sera e la copertina per *Moda*. Sì, a Milano. Cinque giorni di lavoro. Inaspettatamente lei acconsentì.

Aveva bisogno di movimento, rumore, facce amiche. E soprattutto di parlare. Partito Alberto, Maria si era chiusa in un indaffarato mutismo e Piccolino trasformato in un educato estraneo che a domanda rispondeva sempre ''sì'' oppure ''no'' senza voltare la testa. Aveva ricevuto il messaggio, ma confidenza e affetto erano spariti.

Potrei contare le frasi che ho pronunciato in questi giorni, Joanna si disse con un triste sogghigno. Mediamente cinque al giorno a Maria (''Buongiorno'', ''Ottima questa carne'', ''È una bella giornata'', ''Mi sembra che lei si stia stancando'', ''Buonanotte'') e quasi altrettante al piccolo (''Buongiorno'', ''Bevi il latte prima che si raffreddi'', ''Vogliamo andare a fare una camminata?'', ''Dormi bene, Pietro''). Nel fare questa meticolosa ricostruzione, a Joanna sembrò di toccare il fondo dell'abiezione. La smagliante e adorata top model ridotta a fare l'ospite sgradita e a scrutare con fiato sospeso due volti chiusi, sperando di trovarvi un barlume di interesse o di calore.

E un paio di volte si era illusa, sobbalzando, che ciò stesse accadendo. Due giorni prima con Maria. ''Mi sembra che lei si stia stancando troppo'' le aveva detto vedendola arrampicata su una scala mentre lustrava con energia la vetrata del soggiorno. La donna per la prima volta aveva alzato gli occhi e, strizzando lo straccio nella vaschetta del detersivo, aveva replicato: ''Forse si stanca di più lei, signora Joanna. Deve volere molto bene al piccolo per sopportare tutto questo''. Signora *Joanna*. Non l'aveva mai chiamata per nome.

E il pomeriggio del giorno prima era successo con Pietro. Alla proposta di andare a fare una passeggiata verso la Valvestino, arrampicandosi su per i viottoli alla ricerca di more, in un primo momento il bimbo stava istintivamente dicendo di no. Ma, ricordando quanto lei gli aveva detto, aveva risposto compitamente: ''Va bene, grazie''.

Avevano lasciato la macchina in una piazzola, e poi

si erano inerpicati su su, tra prati e piccoli sentieri. La giornata era tersa, il silenzio interrotto solo dai campanacci delle mucche che pascolavano. A un certo momento Piccolino, sempre avanti o dietro di lei, quasi provasse repulsione per la sua vicinanza, l'aveva chiamata a gran voce. Lei era corsa. Pietro, il visetto rosso e gli occhi eccitati, le aveva mostrato un grosso fungo. ''È un porcino, Jo, guarda!'' E, subito: ''Diremo a Maria che stasera ci prepari un bel risotto!''.

Lei si era fatta quasi violenza per non gettargli le braccia al collo. Con il cuore che le batteva, si era curvata a guardare con estrema attenzione il fungo e aveva esclamato: ''Sì, Pietro, hai trovato proprio un bel porcino''. Ma il bimbo, subito, si era allontanato e alla sera il brevissimo incanto era finito. I soliti educati ''sì'', ''no'', ''non so'', con gli occhi diligentemente rivolti al suo viso.

''Abbi pazienza, Pietro ti vuole molto bene e il suo affetto non può essere sparito di colpo'' le aveva detto Alberto alla vigilia della partenza. Voleva convincere lei o se stesso? Anche Alberto, pensò Joanna, sembrava recitare con diligenza la parte del neo-sposo tenero e devoto. Ma le sue frasi e i suoi gesti erano scontati: sempre giusti e sempre al momento opportuno.

Soltanto quando facevano l'amore lui sembrava realmente abbandonarsi con una specie di rapimento stupefatto, quasi non avesse mai provato certe emozioni. Stretta tra le sue braccia, estatica, una sera Joanna gli aveva sussurrato: ''Non mi hai mai detto che mi vuoi bene o che mi ami, Alberto''. E lo aveva sentito improvvisamente allentare la stretta. Ma poi, senza rispondere, lui l'aveva ripresa tra le braccia. E adesso Joanna si chiese se lui l'amava, o che cosa provava per lei, e perché l'aveva sposata.

VIII

«Sua suocera» gli comunicò la segretaria all'interfono. Era il 31 ottobre e dalla fine di luglio, quando le aveva annunciato le sue nozze, la madre di Francesca non si era più fatta viva con lui. Alberto sapeva da Maria che una volta alla settimana andava a prendere il nipotino a scuola, faceva colazione con lui e poi lo rimandava a casa con la sua domestica. Ma al genero, non aveva più rivolto la parola, neppure per telefono.

Alberto prese perciò la linea con una certa apprensione, rimproverandosi per quello stato d'animo da scolaretto colto in flagrante. E non si accorse del tono freddo che ebbe nel rispondere: «Sì, Carla?».

Sua suocera venne gelidamente al sodo. «Tra due giorni è la ricorrenza dei morti e, siccome non mi risulta che lo abbia fatto tu, ho provveduto io: domani mattina, alle dieci, don Paolo celebrerà una messa commemorativa per Francesca, nella nostra parrocchia, e ovviamente desidero che mio nipote sia presente. Lo manderò a prendere verso le nove e lo terrò con me anche a colazione. Nel pomeriggio lo porterò al cimitero e lo riavrai a casa verso le diciotto.»

Aveva comunicato, e non chiesto. Senza aspettare che lui rispondesse, la donna lo salutò brevemente e agganciò. Alberto, e sua suocera aveva ragione, non aveva pensato di far celebrare una messa funebre per Francesca per la semplice ragione che una parte di lui si rifiutava ancora di considerarla morta. Era andato due volte al cimitero, e ne era uscito sconvolto. Francesca non era *lì* ma nella sua casa, dove tutto portava ancora la sua impronta.

Provò all'improvviso una sensazione di fastidio per un pensiero in agguato che si sforzava di afferrare ma che allo stesso tempo si rifiutava di registrare. Tornò con la mente a Francesca e non poté fare a meno di pensare, come ogni giorno gli capitava almeno per dieci volte, quanto Joanna era diversa da lei.

Joanna sembrava aver perduto l'apatica mestizia delle prime settimane di matrimonio. Giorno dopo giorno era diventata sempre più uguale alla ragazza che aveva conosciuto tanti mesi prima. Sempre allegra, disponibile, impetuosa, gentile. Accompagnava Pietro a scuola e poi correva al lavoro, quando una proposta dell'agenzia le interessava; e quando non posava, si aggirava per la casa come... come un ciclone, non poté fare a meno di sorridere.

Mai ferma. Instancabile. Ora in cucina con Maria, ora in terrazzo con Ketuth a potare, annaffiare e invasare, ora meticolosamente intenta a lustrare posate e cornici e ora arrampicata su una scala a togliere una ragnatela, gli occhi di Ketuth disapprovanti e allarmatissimi.

"*Ketuth, dovrebbe accompagnarmi in centro.*" La voce gentile e distaccata di Francesca. "*Ketuth, bisognerebbe sostituire la lampadina d'angolo, non ha visto che è fulminata?*" Sempre attenta, composta, ferma. Una impeccabile padrona di casa.

Joanna, invece, non era mai composta. Usciva, sola, con la sua vecchia scricchiolante Dyane che lui si era più volte e invano offerto di sostituirle, e rientrava salutando a gran voce. Non dava mai ordini, ma suggeriva e partecipava. Ogni tanto inciampava su un tappeto o sbatteva contro uno spigolo o rompeva qualcosa. Una mattina, mentre portava a lui e a Pietro, canticchiando, il bricco con la spremuta, ruppe un piccolo, prezioso vaso posato sulla cassapanca e ad Alberto sembrò che Francesca disapprovasse con tutta se stessa dalle fotografie disseminate per tutta la stanza.

Ma dov'era finita quella grande foto di Francesca sopra al tavolo? E gli sembrava che mancasse anche quella più piccola, sul cassettone dove era posato il telefono. *Ecco il pensiero*, ecco quello che stava cercando di afferrare fin da quando sua suocera gli stava parlando di lei. Aveva come l'impressione che l'impronta di Francesca si fosse sbiadita e... sì, che il suo viso fosse meno incombente.

Ora che ricordava, da qualche giorno era sparita anche la piccola foto sulla mensola del caminetto, in cucina. Era stata Maria a chiederla a Francesca (*"È venuta così bene, signora"*), e ancora Maria a farla incorniciare e metterla lì. Dove diavolo era finita? Riproponendosi di informarsi, si ributtò con un sospiro sul fascicolo che la segretaria gli aveva portato un'ora prima. Un brutto processo e una difficilissima difesa, pensò per l'ennesima volta. Un famoso medico, scoperto il tradimento della moglie, l'aveva uccisa con due colpi di pistola, ma non si trattava del solito uxoricidio.

Venne ad aprire Maria e Joanna le tese un grosso pacco. «Mi aiuti, l'ascensore era guasto e ho fatto tutte le scale a piedi.» Era trafelata. Slacciò la mantella e la lanciò sul divano.

Maria, con gesto automatico, corse ad appenderla. Aveva ormai smesso di stupirsi o di disapprovare, Joanna rise tra sé, anche se continuava a scrutarla con volto attentissimo. Però parlava, adesso, e talvolta, molto raramente per la verità, la consultava o le domandava cosa doveva preparare per la cena o chiedeva la sua approvazione.

E sembrava molto meno ansiosa di spingerla fuori dalla cucina; una volta le era apparsa addirittura molto interessata mentre la osservava preparare il ripieno per una gallina da lessare.

''Chi le ha insegnato a cucinare così bene, signora Joanna?'' le aveva chiesto.

''Nessuno. Invento le ricette lì per lì. Cucinare mi piace, come a tutte le persone che adorano mangiare.''

''Mi meraviglio che con tutto quel che mangia lei resti così secca'' Maria aveva commentato con un vaghissimo sospetto di sorriso.

Adesso le stava chiedendo: «Che cosa c'è dentro questo pacco, signora Joanna?».

«Asciugamani colorati. Dovremmo dargli una passata in lavatrice per togliere l'appretto.»

«Ma...» La donna stava probabilmente per obiettare che negli armadi del guardaroba c'erano pile di asciugamani e lenzuola di spugna, e Jo la prevenne: «Nei bagni tutti bianchi, un po' di colore fa allegria».

Andò in uno dei bagni a sciacquarsi le mani e se le asciugò nella spessa salvietta bianca con il romantico ghirigoro della sigla. FF, Francesca Fortis, Ferocemente Fine, ripeté con un allegro sogghigno. Nell'ultimo mese, aveva destramente fatto sparire altre tre foto di *madame Finesse*. Mediamente una alla settimana, ma nessuno sembrava essersene accorto. Ce n'erano ancora troppe, pensò Joanna con un piccolissimo sospiro, chiedendosi se non era il caso di toglierne un'altra e riporla furtivamente, come quelle che aveva già levato di mezzo, in fondo alla pila degli strofinacci per la polvere, nella stanza del guardaroba.

Decise di soprassedere. Prudenza, Jo, si disse. E pazienza. Da quando aveva deciso di lottare, le cose avevano cominciato ad andare decisamente meglio. Anche con Piccolino. Certo l'affetto di un tempo non c'era più, lui non le rivolgeva mai spontaneamente la parola né mai più l'aveva chiamata ''Jo''. Però, se interrogato, le rispondeva con un vero discorso. E lasciava che lo accompagnasse a scuola, lo aiutasse a fare il bagno o i compiti. Quando glielo chiedeva, andava anche ai giardini o a fare le spese con lei. Una volta le aveva persino domandato di comperargli le caramelle. E un'altra volta aveva detto: ''Mi è venuta voglia di una pizza, andiamo?''.

E qualche volta, quando lei gli raccontava le prodezze di Buck, lui scoppiava persino a ridere. Benché il cucciolo avesse ormai quasi un anno, continuava a far disastri e bisognava guardarlo a vista, compito che si dividevano lei, Pietro e Ketuth. Buck rubava e mordeva tutto quel che trovava in giro e la settimana prima Maria gli era piombata addosso con un urlo di orrore: stava accingendosi a mordicchiare felicemente l'angolo di un piccolo e antico tappeto caucasico, dono di nozze della mamma di Francesca.

Scrollando le spalle, raggiunse Maria in cucina. La donna stava preparando un arrotolato di vitello. «Signora Joanna, dovrebbe dirmi come fa quel suo ripieno» chiese. Ma lei non la stava ascoltando. In cucina mancava ''qualcosa'' e, guardandosi attorno per scoprire ''che cosa'' i suoi occhi si posarono sulla mensola del caminetto. La raffinata, altezzosa e critica Francesca era sparita.

Maria seguì il suo sguardo. «L'ho tolta io» spiegò

laconica. E aggiunse brusca: «Ho messo la foto insieme alle altre, sotto la pila degli strofinacci».

Joanna inghiottì a vuoto. «Perché?»

«Lei sta molto tempo in cucina, e pensavo di farle piacere» replicò in tono quasi sgarbato.

Joanna sentì le lacrime pizzicarle gli occhi. «Grazie, Maria» disse semplicemente. Pochi minuti dopo, mentre amalgamava il formaggio grana con il pane grattugiato, disse: «Spero che domani sia una bella giornata. Vorrei portare Piccolino al parco».

«Domani Pietro andrà da sua nonna. Tutto il giorno.»

«E a che fare? Chi l'ha detto?»

«L'avvocato. Domattina c'è una messa funebre per la signora Francesca. E al pomeriggio la visita al cimitero. Pensa la signora Carla a mandarlo a prendere e a farlo riportare a casa.»

Perché Alberto non aveva detto niente a *lei*? «Non credo che al bambino faccia bene andare...» proruppe.

«Nemmeno io» replicò asciutta Maria. «Però la signora Carla ha deciso così e l'avvocato non ha avuto nulla in contrario.»

Joanna piantò il ripieno e corse al telefono. La segretaria la riconobbe ancor prima che si annunciasse e le passò subito Alberto.

«Che cos'è questa storia che domani il bambino va alla messa funebre e al cimitero? Sei impazzito?» lo aggredì.

«Francesca è sua madre.»

«Ma è morta. E mi sembra crudele ricordarglielo portandolo davanti alla sua tomba. Non credo che una madre abbia bisogno di commemorazioni tanto lugubri. Se io morissi, mi rivolterei nella bara vedendo il mio bambino soffrire, e ricordare, senza poter balzare fuori per abbracciarlo e consolarlo. A chi serve, questa sceneggiata? Occorre traumatizzare un piccolino di sette anni perché Francesca sia sontuosamente ricordata?»

«Joanna, stai esagerando. Non è il primo bambino che va a pregare e a portare dei fiori alla mamma morta.» Di nuovo quel tono di impotenza e di stanchezza, che da qualche tempo sembrava scomparso dalla voce di lui.

«Pietro non è un bambino qualunque. Sai bene quanto ha sofferto. E... e come adorava sua madre.»

«Non devi essere *tu* a ricordarmelo, Joanna.» La voce di lui era astiosa, adesso. «E, se permetti, lascia che decida io per il bambino. Sembri aver dimenticato che sono il padre.»

«Già, mentre io sono la matrigna impicciona e insensibile» Joanna disse furiosa, sbattendo giù il ricevitore.

Quel *clic* somigliava a Joanna, Alberto sospirò. A Joanna quando era imprevedibile, raggelante e perentoria. Lei aveva ragione, naturalmente, la commemorazione di Francesca avrebbe certo scombussolato il bambino, ma dire no a Carla sarebbe equivalso a una rottura definitiva. E in quel momento lui non aveva proprio bisogno di altri problemi. Si distolse per qualche istante dal fascicolo dell'illustre cliente uxoricida e pensò a Joanna. Che cosa provo per lei?, si chiese onestamente. Apprezzava quello che faceva per lui e per Pietro. Gli piacevano la sua allegria e i suoi slanci, gli dava sempre una strana eccitazione sapere che alla sera, tornando a casa, avrebbe trovato lei ad aspettarlo e a buttargli le braccia al collo.

Adorava la gioia con cui, più tardi, gli si donava. Era

una bellissima, appassionata e viva ragazza. E la ammirava. Ma qualcosa di lei gli sfuggiva. In un certo senso, si trovò a pensare, con Joanna provo un continuo e sotterraneo senso di ansia, come se da un momento all'altro dovesse farmi una sorpresa dolorosa o pazza. E tutte le cose che di lei mi piacciono mi fanno anche spavento. Mi sono abituato alla sua presenza, forse soffrirei molto se uscisse dalla mia casa e dalla mia vita, ma non riesco ad abbandonarmi. Dentro di me c'è ancora Francesca, continuo ad amarla e non passa giorno che non rimpianga l'enorme sicurezza che lei mi dava. Ho bisogno di Joanna, ma la *mia* donna era Francesca, soltanto Francesca.

Joanna doveva fare lo stesso effetto a tutti, continuò a pensare. Sua zia Isa non riusciva a sgelarsi, le rare volte in cui veniva a trovarli, e il tentativo di far legare la moglie con sua cugina Laura era vistosamente naufragato. Soltanto lo zio Mario sembrava provare una istintiva e calda simpatia per Joanna.

Ma la cosa più grave era che Joanna non riusciva a legare con Pietro. Parlavano, qualche volta scherzavano, persino, ma il piccolo era sempre sulle difensive. Chiaramente, dopo l'infatuazione delle prime settimane, non era riuscito ad amarla. E lui ne era spaventato, oltre che enormemente deluso. L'aveva sposata con la certezza di fare soprattutto il bene del bambino, e il crollo di questa certezza gli faceva sentire tutto il peso della decisione che aveva preso. ''*È semplicemente... indecente, ecco.*'' La voce inorridita di sua suocera quando le aveva comunicato: ''*Mi risposo*''.

Qualche notte, quando si svegliava con il desiderio di stringere Joanna tra le braccia, si voltava su un fianco e si sentiva indecente anche lui. Un animale. E la stessa sensazione incombeva quando la penetrava con una frenesia sconosciuta e provava un orgoglio e una felicità e una compiutezza che non aveva mai supposto si potessero provare. Quando tutto era finito stentava ad addormentarsi, e la mano leggera di Joanna allacciata attorno al suo fianco gli dava quasi un fastidio fisico. Sono indecente, si ripeteva, e Joanna gli appariva sudicia e corrotta quasi quanto lui.

Ma al mattino, quando si svegliava e correva nuda a spalancare le finestre, e poi si buttava su di lui dicendogli ''sveglia, pigraccio, è tardi!'', lei gli sembrava pulita e innocente.

I lunghi occhi neri ridevano, i capelli color fiamma le spiovevano scomposti sul viso e sembrava soltanto una viziata bimba felice.

«Avvocato, c'è il professor Gilardi.» La segretaria si era affacciata sulla porta del suo studio. Gilardi era un noto allergologo, docente all'Università. E suo amico da anni. Era stato lui a chiedergli, in nome della loro vecchia amicizia, di difendere suo cugino Franco Pausania.

Ma Alberto aveva esitato a lungo prima di accettare. Anche Pausania era un medico famoso. E quando una sera, tornando a casa da un congresso, il giorno prima della data preannunciata, aveva trovato la moglie a letto con un altro uomo era come impazzito.

«Tu capisci, se l'avesse ammazzata subito la difesa sarebbe stata molto più facile» stava dicendo adesso a Carlo Gilardi. «Invece ha lasciato passare un mese, e sarà durissimo convincere i giurati che non c'è stata premeditazione.»

Un mese dopo aver scoperto il tradimento, l'uomo era tornato a casa, aveva estratto dalla tasca del cappotto una pistola acquistata tre ore prima e freddamente, con un colpo in faccia e un altro al petto, l'aveva uccisa.

«Lo so bene, Alberto, ma conto molto su quanto è riuscita a scoprire quell'agenzia investigativa. Li ho incaricati di frugare nel passato di Paola Pausania, di andare nel suo paese d'origine, di ricostruire tutta la sua vita. Aveva ventisei anni quando è venuta a Milano e ha conosciuto mio cugino. Chi ci dice che nel suo passato non esista qualcosa di oscuro? Che non si riesca a trovare il cosiddetto scheletro nell'armadio?»

«Un paio di fidanzati o qualche idillio giovanile non bastano» obiettò Alberto «per convincere i giurati che era una donna corrotta.»

«Ma *lo era*» disse Gilardi. «Una donna che va a letto con un altro uomo, e per di più nella stanza in cui dorme con suo marito, certamente *è* corrotta. E poi sai come la penso io: la donna che nella sua vita ha avuto un solo uomo è perbene, quella che ne ha avuti due è sfortunata e quella che ne ha avuti tre è puttana. Avrò una mentalità da dinosauro, ma non avrei mai sposato una donna che non fosse stata vergine.»

Joanna non era vergine, si sorprese a pensare Alberto, e per la prima volta gli sembrò curioso non aver mai sentito il bisogno di chiederle nulla del suo passato. Bella com'era, certamente molti uomini l'avevano corteggiata e amata. Ed era naturale che a uno di loro Joanna avesse ceduto. Scacciò infastidito l'immagine di Jo mentre abbracciava un altro con lo stesso impeto e lo stesso abbandono.

«Tornando al processo,» stava dicendo Gilardi «non mi faccio certo facili illusioni. So anch'io che un paio di relazioni giovanili non bastano per disintegrare la rispettabilità di una moglie, e se tra i giurati ci sarà una sola di quelle femmine arrabbiate che continuano a blaterare di parità non vale neppure la pena di toccare il tasto. Tuttavia, siccome sono *convinto* che la moglie di mio cugino *era* corrotta, conto molto sul dossier dell'agenzia investigativa. Potrebbe aver avuto altri uomini, *dopo* il matrimonio. E si potrebbe sostenere la tesi che mio cugino, dopo aver perdonato generosamente quello che credeva l'unico tradimento, perse la testa quando scoprì il resto. In questo caso, la premeditazione cadrebbe.»

«E se l'agenzia non ha scoperto niente? Data la notorietà dei personaggi, abbiamo fotografi e stampa addosso. E le giornaliste donne hanno già steso dolenti e patetici ritrattini di Paola Pausania sottolineando per contro l'ambizione, l'arrivismo e la "freddezza" di suo marito. Mi limito a riferire. Per convincerti che, salvo clamorosi colpi di scena, il processo si presenta piuttosto male. Opinione pubblica e stampa non mostrano molta simpatia per Franco Pausania, si ritirano fuori triti e sarcastici commenti sul delitto d'onore...»

«Alberto,» Gilardi lo interruppe «lascia fare a me. O meglio, all'agenzia. Avrai il loro dossier entro stasera, e il mio istinto dice che il *colpo di scena* ci sarà.»

«Non vieni a dormire, Alberto?» Joanna gli era silenziosamente giunta alle spalle, avvolta in una larga camicia da notte in seta bianca che la faceva apparire ancora più bambina, come lui pensò girandosi.

«Non subito, Joanna.»

«Sempre quel maledetto processo?» si informò lei.

«Un po' meno maledetto, da quando è arrivato questo» e Alberto indicò con un dito una specie di fascicolo con la copertina gialla che sembrava una tesi di laurea.

«E che cos'è, una benedizione papale a quel fanatico assassino?»

«Non scherzare. È il dossier dell'agenzia che ha indagato sulla Pausania.»

«Uhuh. Hanno scoperto che da bambina rubava la marmellata? Che ebbe una cotta per Paul McCartney? Che agli esami di maturità si fece passare il problema? O che altro?»

«Hanno scoperto che prima di sposarsi ebbe un paio di relazioni e convisse per due anni con un uomo.»

«*Prima* di sposarsi, appunto. Fatti suoi.»

La solita Joanna con gli occhi di fuoco, paladina di vittime e animali e bimbi indifesi. Fu quasi con un sorriso che Alberto replicò: «Al *dopo* devo ancora arrivare, sono soltanto al quinto foglio e il fascicolo ne contiene trenta. Ti saprò dire».

«Cosa ti fa ritenere che abbia avuto delle relazioni anche *dopo*?»

Adesso Joanna era indignata, Alberto notò. Ma purtroppo il tempo stringeva, era stanchissimo e non era il momento migliore per avventurarsi in una discussione con lei. «Se era una donna facile prima del matrimonio,» tagliò corto «tutto lascia ritenere che lo sia rimasta anche dopo.»

«Ah sì? E dove sta scritto? Nei Vangeli?»

«Joanna, cara, debbo preparare la difesa e il tempo stringe.»

«In altre parole, stai preparandoti con determinazione a dimostrare che una donna capace d'amore, o bisognosa d'amore, merita di essere uccisa a colpi di pistola.» Sembrava arrabbiatissima.

Malgrado fosse sempre infastidito, Alberto non poté fare a meno di sentirsi divertito. Il solito temperamento drammatico e passionale di Joanna. «È un'ottica interessante, la tua: prostituirsi o buttarsi via è ''capacità d'amore'', ed essere donne facili semplicemente ''avere bisogno d'amore''.

''*È un uomo rigoroso e inflessibile.*'' La voce di Mario

Fortis quando descriveva il nipote. Ricordando quel lontano colloquio, le parole le risuonarono dentro come rintocchi funebri.

«Che Paola Pausania fosse una donna facile è da dimostrare» disse con fermezza.

«È probabile che tra un quarto d'ora la cosa mi sia dimostrata, se gentilmente ritorni a letto e mi lasci terminare questo dossier dell'agenzia.» Il tono era definitivo.

La gola secca e la faccia in fiamme, Joanna andò in cucina per bere un bicchier d'acqua. Maria non aveva chiuso bene il rubinetto, e un filo d'acqua cadeva, a piccole gocce, dentro il lavello d'acciaio. La pioggia che si raccoglieva nel catino sbriccato. Il vento e i tuoni e i lampi. *Quella notte.* Si sedette dimenticando di bere. La sete era passata e ora provava soltanto un enorme dolore in tutto il corpo. *Bambina cattiva, bambina cattiva, bambina cattiva* sembravano dire le gocce che cadevano nell'acquaio. Si alzò e chiuse in fretta il rubinetto.

Aveva di nuovo sete. Aprì il frigorifero per cercare la bottiglia dell'acqua minerale e vide quella del Martini. D'impulso, se ne versò mezzo bicchiere e lo bevette in due sorsate. Era la prima volta che inghiottiva una bevanda alcolica, e le sembrò molto piacevole quella specie di calda fiammella che le scendeva per la gola. Se ne versò un altro bicchiere. Sentiva un meraviglioso calore andarle giù. Tornò a sedersi assaporando il Martini con lentezza. Poi si alzò di nuovo, portò la bottiglia sul tavolo e si versò il terzo bicchiere. Questa volta, prima di bere, annusò: l'odore dell'alcol non era poi orrendo come nei suoi ricordi.

Bevette ancora e ancora, fino a quando si sentì decisamente meglio. Anzi, *be-nis-si-mo*, sillabò avvertendo una meravigliosa leggerezza. Si alzò e le parve di danzare. *Sono una brava bambina che ha bevuto una buonissima cosa!*, rise tornando in soggiorno. Alberto stava prendendo degli appunti, adesso, i folti capelli biondi illuminati dal cono di luce dell'abat-jour.

Joanna si sentì sciogliere in una ondata di tenerezza. Lo amo disperatamente, pensò euforica, e voglio che mi prenda tra le braccia. Ora. Subito.

«Non sei ancora a letto, Joanna?» lui chiese senza alzare gli occhi dai suoi appunti.

«No. E voglio che mi guardi.» Si stava togliendo la camicia e adesso era completamente svestita davanti a lui.

«Oh no, Joanna! Ho da fare, lo sai.»

«Ma questo è più importante. Ti amo *paz-za-mente*» rise buttandolo sul divano.

«Joanna, hai bevuto? Ti sei ubriacata?» La voce di Francesca, vicinissima: *"Ti amo è passione, bugia, abbaglio. Ti voglio bene è un'altra cosa. È per sempre"*. Ma Joanna, sopra di lui, era una forza selvaggia e inarrestabile e il fantasma di Francesca fu cacciato via. Alberto, con un gemito, strinse tra le braccia la sua pazza, ubriaca moglie e mentre la sentiva fremere sotto di lui ebbe per la prima volta lo stupefacente sospetto di essersi innamorato di lei.

Aveva un cerchio alla testa, ma canticchiava felice mentre faceva abbrustolire i toast e spremeva le arance. Ieri sera è stato bellissimo, Joanna pensò sentendo una nuova vampata di calore avvolgerla tutta. Ci siamo amati come sempre, ma ieri sera *è stato diverso*.

Maria le stava sorridendo e lei smise di canticchiare. «Signora Joanna, questi due toast sono quasi bruciati.»

«Li mangerò io, adoro i toast bruciati» lei rise.

«Non si capisce mai quando scherza oppure no» Maria commentò seria. Ma i suoi occhi ridevano.

«Di chi stai parlando, Maria?» Piccolino era entrato, il pigiamino di felpa azzurro e il ciuffo spettinato Joanna gli volò addosso e lo stritolò in un abbraccio.

«Ehi, mi fai male, Jo!» lui rise senza divincolarsi.

Mi ha chiamata *Jo*, mi ha chiamata *Jo*. Oggi è la più bella giornata che sia mai spuntata sulla faccia della terra, lei pensò scoppiando a sua volta a ridere. Ma ancora una volta l'incanto finì presto.

«Questo toast è bruciato, non lo voglio» Pietro disse appena seduto a tavola.

«È una squisitezza che avevo preparato per me.» Non *doveva* lasciarsi smontare.

«La mia mamma non bruciava mai i toast» disse Piccolino fissandola con occhi cattivi.

«La tua mamma era bella e buona e santa.» Stava diventando cattiva anche lei, adesso.

Maria, le mani sui fianchi, disse duramente rivolta a entrambi: «La volete smettere? Cosa sono questi stupidi discorsi? Tu sbrigati, Pietro. Tra poco passa a prenderti la domestica di tua nonna».

«Sì, lo so. Vado a trovare la mia mamma» annunciò Pietro. «E questa colazione schifosa te la mangi tutta tu, Joanna» aggiunse allontanando il piatto con malgarbo.

Lei si accorse, inorridita, che aveva allungato una mano sulla faccia di Piccolino. E il rumore dello schiaffo le rimbombò nelle orecchie come un tuono.

«Signora Joanna, è meglio che lei se ne vada» disse Maria. E quando Joanna si precipitò fuori, udì la donna dire: «Te lo sei proprio meritato. Non permetterti *mai più* di rispondere così a tua madre».

E l'eco di quella risposta, prevedibile e feroce: «*Quella lì non è mia madre, Maria*».

Quella giornata, iniziata tanto felicemente, ora dopo ora precipitò verso la catastrofe.

IX

Non avrebbe mai più dimenticato quel giorno. Alle nove del mattino Pietro se ne andò dalla nonna, ovviamente senza salutarla; alle dieci Ketuth le passò una telefonata. Era una voce maschile che Joanna mise qualche istante a riconoscere: si trattava di Peter, un fotografo inglese col quale, molto tempo prima, aveva dormito un paio di notti. Peter aveva avuto il suo numero da una collega. Quando le chiese se avrebbe potuto rivederla, la proposta le sembrò oscena e lei si sentì una puttana.

Alle undici Alberto le telefonò dallo studio per avvertirla che lo zio Mario e la zia Isa si trovavano da lui per una fastidiosa faccenda che le avrebbe spiegato. Sorpresa, sorpresa! Li aveva invitati a colazione, per favore poteva ricordare a Maria che la zia Isa era allergica alle cipolle e al prezzemolo?

A mezzogiorno, cercando una tovaglia ricamata che le piaceva molto e faceva molto *bon ton* (adattissima perciò alla zia Isa) Joanna fece cadere la statuina che Alberto e Francesca avevano riportato da uno degli ultimi viaggi. *Io e Alberto non abbiamo ancora fatto un viaggio insieme*, pensò raccogliendo i cocci e andandoli a buttare nella pattumiera.

Maria la guardò silenziosamente e poi osservò: «Non si preoccupi, quella statua era molto brutta». Joanna stava per pensare che la giornata non era poi tanto schifosa quando di colpo, senza alcun segno premonitore, ebbe un attacco di nausea.

Corse in bagno e vomitò per cinque minuti, interrompendosi solo due volte per dire a Maria che stava benissimo, grazie. Quando tornò in cucina, ricordò, come folgorata, che il mese di ottobre non aveva preso la pillola e pregò con tutta se stessa di non essere rimasta incinta. Per Piccolino sarebbe stato un ignobile colpo basso. E anche un dolore che avrebbe rischiato di renderlo ancor più confuso e insicuro.

Alle dodici e mezzo il telefono squillò di nuovo: era sempre Peter, e lei buttò giù il ricevitore. All'una meno un quarto arrivò Alberto con gli zii. Isa le porse una piantina di crisantemi gialli precisando: «In America sono fiori portafortuna» e lei ebbe l'impulso di risponderle ''ma qui siamo in Italia e si portano ai morti''. Fortunatamente lo zio Mario la prese tra le braccia e le dette un sonoro bacione. «Ti vedo pallida» commentò poi.

Maria è impazzita?, cominciò a chiedersi dieci minuti più tardi Joanna. Il ragù della pasta era troppo salato e pieno di cipolla, le scaloppine galleggiavano verdognole in una salsina a base di prezzemolo; e altra cipolla, questa volta finemente tritata, faceva capolino dall'insalata mista. La zia Isa non mangiò nulla.

«Mi meraviglio di Maria» commentò Alberto. «È sempre stata una bravissima cuoca.»

E Isa: «Ma ora Francesca non c'è più, e quando non c'è la padrona di casa anche la migliore delle cameriere si deteriora».

Mario Fortis ebbe l'aria di voler strozzare la moglie. «Guarda che in questa casa una padrona c'è! Si dà però il caso che sia anche la fotomodella più famosa del mondo e abbia da fare qualcosa di più importante che non curarsi di ragù e scaloppine.»

Isa e Alberto apparvero ugualmente stupiti. E Isa, più perplessa che offesa, disse: «Che appassionata difesa! Si direbbe che tu conosca Joanna da una vita...».

Lei si sentì gelare. Intervenne Alberto: «Forse ti sei dimenticata, Joanna, di avvertire Maria che mia zia è allergica alle cipolle e...».

«Per la verità Maria lo sa bene, e da anni. Si vede che stamattina era un po' distratta» minimizzò Isa Fortis. Aveva tutta l'aria di essere concentrata in qualche riflessione più importante.

Fu in quel momento che Ketuth arrivò alla sua sinistra porgendole il telefono. «È per lei, signora Joanna. Pare sia una cosa urgente.»

Era ancora Peter. «Jo, non capisco davvero il tuo modo di fare.»

«Credo che lei abbia sbagliato numero. Scusi se riattacco, ma ho ospiti a pranzo...» Joanna implorò che recepisse il messaggio. E soprattutto che non richiamasse più.

«Strano che abbia sbagliato numero» osservò la signora Isa. «Ketuth, quella persona non ha chiesto della signora Joanna? E non ha detto che era urgente?»

Ketuth stava per aprire bocca, chiaramente imbarazzato, ma di nuovo la voce furiosa di Mario Fortis: «Vuoi farti i fatti tuoi, Isa?».

«Va bene, va bene, Mario. Non toccherò più la tua adorata Joanna.» Una pausa e, rivolta a Alberto con un sorriso radioso: «È davvero bello che tra tua moglie e tuo zio si sia creata questa corrente di simpatia».

Ketuth portò in tavola le piccole coppe con il flan di latte: lo zucchero era caramellato al punto giusto, e Isa osservò: «Maria si è ricordata che è il mio dessert preferito».

La conversazione era ripresa, gli incidenti di poco prima sembravano dimenticati, quando Joanna avvertì di nuovo una inarrestabile nausea. Scusandosi, corse in bagno e rimise tutto quello che aveva appena mangiato.

E Mario Fortis fece, impulsivamente, quello che mai avrebbe dovuto fare: le corse dietro affannato, prima ancora di Alberto.

"Sì, Isa." L'ammissione stanca e sconfitta di suo marito, un'eternità prima. *"Sì, è vero, ho avuto una storia, ma ora è finita. Con una fotomodella..."* Sua moglie, sola in tavola, ricordò. E le cellule del suo cervello parvero esplodere.

Quella fotomodella *era Joanna*. Ne era certa. Ma quando la ragazza tornò, le sorrise con premurosa dolcezza. Non doveva allarmarla né insospettirla. Voleva, semplicemente, rovinarla.

Quel pomeriggio, quando gli zii se ne andarono, Alberto le disse che non sarebbe tornato in studio. «Ho pensato che stiamo pochissimo insieme» le spiegò con semplicità «e ho voglia di fermarmi un po' a parlare con te.»

«*Parlare*... di cosa?» Joanna chiese allarmata.

Lui le si fece vicino e le passò un braccio attorno alle spalle. «Di quello che vuoi. Oppure di niente. Mi sono reso conto che ti sto vergognosamente trascurando, e oggi voglio starmene un po' con te.»

Joanna emise un piccolo sospiro di sollievo. «Non devi porti questi problemi, Alberto, so bene che cosa vuol dire avere dei programmi rigidi, e degli orari, e degli impegni...»

«Tu non abbandoneresti mai il tuo lavoro, vero, Joanna?»

Sempre quel suo braccio sulle spalle. Erano seduti, ora, e i loro corpi si sfioravano. «In un certo senso l'ho già abbandonato» lei disse. «È da luglio che non accetto più impegni fuori Milano. Come dice Fray, tra pochi mesi sarò bruciata. Finita.»

Alberto si rese conto che con semplicità e leggerezza lei stava parlando di un dramma: quello del tramonto di una top model. «E non ti dispiace, Joanna?» Si accorse che la risposta di lei era molto importante.

«In tutta franchezza è un interrogativo che mi sono posta anch'io. E la risposta è che no, non mi dispiace. Non ho il vuoto, davanti a me. Ho te, ho... Piccolino. Mi rende enormemente più felice un sorriso di Pietro che non una perfetta copertina di Newton. Naturalmente non sottovaluto un sorriso *tuo*,» aggiunse con un risolino «però tu sei più scontato.»

«Joanna, io ti ho sorriso pochissimo. E ti ho dato molto poco» aggiunse. Se ne stava rendendo conto in quel preciso momento.

«Tu hai avuto molti problemi... e tanto dolore. Mi hai dato molto di più di quello che era ragionevole aspettarsi.»

La stretta si fece più intima. «Io posso dirti soltanto che sei importantissima per me. A volte, quando ti guardo muoverti in questa casa, penso che tu sia un miracolo.»

Non è una brutta giornata, Joanna si disse allungandosi sul divano. Era felice come una lucertola al sole. «Alberto, che cosa provi per me?»

«In questo momento qualcosa che mi sconvolge» lui disse con voce rotta. «E in genere qualcosa che mi dà una continua emozione. Mi capita un'infinità di volte ogni giorno di pensare a te e provare una grande felicità perché ci sei.»

È una giornata perfetta, si ripeté Joanna estasiata. Scacciò il pensiero della lite con Piccolino, della malignità di Isa, della allucinante colazione di poco prima. E si sentì come onnipotente. Tra qualche ora Pietro sarebbe ritornato a casa e lei gli avrebbe fatto dimenticare l'odore dei ceri e della tristezza. Tutto, tutto si sarebbe aggiustato.

Invece la serie nera fatalmente riprese. Alle sei e mezzo il bambino tornò. Era pallido, tremava e andò direttamente nella sua stanza dicendole: «Non mi serve niente, grazie». Alberto lo raggiunse più tardi e registrò che aveva qualche linea di febbre.

«Non vai da lui?» chiese quando tornò in soggiorno, stupito perché Joanna non si era ancora mossa.

«No. Non stasera.»

Quella sera Piccolino era infelice e ostile. L'insensibilità di sua nonna e la debolezza di suo padre lo avevano ributtato nella tempesta e Piccolino vi stava annaspando da solo, cieco alle mani che gli offrivano aiuto. Specialmente se queste mani sono mie, pensò Joanna affranta.

Alle nove, avevano appena finito di cenare, Isa Fortis telefonò a Alberto: lo zio Mario stava malissimo e lei aveva appena chiamato l'ambulanza. Poteva correre subito a Niguarda?

Joanna lo aspettò raggomitolata sul divano, un plaid sulle ginocchia e gli occhi sbarrati, mentre i ricordi tornavano a lei. Mario che le si sedeva accanto sul volo per Parigi, quel fastidioso vuoto d'aria sul Monte Bianco, un cordiale sorriso: "Non ha paura, vero, signorina?".

Non aveva paura. I soli pericoli che lei temeva erano quelli che venivano dalla cattiveria dell'animo umano: le violenze, le sopraffazioni, le follie. Per due settimane, dopo quella notte remota, era rimasta ricoverata in ospedale e batteva i denti terrorizzata quando i medici o le infermiere si avvicinavano al suo letto. Tutti le sembravano bestie, e lei, con la sua piccola mente, implorava di morire. Non voleva vivere in quella giungla, dove una belva l'aveva già sbranata.

Chissà perché, si disse ora Joanna, parlai subito con Mario e gli risposi che no, ci voleva ben altro che una turbolenza per spaventarmi. Erano scesi insieme. "Ho un'auto che mi aspetta qui a Orly, se vuole posso darle un passaggio."

La sera dopo avevano cenato insieme. Lui si era sentito pomposo e ridicolo proponendole Chez Maxim's.

"Oltraggio il suo decoro se le propongo invece una graziosa cafétéria sulla Rive Gauche?" aveva riso Joanna.

Era un piccolo locale con i vecchi tavoli di legno scuro e le tovaglie a quadretti rossi e bianchi. La padrona era la tipica sessantacinquenne francese, i capelli grigi con una fitta permanente a ricciolini e il viso truccatissimo. Riconobbe subito Joanna e la salutò stampandole due bacioni sulle gote. E, rivolta all'uomo: "Questa è una ragazza straordinaria!".

Dopo che ebbero ordinato, e la padrona si fu allontanata, lei spiegò che l'aveva conquistata portandole ogni volta che veniva a Parigi un pacchetto di trucchi vari in dono. "Va pazza in particolare per i rossetti viola" rise.

Mario Fortis la guardava estasiato. E poco dopo, quando la vide buttarsi famelica su una *soupe à l'oignon,* rise divertito. Cenarono insieme anche la sera dopo, e poi lei accettò di andare a bere qualcosa in albergo, da lui.

"Perché hai fatto l'amore con me, Joanna?" lui le aveva sussurrato più tardi, fissandola, il gomito puntato sul cuscino.

"Perché lo desideravo. Un sano istinto" scherzò lei. Restò a dormire con lui. E nel cuore della notte Mario Fortis si svegliò sobbalzando: Joanna, i pugni sugli occhi, piangeva e si lamentava come se stesse soffrendo atrocemente. Lui si accorse che era un incubo e la svegliò, sconvolto, prendendola di nuovo tra le braccia.

Chissà perché, pensò ora Joanna, quella notte gli raccontai tutto di me. Con Signore, lo psicanalista, aveva impiegato anni per sbloccarsi e confessargli i suoi incubi, le sue paure, i suoi pensieri. *Dio, fa' che non muoia*, supplicò. Ancora la voce di Mario: *"Posso dirti una cosa, Jo? Quello che provavo per te non era passione, e forse neppure amore..."* L'aveva adorato anche lei. E quando la loro storia finì, provò per mesi una desolata sensazione di vuoto. Un giorno lo rivide, per caso, e le apparve smagrito e invecchiato. "Ti penso sempre, piccola. Come va la tua nuova casa? Mangi? Stai bene?" La loro relazione sarebbe probabilmente ripresa, ma fu lei a decidere che no, che sarebbe stato sbagliato per entrambi. E quel giorno, ritornata a casa, gli scrisse una lunghissima, puntigliosa, appassionata, dolente lettera.

Dio, fa' che non muoia, pregò ancora. Alberto rientrò alle tre del mattino. Lo zio aveva avuto un infarto e le sue condizioni erano gravi, anche se non si disperava di salvarlo. Si versò un whisky e si sedette accanto a lei.

«E tua zia?»

«L'ho accompagnata a casa e passerò a prenderla domattina alle sette. Lo zio Mario è stato ricoverato all'Unità coronarica di Niguarda e stanotte non avremmo comunque potuto restare con lui.»

Si allungò sul divano, socchiuse gli occhi e le prese una mano. «È stata una brutta giornata, Joanna.»

Una bruttissima e interminabile giornata, lei ripeté

tra sé. E quella dopo, non si annunciò migliore. Pietro si svegliò con tre linee di febbre, e il suo visetto sembrò a Joanna ancora più affilato.

«Vuoi un tè o preferisci una spremuta? Oppure vuoi un latte col miele?» lei gli chiese.

«*Voglio la mia mamma*» Piccolino singhiozzò nascondendo la faccia sul cuscino. Lei uscì dalla sua stanza in silenzio, le gambe rigide. E di nuovo quell'attacco di nausea. Corse in bagno.

«Dovrebbe farsi vedere dal medico, signora Joanna.» Maria era arrivata alle sue spalle e adesso le teneva una mano sulla fronte, mentre lei continuava a essere squassata dai conati. Si rialzò e vide che Maria aveva gli occhi lucidi. «Signora Joanna» disse piano. E inaspettatamente la donna la strinse tra le braccia, forte, senza dire nulla.

Andò dal medico quel giorno stesso, e dopo una accuratissima visita lui la tranquillizzò. Joanna era molto tesa, la pressione era un po' bassa e le sue nausee avevano probabilmente un'origine nervosa. Le prescrisse comunque, per sicurezza, alcune analisi.

Perché, si rimproverò Joanna uscendo dal suo studio, aveva deliberatamente mentito? Perché aveva detto al medico che i suoi cicli erano regolari e che no, non aveva alcun ritardo? Era in ritardo di dieci giorni, invece. Ma la spiegazione era semplice: quello era il medico di casa Fortis e lei non voleva assolutamente fargli sapere che era incinta. Se mai lo era.

Appallottolò la richiesta delle analisi e la gettò in un raccoglitore di rifiuti, poi si diresse verso una farmacia e comperò una confezione di *Confidelle.* Al mattino dopo il test risultò positivo. Le tempie le martellavano e le sembrava di avere la faccia in fiamme. Vomitò di nuovo e poi, diligentemente, riempì una bottiglietta con la sua orina e la portò in un laboratorio.

Al mattino dopo tornò per il risultato. Positivo. E questa volta senza alcuna possibilità di dubbio.

Aspetto un bambino, Joanna pensò senza gioia. Per anni era stato il suo sogno bellissimo, il pensiero che la riscaldava quando era triste, le ridava la fede quando era sfiduciata. *Quando smetterò di lavorare* e *avrò un bambino...* Un figlio era sempre stato per lei lo smagliante, vittorioso traguardo.

Ma non ora, non ora. Il pensiero del dolore che stava per arrecare a Piccolino la sprofondò nella infelicità. E nel momento stesso in cui realizzò quanto cupa fosse questa infelicità, drizzò le spalle inorridita. Nel suo grembo era sbocciata una nuova vita e lei stava commettendo la peggiore delle violenze. La vita è gioia e a Joanna sembrò di avere quasi contaminato e profondamente offeso il suo bambino.

Inspirò a fondo, le mani incrociate sul grembo, e poi riprese la strada verso casa. Un vecchio che camminava tenendo il suo cane al guinzaglio si fermò a guardarla con un sospiro di invidia e nostalgia. Era bello essere giovani come quella ragazza che procedeva decisa, la testa alta, un sorriso che sembrava di sfida.

Joanna arrivò in viale Majno a piedi, e soltanto quando guardò l'orologio, aspettando l'ascensore, si rese conto che erano le tredici passate. Venne ad aprirle Alberto.

«Scusa il ritardo» gli disse. «Spero che Maria se la sia cavata senza di me.»

«Maria non c'è. E neppure Pietro. Li ho mandati a casa di mia suocera con Ketuth.»

Soltanto in quel momento Joanna vide che suo marito aveva la faccia... come di un morto. Vuota, bianca, irraggiungibile.

«È... è successo qualcosa?» chiese.

«*Questo*» disse Alberto porgendole una busta grigia. Anche la sua voce era incolore, senza collera, né emozione, né... vita. Joanna tese meccanicamente una mano.

«L'ha trovata la zia Isa nella cassaforte di suo marito, cercando un documento. Dentro la busta c'è una lettera. Tua.» Adesso Alberto sembrava il radiocronista di una squadra perdente: si limitava a spiegare con spassionata meticolosità.

«Non capisco» balbettò. Ma era solo il suo cervello che si rifiutava di registrare la realtà, lei aveva capito subito. Era la lettera che aveva scritto a Mario Fortis, tanto tempo prima.

«Devo spiegarti,» gemette «devi capire che tra me e...»

«No.» Secco come una staffilata.

Joanna fece per dirigersi verso il soggiorno, ma Alberto la trattenne per un braccio. «Le tue valigie sono qui» disse. Erano alla destra della porta, già riempite e chiuse.

«Comunicherai a Ketuth dove mandarti il resto della roba» Alberto aggiunse.

Già, ecco l'uomo rigido e inflessibile. Così rigido che per una minuscola frazione di secondo lei osservò la situazione con occhio staccato e la trovò persino ridicola. Ma il senso della catastrofe subito la travolse. *Lotti o ti ritiri?* Ebbe la tentazione di fuggire; l'ingiustizia di quanto stava accadendo era come una violenza e lei si sentiva lacerata. Dentro di lei gridava, e gridava, e gridava, ma era come se la Bestia fosse tornata e le schiacciasse ancora una volta la sua zampa nel centro del cuore. Le sembrava di non poter respirare, né parlare, né muoversi. *Lotti o ti ritiri?*

«No» disse Joanna, la voce come un filo d'acciaio. E fu così stupita di sentire il suono della sua voce che, istintivamente, guardò suo marito per vedere se anche lui provava lo stesso stupore.

«*No* che cosa?» Alberto era sbalordito, infatti.

«Non me ne vado. Sono tua moglie e non puoi mandarmi via.»

«Sei... sei falsa e marcia. La sola idea che ti abbia permesso di toccare mio figlio mi fa sentire un criminale.»

«*Non dirlo!*» lei urlò.

Lui parve non sentire. La sua faccia era tornata irraggiungibile e vuota. «Hai insudiciato la mia famiglia, i miei affetti, la mia casa...»

«Non è vero, Alberto. Lascia che ti spieghi, ti chiedo soltanto questo.» La zampa della Bestia si era levata dal suo cuore, adesso, e la voce prorompeva e lei poteva parlare, e piangere, e supplicare.

Ma lui non glielo permise.

«Qualunque cosa tu mi dica, mi fai ribrezzo, Joanna.» E pronunciò il suo nome con tale fatica e tale disgusto che lei si sentì annientata, cancellata.

Arrenditi, la implorò la piccola Joanna dentro di lei. *Bambina cattiva, bambina cattiva, bambina cattiva...* Era stata sconfitta.

«Va bene. Me ne vado» disse. Così piano che Alberto intuì, più che sentire.

Ma poi la voce di lei si alzò chiara, e nei suoi occhi c'era una tale fierezza che Alberto provò il mostruoso impulso di trattenerla e abbracciarla.

«Me ne vado,» Joanna stava ripetendo «ma porto via qualcosa che tu, nella tua furia di giustiziere, non sei riuscito a uccidere. E prego Dio che non capisca mai tutto il male che oggi mi hai fatto.»

«E tu a me?» Alberto urlava, adesso. Per la prima volta nella sua vita stava urlando. Ma subito la furia si placò e il viso di lui riassunse un'espressione di rigido controllo.

«La tua è una sofferenza sterile» lei mormorò «perché in te non c'è mai stata vita, Alberto.»

X

Il delitto d'onore esiste ancora, scriveva il *Corriere* in prima pagina. E tutti i quotidiani, dalla *Stampa* a *Repubblica*, commentavano con polemici fondi ''l'incredibile'' sentenza del processo Pausania. Un gelido e premeditato delitto era rimasto, praticamente, impunito. Il noto medico uxoricida era stato condannato a sei anni, usufruendo di tutte le attenuanti possibili.

Alberto lesse con meticolosa attenzione tutti i resoconti dei giornali, la luce rossa alla porta del suo ufficio e l'ordine di non passargli alcuna telefonata. *I miracoli della difesa*, scriveva *Il Giorno*, e Alberto si chiese con distacco come fossero riusciti a procurarsi quella vecchia foto che lo ritraeva in una posa tanto ieratica.

È stato davvero un miracolo, si disse rilassandosi e posando il capo sullo schienale. Per tutta la durata del processo aveva condotto la difesa in modo tecnicamente impeccabile, controinterrogando i parenti e gli amici di lei, e persino i testi a carico, con toni tanto neutri e cordiali che neppure si erano accorti di tutte le insidie delle sue domande. Li aveva fatti cadere in contraddizione concedendosi il lusso di non sottolinearlo, ben consapevole però che i giurati ascoltavano e registravano.

Ma il suo capolavoro era stata l'arringa finale. L'aveva preparata in tre settimane, lavorando dalle sette del mattino fino a notte fonda, con implacabile passione. Paola Pausania, la moglie assassinata, era il tradimento, la crudeltà, la sofferenza. La demolì con voce pacata e raccontò la storia della sua vita attenendosi rigorosamente ai fatti, attentissimo a non far mai trapelare qualcosa che potesse somigliare a un giudizio o a una emozione. Fu signorile e quasi rispettoso. Ma riuscì a far apparire lubrico, ai giurati, persino il primo innocente bacio.

E Paola Pausania, alla fine della sua arringa, fu come un emblema: la donna dalla doppia faccia e dalla doppia vita, insidiosa e corrotta, egoista e devastante.

Suo marito era stato ingannato e distrutto e provocato. Aveva ucciso per salvare se stesso e la sua dignità di essere umano. Non tutti i cronisti abboccarono, ma ad Alberto Fortis interessava soltanto convincere i giurati. E ci era riuscito. La famiglia della vittima era immediatamente ricorsa in appello, ma quel che sarebbe accaduto dopo lo lasciava indifferente. In prima istanza aveva vinto. Che la mitissima sentenza venisse confermata o modificata, in *questo* processo era riuscito a far condannare Paola Pausania.

È come se mi fossi vendicato di Joanna, pensò. In quelle ultime settimane era *lei* che aveva implacabilmente demolito. E la sua istintiva antipatia per l'uxoricida si era via via trasformata in una specie di fanatico coinvolgimento, di particolarissimo transfert: anche lui avrebbe voluto uccidere la moglie, dopo aver letto *quella* lettera, e difendendo Franco Pausania difendeva se stesso.

Le frasi scritte con quella scrittura grande e rotonda, oscena come era osceno ciò che Joanna raccontava al suo vecchio amante. Gli bruciavano ancora nel cervello, alcune di quelle frasi.

Non possiamo ricominciare, Mario, e devo frenare l'impulso di correre a dirtelo facendomi ancora una volta strin-

gere dalle tue braccia. Sarei perduta, perché tu mi hai dato quello che nessun uomo mi aveva dato: protezione, rispetto, tenerezza...

Mia madre si vendeva per denaro e io ho cominciato a somigliarle quando avevo nove anni. Ho smesso a nove anni di essere innocente...

Rimarrai nel mio cuore e nella casa che hai voluto regalarmi...

Sporca puttana, Alberto sillabò dal fondo del suo cuore. E per la centesima volta inorridì al pensiero di avere portato nella sua casa, nella casa di Francesca, quell'essere marcio che già a nove anni si rotolava in un letto gemendo di piacere.

È pazzo, Joanna pensò dopo aver letto l'arringa sul *Corriere*, "*È rigido e inflessibile*": la voce di Mario Fortis. Era morto a Niguarda due giorni dopo che lei se n'era andata da viale Majno, stroncato da un secondo infarto. E nelle due pagine dei necrologi non una riga di Alberto, il nipote che aveva cresciuto e amato come un figlio.

È pazzo, Joanna pensò di nuovo, con una tristezza così profonda che si sentì come senza vita. Sarebbe stato così dolce lasciarsi davvero morire, ma non poteva: un bambino, dentro di lei, chiedeva la vita. E il pensiero di suo figlio le ridette calore e forza. Era entrata nel quinto mese di gravidanza e la linea del ventre era ormai dolcemente arrotondata. Due settimane prima il piccolo aveva cominciato a muoversi.

«È insensato che tuo marito non sappia nulla» continuavano a ripeterle Anna e Amedeo Fontana. «Il fatto che ti possa odiare e disprezzare non esclude la realtà che si tratta di *suo* figlio.»

Ma Joanna era decisa a tacere. L'odio pazzo di Alberto avrebbe coinvolto anche il bambino, e lei doveva difenderlo.

Gli aveva scritto due lettere, ma erano state impersonalmente respinte al mittente. Un pomeriggio avvertì una struggente nostalgia di Piccolino e telefonò in viale Majno. Era venuto lui stesso a rispondere.

"Pi... Pietro? Sono Joanna."

"Sei tu? Sei tu, Jo?" Lei aveva sentito emozione e felicità e sbalordimento, in quella vocina tremante. Poi il silenzio.

"Sì, Piccolino, sono Jo." Di nuovo il silenzio: ma c'era stato un piccolo *clic,* stavolta. Il bambino aveva riattaccato.

Quanto tempo era rimasta accanto al telefono, con gli occhi pieni di lacrime? Fino a quando il telefono era squillato.

«Signora Joanna? Sono Maria. Mi manca tanto. Ci manca tanto... a tutti.» Aveva avuto un attimo di esitazione, ma aveva detto *a tutti* con voce sicura. E poi aveva riattaccato.

Il passato è immutabile. Dove lo aveva letto? Era una verità sulla quale meditava spesso. Puoi dimenticare e ricominciare e fuggire e cambiare, ma il tuo passato ti segue e resta sempre uguale, pronto in qualunque momento a ricordarti chi sei e che sbagli hai fatto. L'aveva seguita anche in casa Fortis. E lei ne era dovuta scappare.

Era tornata al suo attico di via Spiga benedicendo se stessa per non averlo voluto vendere o affittare, come le aveva suggerito Alberto. Aveva spalancato le finestre, tolto le lenzuola ai divani, riattivato i contatori, disfatto le valigie. Poi aveva telefonato a Giacomo Fray comunicandogli, concisamente, che si era separata dal marito.

«Però sei sempre incinta...» Dall'altro capo del filo lo aveva sentito riflettere. Poi: «Te la sentiresti di fare un paio di lavoretti tranquilli, Jo?».

«Ho già il pancione. E sto partendo per Londra.»

«Joanna in premaman fa moda e anche notizia. Mi avevano giusto chiesto una modella *davvero* incinta per un servizio della Prenatal e potrei venderti carissima.» Efficiente e concreto. «E potrei parlare a Savorelli per la nuova campagna della Rubinstein. Anche Isabella Rossellini era incinta, quando ha posato per la Lancôme: dopo il terzo mese la faccia delle donne incinte è un tripudio di radiosità e ormoni...» Stava programmando freneticamente.

«Fray...»

«Lascia fare a me, Joanna. Sei sempre sulla vetta, questi pochi mesi di ritiro hanno alzato ancor più le tue quotazioni, se possibile. Te l'avevo detto, no, che *Life*, *Anna* e *Stern* mi avevano chiesto di poterti fotografare con tuo marito? Sei una top, Jo, la più famosa di tutte. Su con la vita!»

Come è vero, Joanna sorrise adesso senza alcun pudore per la banalità del pensiero, che gli amici si riconoscono nei momenti in cui hai bisogno di loro. Fray l'adorava. Gianni Versace, che lavorava a due passi dal suo attico, l'aveva invitata mediamente una volta alla settimana a colazione. Un' allegra tavolata di collaboratori e amici. Si parlava di musica e di giornali, di teatro e di vestiti, di cucina e... di tutto. Lei adorava Versace, così leale e spontaneo. È così "creativo". Nei vestiti come nei rapporti umani.

E Mariuccia, la pazza, viva, impulsiva Krizia. Il giorno dopo il ritorno a casa, un fattorino le aveva recapitato a nome suo due sacche colme di vestiti. E lei si era incantata e divertita a indossarli, femminili e vivi come la loro creatrice.

E Bianca e Mario Valentino, che erano volati apposta da Napoli per venirla a trovare. Per gli esperti di moda erano ''i re della pelle'', per lei alcuni tra gli amici più preziosi.

E Carla Fendi, con quella grande, generosa scrittura tanto simile alla sua: leggendo la lettera che le aveva scritto, Joanna aveva pianto per la commozione. E avvolta nel visone di cui tre anni prima si era innamorata, dopo una sfilata, per tutto l'inverno si era sentita protetta e caldissima. Era stato il suo primo acquisto ''folle'', ma nelle pellicce di Fendi lei aveva sempre visto una specie di rassicurante punto d'arrivo, e di portafortuna: nulla di male poteva accaderti se indossavi qualcosa di tanto ricco, e avvolgente e leggero.

E Franco Savorelli: a lei talvolta ricordava Mario Fortis. Era... sì, nobile come lui. La stessa intelligenza intuitiva, le stesse piccole infinite premure, lo stesso raccomandarle ''dormi, rilassati, non lasciarti andare''. Benché sempre occupatissimo, oggi a Roma e domani a New York, ieri a Parigi e domani a Londra o a Tokio, Franco aveva trovato sempre il tempo per una breve telefonata o per uno spiritoso bigliettino.

Vi adoro tutti, amici, si disse. E fu pensando a loro che l'angoscia del processo si allentò e l'ossessivo ricordo di Alberto le diede, finalmente, un po' di tregua.

XI

Quando Dora Ratti entrò nel suo studio, Alberto aprì e chiuse gli occhi chiedendosi se non fosse un incubo, o un sogno. Aveva una gonna grigia, la camicetta di seta bianca con un fiocco sul collo e, annotò alzandosi come un automa per salutarla, la stessa andatura lenta e composta. Soltanto i capelli erano leggermente più scuri di quelli di Francesca ma, come lei, li portava raccolti sulla nuca, a chignon.

«È stato molto difficile ottenere questo appuntamento, avvocato» la giovane signora sorrise tendendogli la mano con un gesto che ad Alberto sembrò, ridicolmente, regale. Di Francesca aveva persino la voce, garbata e sottile. E quegli occhi chiari che anche nel sorriso mantenevano un composto e remoto distacco.

Si era seduta di fronte a lui adesso. «So di poterle apparire pretenziosa e emotiva, ma mi ero rivolta al suo studio legale perché lei *personalmente,* avvocato Fortis, si prendesse cura della causa. Il suo socio è senz'altro molto bravo, ma...»

Alberto si concentrò nello sforzo di convincerla. E di parlare il più a lungo possibile, per ritrovare il controllo di sé. «Il mio socio è molto più bravo di me per cause come la sua. Nell'accusa contro suo marito gioca una parte molto importante la pessima gestione aziendale. Non soltanto si è rifugiato all'estero prosciugando i conti correnti e frodando i creditori, ma negli ultimi due anni ha scientemente e fraudolentemente stornato tutti gli utili, falsificato i bilanci e praticamente mandato in rovina la *sua* azienda, signora Ratti.» Un attimo di pausa e poi riprese: «Per dimostrare tutto questo occorrono dei controlli, e una competenza specifica, che rendono il mio socio molto più affidabile». Aveva finito. E aveva parlato con estrema cura, come faceva con Francesca quando qualcosa non la convinceva o la rendeva perplessa.

E ora Dora Ratti lo stava fissando come tanto tempo prima lo fissava sua moglie: l'alta fronte corrugata in tante piccolissime rughe, gli occhi socchiusi in una fessura di gentile ma fermo rifiuto.

«No» disse infatti. «Io voglio che l'accusa contro mio marito punti soprattutto sulla *questione morale*.» Un breve, orgoglioso sospiro. «Mio marito aveva una relazione con una... una donnetta da poco. Ed è con lei che è fuggito all'estero. Per lei ha rubato e imbrogliato. Voglio che entrambi siano condannati e che dal processo emerga che la sua amante era anche la sua complice.»

«Sarà molto difficile. E inoltre non vedo l'utilità di addentrarci nei meandri della questione morale quando tutto è contro suo marito. Sul terreno della morale la difesa può controbattere, sottilizzare, far leva sulle emozioni, mentre dai bilanci e dalle cifre non si scappa. C'è stata senza alcuna ombra di dubbio bancarotta fraudolenta. E inoltre...»

«No» ripeté lei. «Io voglio soprattutto che mio marito sia *moralmente* condannato.»

«Guardi che non è *morale* falsificare e esportare valuta all'estero. Siamo di fronte a un processo penale e la condanna di suo marito sarà comunque *anche* morale.»

Dora Ratti scosse la testa e gli rivolse un brevissimo sorriso. «Lei ha capito benissimo, avvocato, quello che intendo io. E comunque desidero che sia lei, personalmente, a tutelare i miei interessi. A rappresentarmi durante il processo.»

Alberto stava per replicare quando si accese la ronzante luce rossa dell'interfono. E si udì la voce di Mirta, la segretaria: «Avvocato, è arrivato suo figlio Pietro».

Lui guardò l'orologio. E Dora, alzandosi: «So di averle rubato molto tempo, ma vorrei che lei...».

«Resti pure, signora. Ho promesso a mio figlio che stasera l'avrei portato a cena con me, ma come al solito è arrivato prima e può aspettare che noi...»

Pietro non aveva aspettato e stava entrando in quel momento. Si arrestò sulla porta.

«Vieni pure, Pietro. Devo finire un discorso con questa signora e poi sono da te. Signora Ratti, questo è Pietro, il mio bambino.»

Il piccolo stava guardandola e sembrava incapace di distogliere gli occhi da lei. Gli tendeva la mano, ora, e lui lasciò che gliela stringesse. Sembrava perplesso e come intimidito.

«Sei un bel bambino. E certamente anche un bravo bambino» Dora Ratti disse con ferma voce gentile.

Si è accorto anche lui di questa strana somiglianza con sua madre, Alberto pensò turbato. Lo sguardo gli andò verso la porta e vide che anche Maria, entrata dopo il bambino, stava osservando Dora Ratti con particolare attenzione.

«La governante di mio figlio» la presentò. E Maria, come pochi istanti prima Pietro, strinse la mano che le veniva tesa con un'espressione stranita. «Devo restare con il bambino o posso andarmene?» chiese poi.

Dora Ratti fece di nuovo per alzarsi. «Sono io che debbo andarmene.»

«No, resti. Maria, lei torni pure a casa. Pietro, puoi aspettarmi di là qualche minuto?»

Dora Ratti era già alzata, ora, e Alberto notò che aveva anche lo stesso corpo di Francesca, dolcemente arrotondato ma allo stesso tempo minuto. Chissà perché gli venne improvvisamente in mente quello di Joanna: le sue lunghissime gambe, i suoi fianchi da ragazzo, le sue larghe e spigolose spalle. E quell'andatura decisa e danzante, da professionista. Professionista anche con gli uomini. E mentre il suo cervello si soffermava in questo velenoso pensiero, la sua voce disse: «Signora Ratti, che cosa ne direbbe di venire a cena con me e con mio figlio?».

Quella composta esitazione nel viso di lei. Quel sorriso esitante, da tanto tempo rimpianto e perduto. «Non vorrei disturbare» disse infine.

«Affatto. Potremmo, anzi, proseguire il nostro discorso.»

«Come si chiama, signora?» La voce stranamente ansiosa di Pietro, come se fosse per lui importantissimo saperlo.

«Dora. Dora Ratti.» Un altro breve sorriso. Era sempre alzata ma non sembrava a disagio. Come una principessa aspettava, semplicemente, che i suoi sudditi decidessero cosa fare.

Pietro fu il primo a riscuotersi. «Allora andiamo.»

Andarono da Bice, in Borgospesso, dopo un breve giro in centro. Pietro scelse un tavolo d'angolo, nella seconda saletta. Non erano ancora le venti e il ristorante, di solito affollatissimo, era silenzioso e tranquillo. Mentre Alberto e Dora bevevano un aperitivo, il bambino ordinò un piatto di antipasti.

«Quanti anni hai?» gli chiese Dora.

«Sette compiuti. Sono grande. E lei?»

Alberto intervenne pronto: «Pietro, sai bene che non si chiede mai l'età. È una domanda maleducata».

«Ma è stata *lei* a chiedermelo per prima!» Sembrava risentito, ora. Fece per versarsi da bere, ma rovesciò il bicchiere sul tavolo.

Dora mise un tovagliolo sulla chiazza d'acqua e poi disse: «Devi stare più attento. Ho trentadue anni, Pietro, sono grande anch'io».

«L'età della mia mamma» il bambino osservò. E aggiunse esitando: «Lei somiglia molto alla mia mamma. È morta un anno fa».

Tredici mesi e sei giorni, puntualizzò tra sé Alberto. E ora gli sembrava che il tempo fosse tornato indietro. Di nuovo insieme Francesca, Pietro e lui. Pietro petulante e maldestro, Francesca con quella sua aria affettuosamente attenta, lui con il bicchiere dell'aperitivo in mano e una strana sensazione di pace.

"Perché non mangi, Pietro?" La voce ansiosamente dolce di Francesca, la rasserenante consapevolezza di una presenza che lo sollevava da ogni tensione ed ogni problema, compreso quello, piccolissimo, della solita inappetenza del bambino.

«Perché non mangi, Pietro?» Ma era la voce di Dora Ratti, questa, talmente uguale a quella di sua moglie che Alberto sobbalzò.

«Li hai ordinati *tu,* gli antipasti» Dora insisteva, gentile e ferma. E Pietro, come faceva con sua madre, cedette. Meglio, cominciò a sminuzzare il cibo nel piatto portandosi di tanto in tanto la forchetta alla bocca.

«Non è mai stato un bambino vorace,» spiegò Alberto «al contrario: bisogna sempre forzarlo, per farlo mangiare.»

«Capisco.» Ancora il breve sorriso di Dora. Era una bella donna, lui osservò, e a guardarla meglio la rassomiglianza con Francesca spariva. Dora aveva i lineamenti più marcati, i colori più scuri, le labbra più grosse. Ma i gesti, gli atteggiamenti, il modo di parlare e di muoversi erano identici. Stesso stile, anche morale, Alberto non poté fare a meno di pensare. E un marito imbecille l'aveva lasciata magari per una donna come Joanna. Provò per quell'uomo la stessa rabbia che provava per se stesso ogni volta che ricordava con quanta ingenuità si era lasciato abbagliare da lei. Soltanto Pietro, con l'infallibile istinto dei bambini, aveva capito come Joanna era realmente. E l'aveva respinta.

Adesso Pietro stava cincischiando un hamburger, gli occhi fissi sul piatto. È un bambino complicato e sensibile, suo padre pensò, con una intelligenza e una fantasia come... come velate da un rifiuto a lasciarsi andare. È un bambino triste, si disse, rendendosi conto angosciato che per la prima volta, adesso, afferrava questa realtà. C'era in Pietro qualcosa di impaurito e dimesso nonostante fosse un bambino curioso e fiero. Non si è mai più ripreso dalla tragedia di sua madre, si disse. Ma ricordò con disagio che anche quando Francesca era con loro il piccolo era ansioso e senza allegria. Soltanto quando aveva conosciuto Joanna, per poche brevissime settimane, dai suoi occhi era sparita quella espressione riflessiva e "adulta" e lo aveva visto ridere e incuriosirsi e far domande e lasciarsi andare. Come lo chiamava, lei? *Piccolino.*

Alberto emise un sospiro così profondo che Dora Ratti lo fissò perplessa. Le sorrise. «Sono molto stanco, mi scusi.»

«Capisco. Pietro, forse è meglio che lasci quella carne. Vuoi della frutta? O un dolce?»

Il bimbo fece cenno di no. Stava fissando, rabbuiato, un tavolo poco distante. «Sono arrivati Amedeo e sua moglie, gli amici di Jo... Joanna» disse. «Quelli che mi hanno regalato Buck.»

Anche i Fontana, adesso, lo avevano visto, e Anna gli mandò un bacio con la mano. «Posso andare a salutarli, papà?»

«No. È meglio che torniamo a casa, ora.»

E, pentito del tono spropositatamente brusco, aggiunse: «Si è fatto tardi».

«Joanna è... era la mia seconda moglie» stava spiegando Alberto. Aveva invitato Dora a bere un caffè e ora la donna era seduta nel soggiorno di viale Majno, di fronte a lui.

«Non è la signora di queste fotografie» Dora affermò esitante indicando le piccole cornici sul tavolino.

«No, questa è Francesca, la mamma di Pietro. Con Joanna ho vissuto pochi mesi. Un matrimonio sciagurato che...»

«Non deve spiegarmi niente.» La quieta voce di Dora. «Capita a tutti di prendere un abbaglio, l'importante è accorgersene per tempo.»

«Ci siamo separati un mese fa.»

«E lei dov'è, adesso?» Arrossì e si morse le labbra. «Mi scusi.»

Alberto si strinse nella spalle. «Non so dov'è, ho affidato le pratiche all'avvocato Corsini, un mio collega, e credo che lui l'abbia vista una volta soltanto. A sua volta la signora si è fatta rappresentare dall'avvocato della sua agenzia. È una fotomodella» spiegò.

«Oh.» Dora apparve molto stupita e lui "vide", nel suo sguardo altero, come un'ombra di disapprovazione.

E l'interrogativo: *Ma come ha potuto sposare una fotomodella?* La donna chiese invece: «È stata una separazione... complicata?».

«Per niente. Joanna non ha preteso né alimenti né altro, e in sostanza tutto si è risolto con qualche firma.» Alberto aveva provato una rabbiosa delusione quando Corsini gli aveva telefonato che ''la signora'' non avanzava alcuna richiesta economica. Avrebbe voluto invece che lei esigesse una sontuosa liquidazione, come era avvenuto con lo zio Mario. Per darle battaglia, per umiliarla e... sì, alla fine per *pagarla* anche lui. Quella rottura dignitosa e civile, così lontana dallo stile di Joanna, gli aveva lasciato dentro un feroce scontento.

«Le fotomodelle guadagnano molto, dicono.» Dora disse *fotomodella* a labbra strette, come se fosse stata costretta a pronunciare un termine molto volgare.

«A quanto pare sì. E inoltre aveva altre entrate diciamo... meno ufficiali.» Joanna, la nemica, era scappata prima che lui le potesse sparare e lo faceva adesso, con consapevole cattiveria. E gli piacque vedere l'espressione inorridita sulla faccia di Dora Ratti. Era stato sprovveduto e debole, e meritava il castigo della disapprovazione.

«Oh» ripeté Dora Ratti. E dopo qualche istante aggiunse perplessa: «Certo è strano che una ragazza così interessata non abbia preteso nulla. Avrebbe potuto...».

Infatti. Avrebbe potuto depredarlo, esigere una fortuna per mancati guadagni, dargli battaglia. Invece non l'aveva fatto.

«Vuole un whisky, Dora? Mi permette di chiamarla Dora?»

Lei arrossì. «Certo. E ritornando al discorso di qualche ora fa... Alberto, lei può capire molto bene perché io voglio che mio marito sia punito anche *moralmente*.

Non ha soltanto mandato in fallimento l'azienda che gli avevo affidato, ma ha offeso la mia dignità. La sua fuga con quella persona è stata per me un'insultante umiliazione. E non deve farla franca.»

«Amava suo marito, Dora?»

Lei lo guardò stupita, come se la domanda fosse fuori posto. E difatti reagì subito. «La dignità e i sentimenti sono due cose distinte.»

In quel momento, si disse Alberto, Dora somigliava più che mai a Francesca: la stessa logica rigorosa e ferma. «Ha ragione,» disse «le ho fatto una domanda sciocca.»

«Certo che lo amavo, era mio marito. E gli avevo dato la mia stima, un'esistenza tranquilla, un ménage organizzato, un'azienda sana... Ha buttato via tutto. E *deve* pagare.» Si curvò verso di lui, le gote accese. «Lei capisce, certe persone non possono sconvolgere impunemente le nostre vite... Esistono regole che chiunque deve rispettare. E se si esce dalla logica di questa morale, bisogna pagarne le conseguenze.»

«Suo marito pagherà comunque, Dora. Oltretutto anche i sindacati sono scesi in guerra, l'irresponsabilità di quell'uomo ha buttato sul lastrico un centinaio di dipendenti. E non dimentichi l'esportazione di capitali all'estero, già provata senza ombra di dubbio. Le imputazioni sono molte e tutte gravi, sei anni di carcere senza alcun beneficio sono il minimo che ci si può aspettare, nella più pessimistica delle previsioni.»

«Non basta.»

L'implacabilità di Dora per un attimo lo impaurì. Ma vedendola protesa verso di lui, così ansiosamente e rigorosamente smaniosa di giustizia, si sentì di colpo intenerito. Anche Dora Ratti era, come lui, una vittima.

«Si affidi al mio studio, io e il mio socio non la deluderemo» promise. Perché non sottilineare la fuga dell'uomo con un'altra? Poteva costituire senz'altro un'aggravante.

Poco prima di mezzanotte Dora si alzò e non volle che lui l'accompagnasse a casa. Chiamato un taxi, si limitò ad accompagnarla sotto al portone e nel salutarla disse: «Mi piacerebbe rivederla, Dora».

Gli avrebbe fatto davvero piacere, pensò rientrando a casa. Dalla stanza di Pietro filtrava un sottile fascio di luce. Il bambino era sveglio. «È andata via, papà?»

«Sì. Ma perché non dormi?»

«Mi scappava la pipì.» Buck era allungato sul letto, il musino all'insù e gli occhi attenti.

Alberto lo prese e lo rimise nella cuccia. «Ti ho detto tante volte che il cane non deve salire sul tuo letto.»

«Joanna lo sapeva che io dormo sempre col mio cane.»

«Come ti viene in mente Joanna, adesso?» Alberto si accorse di avere alzato la voce. «Joanna aveva delle idee sue, e comunque adesso non c'è più» aggiunse con calma.

«Non pensi mai a lei, papà?» Il bambino lo stava guardando con l'aria di aspettare ansiosamente una risposta. Ma parve subito ripensarci. E girandosi su un fianco, si curvò verso la cuccia e fece una carezza a Buck. «Io ogni tanto ci penso,» disse a faccia in giù «anche se era...»

«Come *era*?» Adesso, si disse Alberto, sono io ad aspettare ansiosamente una risposta. Non aveva mai spiegato al figlio perché Joanna se n'era andata. Quel lontano pomeriggio di cinque mesi fa se n'era andata e basta. Pietro era ritornato in viale Majno con Maria e Ketuth, ed era stata la donna a chiedere subito: ''Dov'è la signora?''.

''È ritornata a casa sua.'' Pietro si era sfilato il cappotto in silenzio. ''E non ritorna, stasera? Non ritorna più?'' La voce del bambino, ora ricordò Alberto, era innaturalmente neutra.

''No.''

E la voce di Maria, così brusca da sembrare villana: ''Scommetto che non se n'è andata di sua volontà''.

''Non sono faccende che la riguardano, Maria. Quello che è certo, non le permetterò mai più di rimettere piede in questa casa.''

Perché solo ora ricordava la faccia chiusa e spaventata di Pietro? Il bambino, in silenzio, era entrato in bagno e poco dopo era andato nella sua stanza a studiare.

«Joanna era... era cattiva» stava rispondendo suo figlio. «E sono contento che non è più tornata in questa casa.» Un attimo di esitazione e poi: «Papà, quella signora di stasera verrà ad abitare con noi?».

Alberto si inquietò. «Ma che cosa ti viene in mente? Dormi, adesso.» Spense la luce e diede un bacio al piccolo. Sulla porta, fu bloccato dalla sua voce. «Quella signora somiglia alla mia mamma.»

«Sì, è vero.»

Qualche istante di silenzio. «Mi piace, papà.»

«Anche a me. E ora buonanotte, Pietro. Dormi.»

Mi piace davvero, si ripeté tornando in soggiorno e versandosi un altro bicchiere di whisky. Il terzo della serata. Stava bevendo troppo. Il ricordo di quella lontana sera, a Hollywood, lo colpì in mezzo al petto. Lui solo in quel caffè bomboniera con le luci rosa e le poltroncine rosa, un bourbon dietro l'altro, e poi la corsa verso il Sunset Boulevard, quel Crocetti con una mano sulla spalla di Joanna, la voce indignata di lei: *"Ti sei ubriacato?"*.

Devi averne viste di belle, ragazza mia, strano che un uomo ubriaco ti facesse un tale effetto. E la risata improvvisa di Joanna: *"Hai fatto una cosa... grandiosa"*. E più tardi la sua voce angosciata: *"Andiamocene, Alberto"*. *"No, voglio sposarti."* E più tardi ancora i suoi occhi pieni di luminosa felicità mentre si buttava tra le sue braccia.

Meccanicamente Alberto si versò un altro whisky. Si era sempre proibito, in quei mesi, di pensare a lei. A quei suoi occhi così malvagiamente e assurdamente innocenti. Chissà dov'era adesso. Chissà *in quale letto*. A nove anni aveva smesso di essere innocente. E a ventuno si rotolava con lo zio Mario. Sentì l'ira montargli dentro come una marea.

"È indecente quello che stai facendo." La voce di sua suocera. Naturalmente aveva avuto ragione. Come aveva potuto stringere tra le braccia una donna simile, dopo aver vissuto con Francesca? Emise un lieve sospiro di sollievo. Francesca. Era tornato in un terreno familiare, adesso. La sua saggia, onesta, dolce compagna perduta. All'improvviso si accorse che al viso di lei si sovrapponeva quello di Dora Ratti. Anche Dora apparteneva alla razza delle donne perbene. Donne che non tradivano, non impaurivano, non si spogliavano con sfrontatezza, non urtavano contro i mobili, non scoppiavano a ridere all'improvviso, non si abbandonavano tra le braccia di un uomo con quella radiosa, lasciva felicità.

Ma cosa stava facendo, ora? Fu come se si fosse, all'improvviso, sdoppiato. La mano che stava facendo *quel* numero non apparteneva al suo corpo, così come le gambe che lo avevano spinto ad alzarsi e portato davanti al telefono. Né le orecchie che stavano ascoltando quegli squilli senza risposta. Né era lui quello che, con voce roca, quando dall'altra parte qualcuno alzò il ricevitore, disse: «Pronto?».

Un lungo silenzio. Poi: «*Chi parla? Chi parla?*».

Joanna. Chissà perché, lui pensò riattaccando di colpo, aveva fatto quella voce stupita. Neppure avesse sentito un mostro. Alberto tornò a sedersi e bevette lentamente l'ultimo whisky.

Al mattino dopo Maria lo trovò addormentato sul divano.

Parte seconda

XII

Si chiamava Sergio e lo aveva conosciuto posando per un servizio sul ritorno dei capelli lunghi. È il terzo fotografo con cui faccio l'amore, Joanna registrò come un ragioniere, scacciando con fastidio il ricordo di Peter. Peter era stato sbrigativo e senza dolcezza. Subito dopo si era voltato su un fianco e aveva cominciato a russare come... come un animale.

«Non ti spogli, Joanna?» Sergio le stava chiedendo. Era nudo e in attesa davanti al letto, e sfilandosi la polo verde Joanna chiese a se stessa perché si trovava nell'appartamentino di lui, e si stava spogliando, e che cosa continuava a voler provare a se stessa. Un lontanissimo giorno Signore, il suo grande amico perduto, le aveva parlato dell'autodistruzione.

''*Qualcuno reagisce, pensa, e vive come se avesse la determinata volontà di distruggersi*'' le aveva spiegato.

''*Ma perché?*''

''*Questo accade perché ha dei sensi di colpa e vuole punirsi soffrendo o facendo soltanto cose sbagliate. Oppure perché vuole punire qualcun altro. Oppure, semplicemente, perché non ha attitudine alla vita.*''

Forse anche io ho una determinata volontà di autodistruggermi, Joanna pensò all'improvviso. E mentre Sergio, gemendo, penetrava dentro di lei, si sentì desolata. Lo so che io *non fui* colpevole, quella notte. Fu un incidente, come se fossi andata sotto un'automobile o caduta dal balcone. Ma non sono guarita. Mi sento sporca e *in colpa*. E continuo a punirmi per questo.

Sergio, sopra di lei, si muoveva in fretta, sempre più in fretta, e a Joanna sembrò di rivivere il lontano inferno. Il passato è immutabile, pensò agghiacciata, e adesso le stava addosso. La Bestia era tornata per lacerarla, un tuono stava esplodendo nella misera stanza e... Cacciò un urlo.

«Joanna, *Joanna*! Svegliati.» Anna Fontana era curva su di lei e la stava scuotendo, preoccupata.

È stato un incubo, Joanna pensò. Ho fatto soltanto un brutto sogno, Sergio non è sopra di me e neppure la Bestia. Con un infinito sollievo rivolse a Anna un sorriso. «Non è nulla» disse, ma in quel momento avvertì una fitta che le fece contrarre il viso in una smorfia. E all'improvviso le venne in mente che a svegliarla era stata proprio una fitta lacerante come questa.

«Forse ci siamo, Anna. Credo che siano le doglie» disse sollevandosi a sedere sul letto. Anna era arrivata due giorni prima dall'Italia per starle accanto nel momento del parto. Lei, invece, si trovava a Londra da tre mesi. Era partita alla metà di aprile, quando neppure le mantelle più larghe potevano nascondere la sua gravidanza. «Qualunque cosa Alberto possa pensare di te, aspetti un figlio suo ed è una realtà che non è giusto nascondergli» le avevano più volte detto tutti gli amici.

E anche adesso, mentre la aiutava a vestirsi e poi a infilare le scarpe, Anna aveva tutta l'aria di volerle rivolgere la stessa preghiera: diglielo, ha il diritto di saperlo.

No, pensò ancora Joanna. Era una decisione presa fin da quel triste pomeriggio di novembre, quando era uscita da viale Majno, e non aveva mai avuto tentazioni né ripensamenti. *E chi mi dice che sia mio figlio?* Le sembrava di udirla, la voce di Alberto. Sospettosa e gelida.

«Adesso chiamo un taxi. Mettiti tranquilla e aspetta.» Era la voce di Anna, questa.

Erano le quattro del mattino e stava piovendo. Joanna se ne accorse in quel momento e l'esplosione di un tuono arrivò contemporaneamente a una nuova fitta. «Dio, fa' che non ci sia il temporale mentre nasce il bambino» supplicò infantilmente. E ricordò una notte in viale Majno, quando un tuono l'aveva svegliata e lei aveva cacciato un grido. ''Hai paura dei temporali?'' Alberto l'aveva presa in giro, ormai sveglio anche lui.

''Ho *sempre* paura dei temporali'' lei aveva risposto in un sussurro.

''E c'è una ragione precisa?''

Sì. Tuonava e pioveva quando una bestia mi violentò, avrebbe voluto rispondergli. Dio, che sollievo sarebbe stato stringersi a lui e, chiusa tra le sue braccia, raccontare, raccontare, e raccontare. Era stata tante volte tentata di farlo, in quei mesi, e una sera, arrivata a Londra, aveva anche cominciato a scrivergli una lettera. Ma l'aveva subito stracciata.

Voglio punirmi anche tacendo? Il silenzio è una nuova e raffinata maniera per autodistruggermi?, Joanna si chiese mentre sentiva Anna dare al servizio taxi l'indirizzo del loro residence e raccomandare di fare in fretta. Ma sapeva che questa volta non era così. Sarebbe stato terribile, *più terribile ancora di quella violenza*, se lui non avesse capito. La sofferenza per il gigantesco muro di silenzio che li aveva divisi era mille volte inferiore alla sofferenza che lei avrebbe provato se, dopo avergli raccontato tutto, Alberto avesse continuato a giudicarla colpevole e corrotta.

Bambina cattiva, bambina cattiva, bambina cattiva. Pioveva fortissimo, ora, e un rivolo picchiava sulla gronda di un terrazzo. Joanna si turò le orecchie gemendo e Anna corse da lei allarmata. «Calma, Jo, sta arrivando il taxi. Andiamo.»

Il ginecologo si chiamava Charles Russel ed era stato l'avvocato Giulio Corsini, il collega di Alberto, a indirizzarla a lui e alla clinica privata in cui lavorava. E adesso, mentre il tassista la portava verso la Saint Mary's, la mano stretta nella mano di Anna, lei ricordò quell'incontro di quattro mesi prima. Era stato Corsini stesso a fissarle l'appuntamento, per telefono. Aveva una voce molto profonda e molto cordiale: ''Suo marito mi ha incaricato di curare la vostra separazione legale, e dovrei vederla''.

Joanna era andata quel pomeriggio e l'aveva quasi divertita, ammesso che potesse esservi qualcosa di divertente in quella circostanza, osservare lo stupore di lui quando era entrata nel suo studio. Si aspettava forse di leggerle in faccia i peccati e la disonestà di cui Alberto certo gli aveva parlato?

Corsini doveva avere circa sessant'anni, l'età di Mario Fortis. Ma era bruno, più basso e con gli occhi molto scuri che continuavano a scrutarla. Sembrava quasi a disagio mentre le spiegava che Alberto voleva una separazione ''civile e senza problemi''. Consensuale ovviamente. E sobbalzò, quasi, quando lei lo interruppe. Stava spiegandole che Alberto, entro ragionevoli limiti, era disposto a qualunque accordo economico, e lei disse scuotendo più volte la testa: ''Il problema non si pone nemmeno, ho mezzi sufficienti per provvedere a me stessa e... E perciò non voglio nulla''.

''Signora Fortis...''

''*Joanna.*''

''Joanna, sto parlando contro gli stessi interessi di Alberto, ma lei ha diritto a...''

''Conosco la legge. Io ho un lavoro ottimamente retribuito, da Alberto non ho avuto figli e pertanto non ho alcun diritto di avanzare delle pretese.''

''Diciamo che suo marito stesso vuole che lei accetti almeno una certa cifra come risarcimento.''

Joanna fece nuovamente di no con la testa. E poi disse: ''Vorrei che non ne parlassimo più, avvocato Corsini''.

Aveva avuto un tono talmente categorico che lui non aveva osato insistere. Giulio Corsini guardò nuovamente l'orologio. Le sette. La telefonata di Anna Fontana l'aveva svegliato un'ora prima. «È entrata da poco in sala parto, sì, tutto bene, appena il bambino sarà nato la richiamerò.»

In quale momento di quel colloquio si era accorto che la moglie di Fortis era incinta? Forse quando lei si era allungata per prendere in mano il documento che le stava porgendo, e il soprabito si era allargato. Oppure un poco più tardi, quando, per allentare la tensione, le aveva parlato della sua splendida pianta di melograno sul minuscolo terrazzo di cemento e si erano alzati per vederla. Joanna si era istintivamente stretta i bordi del soprabito, ma lui aveva fatto in tempo a notare una rotondità eccessiva in un corpo tanto magro.

E quando erano tornati a sedersi, con grande semplicità le aveva chiesto: ''Aspetta un figlio, vero, Joanna?''.

''Sì. Però Alberto non deve assolutamente saperlo.''

Di nuovo quel tono categorico, che non ammetteva repliche. Ma lui non si era arreso. ''Joanna, ho una figlia della sua età e potrei essere suo padre. Perché *no*?''

Lo aveva spiegato due settimane dopo, quando Corsini l'aveva invitata a cena per presentarla a Angela, sua moglie. E quando anche Angela aveva chiesto: ''Perché no?'', Joanna a testa bassa aveva raccontato tutto. La violenza, l'ospedale, la madre impiccata, l'orfanotrofio, la relazione con Mario Fortis, l'incontro con Alberto, il giorno in cui Alberto l'aveva buttata fuori. E alla fine, alzando gli occhi: ''Ecco perché no''.

''Io credo che tu stia commettendo un drammatico sbaglio, Joanna. Alberto è mio amico, oltre che un collega. E posso assicurarti che se tu parlassi con lui, come hai fatto con noi, ogni problema cadrebbe.'' La voce di Corsini.

Ma sua moglie aveva scosso la testa. ''Joanna ha ragione. E noi possiamo soltanto aiutarla.'' Era sconvolta.

Fortis non sapeva certo che quel primo incontro con Joanna aveva avuto un seguito, né che era stato proprio lui, il suo avvocato, a indirizzare Joanna a Londra, a trovarle il residence, a presentarla a Charles Russel. Dov'è andata l'etica professionale?, Corsini si chiese ironico guardando per l'ennesima volta l'orologio. Ma perché la telefonata tardava tanto? L'ecografia aveva rivelato che il bambino era maschio e di peso un po' inferiore alla media, null'altro. Joanna era sana e giovane, era assurdo pensare a complicazioni o problemi.

Si era assopito quando, finalmente, il telefono squillò. Era Anna. Purtroppo un problema c'era: il bimbo pesava meno di due chili e l'ostetrico aveva appena convocato, d'urgenza, il cardiologo della Saint Mary's. Sì, avrebbe ritelefonato subito, appena ci fossero state delle notizie certe.

In qualche modo, dentro di me l'ho sempre saputo, Joanna pensò.

«È una malformazione rara e... piuttosto grave» le stava spiegando il pediatra. Si era seduto sul suo letto e le teneva una mano. «Si chiama atresia della tricuspide e consiste, appunto, nella mancanza della valvola tricuspide, quella che mette in comunicazione l'atrio di destra con il ventricolo di destra. Inoltre un difetto del setto che divide...»

Stava sforzandosi di spiegarle con meticolosa cura, ma Joanna l'interruppe. «In che senso è *grave*? Quali... quali pericoli comporta?»

«Sangue venoso e arterioso si mescolano completamente prima di giungere all'aorta...» Fu il pediatra a interrompersi, ora, rendendosi conto che quella povera ragazza non voleva una dettagliata spiegazione tecnica. Voleva semplicemente sapere se il suo bambino sarebbe sopravvissuto e la risposta era purtroppo negativa.

Non era possibile alcuna correzione radicale. A dieci ore dalla nascita il neonato, notevolmente sottopeso, era sempre cianotico e il cardiologo, immediatamente intervenuto, aveva escluso per il momento anche il palliativo intervento per aumentare l'ossigenazione del sangue.

L'uomo si rese conto che Joanna lo stava fissando, e aspettava che lui continuasse a parlare. Stringendole forte la mano le disse con dolcezza: «È molto difficile che il suo bambino possa sopravvivere più di qualche settimana. E lei deve farsi coraggio. È giovane, potrà avere altri figli».

Joanna ebbe l'impulso di urlargli che non voleva ascoltare quelle stupide frasi di circostanza. Ma capì che quel giovane medico dall'aria afflitta stava soltanto cercando di aiutarla. E fece cenno di sì, stancamente. Chiuse gli occhi e dopo qualche istante lo sentì allontanarsi.

L'ho sempre saputo, pensò di nuovo, che ''qualcosa'' sarebbe accaduto. Il *mio* bambino era Piccolino e in tutti questi mesi ho più sofferto della sua mancanza che non gioito del figlio che aspettavo. Una minuscola creaturina con il volto livido che un'ora prima, aggrappata al braccio di Angela Corsini, aveva potuto guardare attraverso i vetri. Le era parso che nell'incubatrice avesse una strana, innaturale rigidità.

''Potrà avere altri figli.'' Non voglio altri figli, decise, ci ho provato due volte e per due volte come madre sono fallita. Pietro mi ha scacciata e questo piccolino non vuole rimanere con me. Affondò la testa nel cuscino e pianse.

Al secondo giorno Joanna volle che fosse battezzato. Lo fece registrare con il suo cognome, Fusaro, e lo chiamò Angelo, come la moglie di Corsini. Al quarto giorno fu dimessa, ma poteva andarlo a vedere ogni volta che voleva e ogni mattina un'infermiera le estraeva il latte con una pompetta. Al dodicesimo giorno, miracolosamente, Angelo era ancora vivo e aveva recuperato un etto sui due che aveva perduto per il calo fisiologico. Al ventottesimo fu sottoposto a quel ''palliativo intervento'' di cui il pediatra le aveva parlato.

E fu lo stesso pediatra a dirle, quindici giorni dopo: «Per il momento non è possibile fare altro e può riportarlo a casa. Ma non si faccia illusioni, Joanna. Non potrà sopravvivere a lungo». Pesava due chili e mezzo, ora. La testolina era ricoperta da una fitta peluria bionda, e di tanto in tanto apriva i piccoli occhi dal taglio a mandorla con una indefinibile espressione di antichissima saggezza. Joanna tornò a Milano con Angela Corsini, che era venuta a dare il cambio a Anna. Andarono all'aeroporto di Heathrow con l'autista del dottor Russel, e Angelo dormì per tutto il viaggio nella speciale sacca termoregolata che le avevano dato in clinica. Agosto volgeva ormai al termine e, quando sbarcarono a Linate, Joanna si rese conto che l'estate era passata senza quasi che lei se ne accorgesse.

Un anno prima, di questi giorni, lei era con Maria e Piccolino nella casa sul Garda. Solo un anno prima? *Non ti voglio più bene*: quella vocina tremante e dura, e un dolore così vivo che sembrava ieri.

A Linate li aspettava l'avvocato Corsini. Il bimbo si era svegliato, ora, e agitava le piccole braccia con quei gesti lenti che sembravano costargli una enorme fatica. Joanna si chinò a guardarlo e quando rialzò gli occhi vide la mamma di Francesca che, a pochi metri da lei, la stava fissando.

«Ho visto la suocera di Alberto» disse più tardi, in macchina, a Giulio e Angela.

Giulio scosse la testa: «È tutta una grande follia, Joanna, e non puoi essere certa che lui non verrà mai a sapere». Un attimo e poi: «Avrei voluto dirtelo in un altro momento, ma fra un mese c'è l'udienza davanti al giudice e dovrai rivederlo. Mi è impossibile chiedere un nuovo rinvio per una data ragionevole».

«Non basta che siano presenti gli avvocati?»

«No. La procedura vuole che il giudice faccia un tentativo di conciliazione, e la presenza dei coniugi è d'obbligo.»

«E se io fossi fuggita o... irreperibile? Alberto non potrebbe ottenere ugualmente la separazione?»

«Tu non sei fuggita né irreperibile. E seguire le normali procedure mi sembra il modo più veloce per chiudere questa dolorosa storia.» Se mai potrà chiudersi, Corsini aggiunse tra sé. Si era messo in contatto con un suo vecchio compagno di liceo, Marco Pizzul, che era diventato un affermato cardiochirurgo, e sarebbe stato lui a prendere in cura il bimbo di Joanna. Ma Pizzul, che a sua volta si era messo in contatto con il collega della Saint Mary's, aveva detto che soltanto un miracolo avrebbe permesso al bambino di sopravvivere, suggerendogli poi di togliere alla madre ogni illusione. Una settimana? Un mese? Un anno? Quanta vita restava, al bambino? Pizzul aveva allargato le braccia. «Di certo non più di un anno. È una malformazione molto grave e inoperabile.»

XIII

«È stato molto doloroso, caro?»

Per la prima volta nei quattro, perfetti mesi della loro relazione Alberto provò fastidio per la tranquilla voce di Dora che gli faceva quella scontata domanda.

«Sì,» disse «molto.» Era certo che rivedendo Joanna avrebbe provato soltanto l'astiosa rabbia che, sempre, il ricordo di lei gli suscitava. E invece, quando era entrata nella piccola sala d'attesa al braccio del suo avvocato, la rabbia aveva lasciato il posto a un sentimento molto simile alla pena. La sua andatura sembrava aver perduto l'antica baldanza. Era ancora più magra, molto pallida e senza un filo di trucco. Ma i capelli erano una riccia massa fiammeggiante e anche i suoi occhi neri, quando si posarono su di lui, avevano la solita luce di sfida. È sempre splendida, aveva pensato. E l'astio era riaffiorato.

Quando era arrivato il loro turno, ed erano entrati in aula, Joanna teneva il capo eretto e camminava con il vecchio passo dinoccolato e danzante.

Tutto fu finito in meno di un'ora. E all'uscita dal tribunale lei aveva osato persino sorridergli. Aveva finto di non vederla e, tirando quasi per un braccio Corsini, che per tutto il tempo aveva avuto un'aria stranamente compunta, era corso verso l'auto parcheggiata poco distante.

«È stato molto doloroso» ripeté a Dora «ma adesso finalmente sono tornato libero.»

Dora Ratti si sciolse lentamente dal suo abbraccio e puntualizzò con un piccolo sospiro: «Purtroppo non del tutto, caro. Occorreranno alcuni anni perché tu sia realmente libero».

Un altro sospiro. L'irritazione di Alberto svanì. Dora come Francesca: intransigente e onesta fino al fanatismo. Non sarebbe mai venuta a vivere con lui e con Pietro fino a quando il divorzio non avesse reso liberi, anche legalmente, sia lui sia lei. E quella era la prima sera che Dora si fermava a dormire in viale Majno. Ci veniva però ogni giorno. Si occupava di Pietro, pianificava il lavoro di Maria, pranzava con loro, dava gentili ordini a Ketuth, ma quando avevano finito di cenare e aveva invitato Pietro a andare a letto, con il rituale bacio della buonanotte, diceva con fermezza: ''E ora vado''.

La mia vergine folle, Alberto pensò con un altro sorriso divertito. La casa sembrava tornata come ai tempi di Francesca. Un nido terso e rassicurante. E il bambino sembrava in qualche modo attratto da Dora. Certo rideva raramente, talvolta faceva i capricci per mangiare, aveva addirittura pestato i piedi quando lei gli aveva ordinato di far togliere la cuccia di Buck dalla sua stanza. Ma Pietro non era mai stato un bambino allegro o facile, neppure quando sua madre era viva. E a Dora, come a Francesca, obbediva. A differenza di quanto avveniva con Joanna, la rispettava: non le avrebbe certo mai dato risposte villane, né finto di non sentirla, né provocata.

Joanna, ancora Joanna. Conosceva molto bene il giudice che li aveva convocati. E quando gli aveva chiesto amichevolmente: ''Ma perché questa separazione, Fortis? Tua moglie mi sembra una bravissima ragazza'' lui era stato tentato di dirgli *chi* in realtà Joanna era. Una bravissima ragazza che aveva cominciato a vendersi da bambina e abitava in un attico di lusso ricevuto come liquidazione da un amante. Suo zio Mario Fortis. Non il primo e non certo l'ultimo, come lei stessa aveva scritto in quella sudicia lettera.

«Alberto... mi senti?» Dora si era curvata su di lui, una mano sulla spallina della camicia da notte.

«Scusami, cara...»

«Volevo dirti che un mezzo per abbreviare l'attesa ci sarebbe. Tua... la tua ex moglie ha anche la cittadinanza americana. Se chiedesse ora, subito, il divorzio in America, potresti farlo registrare in Italia e ritornare libero molto prima.»

«Ma non saresti libera tu, Dora. E inoltre...»

«Forse anche per me si potrebbe trovare un appiglio» lei lo interruppe. «Ma comunque il mio ex marito avrà una *pesante* condanna e nel frattempo è già in carcere.»

Quella implacabile voce di angelo vendicatore. E di nuovo quella fitta di fastidio. Bell'imbecille, il marito di Dora. Si era rifugiato con l'amica in Svizzera, ma anziché restarsene nascosto in quell'ospitalissimo paese si era lasciato tentare da una nostalgica rimpatriata sul lago di Como e lì lo avevano sorpreso e direttamente spedito in galera.

Il processo non era stato ancora fissato, ma Dora si era lasciata convincere a farsi rappresentare dal socio di studio di Alberto. «Sarebbe di pessimo gusto che lo facessi io, il tuo uomo, non ti pare?» E quello era stato l'argomento decisivo.

Dora era ritornata nell'altra metà del letto, ora, e lo guardava con un'espressione di pudica attesa. Dovrei stringerla tra le braccia e amarla, pensò Alberto, ma stasera qualche cosa mi blocca. Il ricordo della prima volta con Dora per qualche istante lo sciolse. Era accaduto tre giorni dopo quella prima cena da Bice. Si erano rivisti due volte, nel frattempo, e alla terza sera, dopo essere stati insieme a un concerto, lei lo aveva invitato a bere qualcosa a casa sua.

Si era sentito subito a suo agio in quel vasto soggiorno dai divani bianchi e le luci soffuse. E Dora gli aveva offerto da bere. Si muoveva con estrema grazia e i suoi gesti erano raffinati e gentili. Per un istante aveva chiuso gli occhi: gli era sembrato di essere di nuovo con Francesca.

E più tardi, quando aveva allungato le braccia e se l'era stretta contro, Dora aveva avuto la stessa espressione di sommessa felicità.

Soltanto le donne come Joanna riuscivano a dare certe sensazioni sconvolgenti e ad abbandonarsi con tanto gioioso, professionale trasporto. Questo pensiero lo raggelò: stava dando per scontato che né con Francesca né con Dora si era sentito tanto, e completamente, appagato. Il senso di colpa lo spinse ad allungare un braccio verso Dora e a stringersela contro. «Cara» sussurrò.

«Ti voglio tanto bene, Alberto.» Con un lievissimo sospiro lei gli si raggomitolò contro e quando entrò dentro di lei, per la prima volta Alberto non provò altro che un meccanico appagamento fisico.

Dora si alzò, andò in bagno e si vestì rapidamente, prima che Pietro e i domestici si alzassero. Ma quando andò in cucina per bere un bicchier d'acqua, Maria stava già lustrando il lavello e la salutò con il solito borbottio indistinto.

«Ieri, a colazione, c'era troppo burro nello sformato di patate» Dora osservò.

«Sì, signora. Desidera un caffè?»

«Grazie, lo prendo volentieri. E volevo dirle che dovrebbe cambiare macellaio. La carne, ieri, era piuttosto dura. A proposito...»

«Sì, signora?»

Perché aveva l'impressione che Maria non la potesse soffrire? E che qualche volta, come in questo momento, la prendesse cortesemente in giro?

«A proposito, stavo dicendo, Pietro non può mangiare sempre polpettine o macinato.»

«Stai parlando di me, Dora?» Il bambino era entrato in cucina e la fissava ansiosamente, come se fosse timoroso di non avere la sua approvazione.

«Sì, Pietro. Stavo dicendo a Maria che sei un bambino piuttosto viziato. Dovresti imparare a mangiare le bistecche o l'arrosto, come fanno tutti i bambini della tua età.» Maria le aveva preparato il caffè e lei allungò la mano per prendere la tazzina. Bevette un paio di sorsi. «Non metti lo zucchero?» Pietro chiese.

«Non cambiare discorso. Sei grande, ormai.»

«Ho... ho otto anni e sono ancora... pi... piccolino.»

«Farfugli, adesso?» Dora guardò l'orologio. «Ho fatto tardi e devo scappare. Ti raccomando la cartella, non dimenticare di metterci dentro tutto quello che occorre.»

«Sì, Dora.» Quando udì Ketuth chiudere la porta d'ingresso alle sue spalle, Pietro disse a Maria: «Dora si è fermata a dormire qui, stanotte».

«Infatti. Corri a lavarti, intanto io ti preparo la colazione.»

«Non devo preparare la cartella, sai?» Il bambino sembrava mortificato. «Ieri lo avevo detto a Dora che oggi la maestra ci porta a visitare la Scala, ma se l'è dimenticato.»

«Non fare quella faccia, sai bene che i grandi hanno tanti pensieri e spesso dimenticano le cose.»

«Io non sono *grande*» Pietro riflетté.

«Già.» Maria lo scrutò con uno strano sorriso. «Sei piccolino. E mi è piaciuto molto sentirtelo affermare. Joanna ti chiamava così, ricordi?»

«Sì. Ma Joanna non era mia amica.»

«Spicciati, ora.» Chissà perché, ogni volta che Maria pensava a Joanna, sentiva gli occhi inumidirsi. Era amica di tutti, pensò ora. Così attenta, allegra, generosa. E più buona persino... della signora Francesca.

"È una donnaccia." La voce tremenda della signora Carla, quel mattino in cui l'avvocato li aveva mandati in gran fretta a casa sua. Quando erano tornati in viale Majno, Joanna non c'era più. Era certamente accaduto qualcosa, ma Maria non aveva mai saputo. Viveva da otto anni in quella casa, ma mai era entrata in una stanza senza bussare, o teso l'orecchio o frugato in un cassetto o gettato un'occhiata a una lettera dimenticata aperta su qualche mobile.

E qualunque cosa Joanna avesse fatto, *non era* una donnaccia. Maria aveva un istinto infallibile, per queste cose. E nonostante per molte settimane avesse odiato quella alta e rossa ragazza che giorno dopo giorno stava prendendo il posto della signora Francesca, fin da principio aveva capito che era appassionata e perbene. E suo malgrado aveva finito per amarla, con un trasporto così incondizionato e totale che se ne era sentita in colpa. Ma aveva capito che amare la signora Francesca allo stesso modo le era stato impossibile per il semplice motivo che la signora Francesca avrebbe disapprovato. Non le sarebbe piaciuto, ecco, sentirsi amata così.

Quella Dora Ratti non mi piace, Maria registrò finalmente con chiarezza. Somiglia alla povera signora, ma solo all'apparenza. La signora *era* realmente educata e schiva, mentre la Ratti era... sì, fredda. E neppure a Ketuth piaceva, benché suo marito provasse una grande soddisfazione nel pensare esattamente il contrario di ciò che pensava lei. Miss Gelo, l'aveva ribattezzata, e spesso alla sera, dopo averla riaccompagnata a casa, rientrava innervosito.

Con quella donna, Maria pensò, qui dentro è proprio entrato il gelo. Ma non poté andare avanti con le sue riflessioni perché l'avvocato si era svegliato e stava suonando per avere un caffè.

A Joanna piaceva spingersi con la carrozzella fino ai giardini di Porta Venezia, sedersi su una panchina e restarsene lì coi suoi pensieri. Angelo era ancora vivo: ma il vero miracolo era che, pur sapendolo condannato, lei riuscisse a vivere normalmente e persino, talvolta, a essere felice.

Aveva sempre disapprovato quelle persone che nei momenti di sofferenza o di paura si chiudono in se stesse creandosi volutamente il vuoto intorno, ma adesso le capiva, perché anche lei tendeva a fare la stessa cosa. È che si crea una specie di particolarissima sensibilità che nessuna persona "normale" può capire, Joanna rifletté. Dopo essersi ribellati, ci si adatta anche alla realtà più atroce e si entra in una nuova dimensione in cui amore, ricchezza, fortuna, successo, salute e persino speranza perdono ogni significato.

"Felicità" è quell'improvviso e perfetto istante di euforia senza motivo che ti prende in un qualunque momento del giorno. "Felicità" è per me toccare mio figlio e dirmi "tra una settimana o tra un mese l'aver potuto fare questo gesto mi apparirà un momento di irripetibile fortuna"; è chinarmi sulla sua culla e vedere che le sue labbra non sono violacee; è aprire la finestra, fare le spese, cucinare, lavarmi, vestirmi, ossia la consapevolezza che posso vivere ancora una esistenza normale; è scoprire che alla sera c'è un film che mi piace alla televisione o addormentarmi con un bel libro. Ed è, soprattutto, questo mio totale distacco dalle ansie e dalle paure dei comuni mortali. Il peggio mi è accaduto e lo sto vivendo, nulla all'infuori di questo può coinvolgermi, o impaurirmi o farmi male.

Angelo, dalla carrozzina, emise un breve gorgoglio e Joanna si curvò su di lui interrompendo il flusso dei pensieri. Aveva due mesi e mezzo e pesava quasi tre chili, ora. Il giorno prima le aveva sorriso. Si era ormai abituata alla sua pelle che, quando non assumeva un inquietante colore violaceo, era così bianca da sembrare trasparente. Le piccole labbra, perfettamente disegnate, erano spesso socchiuse. Respirava piano e brevemente, come se il suo piccolo istinto gli suggerisse di non sperperare ossigeno e vita.

Ma quel che continuava a impressionare Joanna era il modo di muoversi del suo Angelo, quei gesti lenti, e quel modo così strano di starsene nella culla con un abbandono che talvolta sembrava privo di vita. Finalmente Joanna aveva smesso di addormentarsi chiedendosi: Avrà un'altra giornata? Ieri e domani non esistevano più, c'era soltanto la miracolosa perfezione del preciso momento che stava vivendo. In *quel* momento lei era uguale a tutte le altre mamme, come loro aveva un figlio vivo da accarezzare e guardare.

Un gruppo di bambini, Joanna notò, aveva varcato i cancelli e si stava sparpagliando per i giardini. Potevano avere otto o dieci anni. Le loro mamme, *ciascuna* delle loro mamme, sapeva quanto era fortunata?

Angelo si stava agitando ancora, e Joanna decise di prenderlo in braccio. Il sole era ancora tiepido e il bimbo era ben coperto. Si curvò nella carrozzella e dolcemente, delicatamente, lo sollevò e se lo rinchiuse tra le braccia. Era leggerissimo e caldo ed emise un piccolo sospiro che a Joanna sembrò di beatitudine. La testina era sempre una biondissima peluria implume e lei vi posò contro il suo viso.

Quando alzò gli occhi scorse, poco lontano, Pietro. L'altro suo piccolino. Non l'aveva vista, pensò con sollievo, girandosi di spalle. Sembrava molto occupato a scambiare con un amico alcune figurine. E quando, cautamente, voltò la testa, vide che Piccolino era sparito.

Joanna, invece, entrando al Saint Andrews, lo vide subito. Alberto era seduto con una giovane signora che aveva i capelli raccolti e l'aria molto raffinata, come annotò meticolosamente. E mentre seguiva Chris Nelson verso un tavolo, osservò anche che quella giovane donna si rivolgeva ad Alberto e lo guardava con i toni di una inequivocabile intimità.

Chris Nelson le posò un braccio sulla spalla. «E allora, Jo, ci sediamo?» Da quell'angolo lei poteva scorgere la dama di Alberto, e si chiese dove mai l'aveva vista. Di certo aveva qualcosa di familiare.

«Ho una fame da lupi» stava dicendo Chris. Le strizzò un occhio. «Dovresti mangiare anche tu, ti trovo sciupatina.»

«Di' pure che hai dovuto faticare molto per rendermi decente: ho perduto il mio antico splendore.»

«Sei sempre la meglio, Jo. Con quegli zigomi magri e quell'aria sofferta sei l'apoteosi dello chic. Per la pubblicità di un profumo, il massimo.» Chris Nelson si chiamava in realtà Marcello Santu, e si era trovato quel nome d'arte quando era diventato uno dei fotografi di moda più celebrati. Aveva lavorato spesso, con lui, e aveva accettato di posare per il lancio del nuovo profumo di Krizia, diventandone la donna-immagine, soltanto perché a fotografarla sarebbe stato Marcello-Chris. E anche perché, per quel lancio, le avevano dato cento milioni.

Priscilla Wolf aveva ottenuto il triplo per la campagna di *Night and day*, ma era il *suo* momento, adesso c'era Priscilla sulla vetta. E per una "ex" quasi venticinquenne, per quanto misteriosa e "leggendaria", come certi giornali la definivano, cento milioni per otto giorni di lavoro erano un compenso di tutto rispetto.

La dama di Alberto, ora, aveva un'espressione accigliata, come se stesse ascoltando qualcosa che non le piaceva affatto.

«Jo, ci sei?» Chris seguì il suo sguardo ma non vide nulla. Soltanto tavoli di gente intenta a mangiare e a chiacchierare, nessun volto noto o semplicemente amico.

Speriamo che la baby-sitter sia davvero brava, Joanna pensò. Gliela aveva presentata Anna Fontana assicurandole che era seria e scrupolosa. E per di più studiava medicina. Era la terza volta che la chiamava: di regola era sempre Joanna a occuparsi di Angelo, e come aiuto le bastava la vecchia colf che veniva a fare le pulizie tre giorni alla settimana.

«Jo, *ci sei*?»

«Scusami, Chris. Ci sono, sì.»

«Dopo questo servizio, intendi sparire per un altro anno?» Joanna allargò le braccia e il suo sorriso si rattrappì. La dama si era alzata e Alberto, ancora più accigliato di lei, la stava seguendo. Se ne stavano andando. E *dovevano* passare accanto al loro tavolo.

Alberto tirò dritto. Fu la giovane signora a fissarla.

Un'occhiata rapidissima, ma Joanna vi scorse, allibita, una astiosa curiosità.

«Non pretendevi che io restassi lì, a pochi metri da quella... quella...» Dora Ratti ansimò.

«Di' pure quella puttana, se ti è di sollievo.»

Lei lo fissò gelida. «Non sono abituata a questo linguaggio.»

«Dora, piantiamola qui.» Erano arrivati alla macchina e Alberto le aprì la portiera. E brava Joanna, adesso era il turno del trentenne stile Vogue sport, camicia di flanella a scacchi e perfetta abbronzatura UVA. Sporgendo impercettibilmente la testa, in modo che lei non se ne accorgesse, l'aveva studiata a lungo. Sembrava il ritratto della serenità, con quell'aria rilassata e quei mezzi sorrisini assorti. Purtroppo Dora si era accorta delle sue occhiate, e seguendo il suo sguardo l'aveva vista anche lei. La rossa Joanna troppo fotografata e vistosa per non essere immediatamente riconosciuta.

«Nemmeno io voglio litigare, Alberto.» L'ira di Dora sembrava sparita all'improvviso. «Portami pure a casa.» Alberto impiegò qualche istante per capire che lei intendeva in viale Majno.

«Sai, tuo figlio mi crea qualche problema.»

Siamo tornati alla dimensione famiglia, lui pensò sorprendendosi per l'irritazione che ciò gli suscitava.

«Da qualche giorno è intrattabile. Fa i capricci per mangiare, legge i giornaletti anziché fare i compiti, si porta il cane nella stanza ed è... sgarbato, sì.» Un attimo di dolente pausa. «Vedi, Alberto, c'è un discorso piuttosto delicato da affrontare. Io credo che Maria sia negativa, per il bambino.» Lo disse tutto d'un fiato e si girò a guardarlo.

«*Negativa?* Che cosa vuoi dire?»

«Non usare questo tono irritato. Maria non ha la minima autorità sul bambino, si lascia manipolare come lui vuole e... ed è nata tra loro una specie di complicità insopportabile.»

«Maria ha visto nascere il bambino e gli vuole molto bene. Tutto qui. E non intendo minimamente mettere in discussione il suo ruolo.»

«Come credi. Anche io voglio bene al bambino e parlavo soltanto per il suo bene.» Sembrava mortificata, ora, e Alberto si sentì fastidiosamente in colpa.

Le prese una mano. «Stasera parlerò con Maria.»

Dora gli strinse forte le dita. «E poi c'è sua nonna. Mi detesta» disse in fretta.

Detestava anche Joanna. Detesta qualunque donna che non sia Francesca, stava per replicare. Ma parlare di Joanna, in quel momento, sarebbe stato inopportuno. «Devi avere pazienza, Dora. Pietro è il suo unico nipote e...» E io sono un genero allegro che continua a stupirla, Alberto si disse. A soli quattro mesi dalla morte di sua figlia io convivevo già con un'altra; e come Joanna se n'è andata, in casa è entrata Dora. Fu sbalordito lui stesso nel razionalizzare, per la prima volta, i suoi diciassette mesi di vedovanza. Il fedele e tranquillo marito si era trasformato in un inarrestabile playboy. Come rimproverare la madre di Francesca?

Devo telefonarle, si propose. Da quando Joanna non c'era più, i rapporti con Carla erano migliorati. Ora era lei che veniva a prendere Pietro. Talvolta si fermava a pranzo, o era lui con il bambino ad andare da lei. Quando l'aveva vista tre giorni prima, gli era apparsa insolitamente spenta. Pallida e grigiastra. Perché ci pensava soltanto ora? Devo chiederle come sta, si propose di nuovo.

«In un modo o nell'altro le cose si aggiusteranno» stava dicendo Dora.

XIV

Sembrava invecchiata di dieci anni in pochi mesi, Joanna pensò aprendo la porta. E lo stupore di questa constatazione le fece dimenticare, per pochi istanti, la cosa più sbalorditiva: la madre di Francesca era sull'uscio di casa sua.

«Le spiace se parliamo per qualche minuto... Joanna?» Pronunciò il suo nome a fatica, ma senza la vecchia ostilità, come se fosse troppo stanca per provare qualunque sentimento.

Automaticamente lei si fece da una parte per lasciarla entrare. E la guidò verso il soggiorno pregando in cuor suo che Angelo non si mettesse a piangere in quel momento. E invece lo fece. Un piccolo pianto, come un pigolio, che a Joanna sembrò rimbombare per tutta la stanza.

La madre di Francesca si sedette e alzò gli occhi su di lei. «La vidi a Linate, quel giorno.» Una brevissima pausa. «Perché non ha detto ad Alberto che ha un figlio? Aveva il diritto di saperlo. È il padre.»

Quel che temeva era accaduto. Joanna chiuse gli occhi angosciata, cercando di scacciare il pensiero di ciò che avrebbe potuto accadere, adesso. «Chi le dice che il padre sia proprio Alberto?» chiese con tono di sfida.

«Non giochi a fare la cinica, la prego. E mi chiedo come ha potuto tacere una realtà tanto... tanto...» Fece un gesto che sottolineò l'enormità di questo silenzio.

«Alberto mi ha cacciata di casa. Ma non voglio parlare di questo. E soprattutto, non con lei.» Adesso era Joanna a essere ostile. E fece per alzarsi. Ma la madre di Francesca le fece cenno di rimettersi a sedere. E c'era tanta preghiera, in quel cenno, che suo malgrado lei si rimise sul divano.

«Anch'io sono stata respinta, Joanna. Da mia figlia.»

«Non... non capisco.» Quel che capiva, era soltanto che quella donna stava per raccontare, con estrema fatica, qualcosa di enormemente importante. E aspettò.

«Quindici giorni fa ho trovato, facendo ordine tra i vecchi libri di scuola di mia figlia, il suo diario» iniziò. «E ho scoperto che fin da bambina Francesca sapeva quel che le avevo sempre tenuto nascosto: non era figlia di mio marito, ma di un altro uomo.» Parlava così piano che Joanna dovette avvicinarsi per sentire la sua voce.

«Un tempo sono stata anch'io giovane e sventata, Joanna. Quando Dino, il vero padre di Francesca, seppe che io ero incinta, letteralmente sparì. La bambina aveva due anni quando fu adottata dall'uomo che sposai. E ne aveva otto quando lui morì. Fu forse allora che qualche parente, per leggerezza o per inutile cattiveria, le disse la verità. E soltanto quindici giorni fa ho capito le umiliazioni e i traumi della sua adolescenza. Saputo chi era il suo vero padre, Francesca non ebbe più pace. A sedici anni lo cercò e...» La donna si interruppe come per trovare la forza di proseguire.

E proseguì. «Trovò Dino, suo padre. Ma lui era sposato e aveva due figlie. Legittime e belle. E respinse Francesca. Dapprima finse di non ricordarsi di me, poi ammise di avermi frequentata, ma non era certamente il solo. E lo chiedesse a me chi era il padre. Quell'uomo disse proprio così, a sua figlia. E lei gli credette. E cominciò a disprezzarmi. Ma era troppo educata e troppo controllata per dimostrarmelo o per confidarsi con me. Il suo disprezzo l'ho scoperto soltanto leggendo nel diario.»

Fissò Joanna. «E ho capito cosa significano il disprezzo e l'ingiustizia.»

E io ho finalmente capito, si disse Joanna, quella rigida smania di perfezione e purezza, quell'implacabile volontà di fare di Piccolino una creatura eccezionale. Francesca voleva con tutta se stessa che suo figlio avesse ciò che lei non aveva avuto: un padre orgoglioso e fiero.

«La ringrazio di avermelo detto, signora» disse. L'odio le era caduto dal cuore e per la prima volta provava una prorompente pietà per Francesca. Anche lei, a suo modo, aveva subìto una violenza. Soltanto che nessuno l'aveva aiutata, e questa violenza aveva spento calore, tenerezza, vita.

«L'ho detto anche ad Alberto.» La madre di Francesca stava parlando di nuovo. «Volevo, voglio che lui la ricordi per come *era* realmente. Non un monumento di equilibrio, ma una fragile e povera ragazza che nessuno di noi ha veramente conosciuto. Parlare con Alberto mi è sembrato un modo... il miglior modo per farla sopravvivere. E in certo senso, per renderle giustizia. La comprensione che non ha avuto quando era viva... gliela dobbiamo dare adesso.»

«E Alberto come ha reagito?» Era molto importante saperlo, Joanna pensò.

«Giudicandomi.» Un lungo sospiro. «Mentre parlavo, era come se mi vedessi disintegrare ai suoi occhi. Prima che la sofferenza di Francesca, l'ha colpito il fatto che io, la suocera impeccabile, avessi un passato.» Di nuovo un sospiro. «Senza accorgermene, l'anelito di perfezione aveva contagiato anche me.»

«Sono profondamente addolorata.» Joanna era sincera.

«Credo che lei sia una brava ragazza» la donna disse con semplicità. «E il mio nipotino le è molto legato. E anche Ketuth e Maria la stimano molto.»

«Ma *non* Alberto.»

«Ho saputo da Isa di... di quella lettera che trovò nella cassaforte del marito. Allora ne fui ferocemente contenta, adesso mi dispiace. Quando lei ebbe quella relazione con Mario Fortis non aveva alcun legame... E comunque è una parte di vita che appartiene a lei. Quel che importa, adesso, è riaggiustare tutto.»

«Io non...»

«Lasci parlare me, la prego. Mi è costato molto venire qui e mettermi a nudo di fronte a lei. L'ho odiata, e non posso onestamente dire che adesso le voglio bene. Però Pietro la ama.»

Lei fece per interromperla, ma la donna non glielo permise. «Non ho finito. Mio nipote è tutto quanto mi è rimasto di Francesca, e non ho che lui. Se dico che la ama, è perché lo so con certezza.» Tacque di nuovo, e Joanna aspettò con ansia che Carla continuasse.

«Vede, lei è molto diversa da Francesca, è realmente forte. Mi costa una sofferenza infinita ammetterlo, ma con sua madre Pietro non stava bene come con lei. Solo con lei l'ho visto... bambino. Un piccolo, libero, allegro, capriccioso bambino.» Si era intenerita, ora. Ma il sorriso si spense e tornò a parlare gravemente. «Voglio che torni in quella casa, Joanna, e che si occupi di Pietro.»

«È impossibile. Alberto...»

«Alberto *non sa* e soltanto il suo stupido orgoglio, Joanna, le ha permesso di vivere in questa mostruosa finzione. In quella casa è entrato uno sciagurato fantasma. Una specie di sosia di mia figlia. Ma senza sofferenze, senza sensibilità, senza amore. Lei deve scacciare questo fantasma... e anche quello di Francesca. Mio nipote ha diritto di crescere come tutti i bambini.»

Ecco a chi somigliava la dama di Alberto, Joanna ricordò con spavento. Guardandola, al ristorante, era stato come vedere Francesca uscire da tutte quelle cornici e parlare, gestire, scrutare.

«Allora, lo farà?» Era stata Carla, stavolta, a alzarsi, e sembrava che nei suoi occhi fosse ritornata un'ombra dell'antica ostilità.

«Ci proverò» rispose piano. «Ma non dipende soltanto da me. E comunque deve darmi tempo.»

Ma il tempo non ci fu. Quella stessa notte, alle due, Joanna si destò dal solito, leggerissimo sonno e vide che Angelo era livido e respirava con affanno. Si stupì per la efficiente e quasi estranea calma con cui organizzò i cinque minuti che seguirono. Chiamò un taxi. Svegliò Pizzul, il cardiologo. Poi si infilò il soprabito, tolse Angelo dalla culla e lo avvolse in una coperta. Era già sulla soglia, quando tornò indietro per avvertire Giulio Corsini che stava correndo in clinica.

La corsa in taxi, il respiro sempre più affannoso del bambino, due mani che glielo portavano via, l'alba che spuntava fuori dalla vetrata della rianimazione. E poi un raggio di sole. E Angelo nudo dentro una orribile macchina, con le gambe larghe e il torace che si sollevava e si abbassava, si sollevava e si abbassava... E poi l'infermiera che la trascinava via di lì quasi di peso.

Quante ore erano passate, quando sentì *quella* mano posarsi sulla sua spalla? Cautamente si voltò e senza alcuna emozione lo vide. Alberto aveva la stessa faccia irraggiungibile e vuota del loro ultimo incontro.

«Mi ha telefonato Corsini. È molto grave che tu... che voi, non mi abbiate detto niente.»

Quel tono da giudice, quasi stesse convincendo una attenta schiera di giurati che l'imputata era senza ombra di dubbio colpevole.

«Vattene, Alberto.»

Lui sembrò non ascoltarla. «Un figlio è un figlio. Qualunque cosa fosse accaduta tra noi, non avevi il diritto di nascondermi che eri incinta.»

Le stesse parole che tutti le avevano ripetuto. «Mi avresti chiesto chi era il padre» Joanna disse velenosamente.

«Non ho un'opinione così bassa di te. Nei pochi mesi in cui sei vissuta con me ti sei comportata bene, non avrei avuto alcuna ragione di sospettare.»

Il tono era tornato quello d'un giudice meticoloso e imparziale. Ma Joanna si accorse che era troppo stanca per ribellarsi. «È nato con una grave malformazione cardiaca e... non vivrà. L'ho saputo dall'inizio» disse.

«L'ho visto prima di venire da te. Somiglia a Pietro, la stessa faccina rotonda...» Finalmente Alberto si lasciava andare all'emozione. Era rimasto davanti al vetro per alcuni lunghi minuti, profondamente angosciato. Il piccolo sembrava non lottare più. Era pieno di tubicini, tutto viola, con una immobilità terribile... Inaspettatamente prese una mano a Joanna e la strinse. «Mi dispiace, mi dispiace davvero.»

«Pietro come sta?»

«Non gli ho detto nulla.»

«Hai fatto bene.» C'era stata troppa morte, nella piccola vita di Pietro, e sarebbe stato crudele infierire. O anche, soltanto, creargli interrogativi o insicurezza ormai inutili, visto che non avrebbe mai conosciuto questo suo fratellino.

Angelo si spense durante la notte. Più precisamente, passò dall'immobilità di quella macchina all'immobilità della morte.

Pensò a tutto Alberto, e il piccolo corpo, chiuso in una cassa bianca, fu portato nella cappella dei Fortis, al Monumentale. Accanto a Francesca. E questo pensiero diede una curiosa consolazione a Joanna. Il suo piccolo angelo non sarebbe stato solo, un'altra mamma avrebbe vegliato su di lui per l'eternità. Te lo affido, Francesca, si trovò a pregare con gli occhi pieni di lacrime. Adesso sei lontana dalle insicurezze e dagli sbagli dei vivi, e hai un altro Piccolino da amare. Lo lascio a te, è tuo, abbi cura di lui...

Quando tutto fu finito, Alberto volle che lei tornasse a casa, in viale Majno. C'era stata una lunga spiegazione al proposito, la sera prima.

«Non so perché. Non è cambiato niente. Io sono la stessa persona che tanti mesi fa hai cacciato via» lei si era difesa.

Alberto aveva sospirato. «Lo so. Ma sei mia moglie.»

«Tu non hai alcun *dovere* verso di me!»

Un altro sospiro. «Non lo faccio per *dovere*, Joanna. Desidero che tu ritorni a vivere con noi. Anche se... anche se non potrò mai dimenticare quello che hai fatto.»

«Vuoi che io espii in silenzio le mie colpe, sotto i tuoi occhi?» Il tono di Joanna era allibito.

«No. Voglio che tu torni a vivere con noi.» Si ripeteva come un bambino ostinato.

«Ma *perché*?»

«Perché nonostante tu sia... tu non sia come credevo, ti ho sposata. Possiamo ancora essere amici, Joanna.»

«Gli amici si stimano. E tu non mi *stimi*!»

Alberto si strinse nelle spalle con un gesto impotente. «Siamo troppo sconvolti per affrontare certi discorsi. Io voglio soltanto che ritorni a casa. E che torni a curarti di Pietro, di noi...»

«Una governante, insomma.»

«Oh, Joanna, non torturiamoci. Domattina vengo io in via Spiga a prenderti e ti porto con me. È quello che desidero fare e non voglio chiedermi altro. Non chiedermi altro neppure tu, ti prego.»

Era quello che desiderava anche lei, Joanna aveva registrato con lucida malinconia.

E così ritornò in viale Majno.

XV

Dora controllò che lo chignon fosse ben aderente sulla nuca e restituì lo specchietto al parrucchiere. Gli infilò in tasca la solita mancia, passò alla cassa a pagare e uscì in fretta. Ma dopo pochi istanti rallentò il passo: l'appuntamento con Alberto era alle diciannove e trenta e mancava più di un quarto d'ora. Non voleva arrivare prima di lui, né aspettarlo, né apparirgli troppo disponibile. Anche se da due mesi, in pratica, faceva proprio questo.

"Joanna è ritornata a casa. Però non mi sono riconciliato con lei." Quella pazza notizia, la voce cupa di Alberto, le sue confuse spiegazioni alla domanda: "Ma *perché*?".

Onestà, pena e abnorme senso del dovere, Dora ripeté dentro di sé per l'ennesima volta controllando l'orologio. Era la sola spiegazione logica. *"Ma voglio continuare a vederti, Dora. E quando Joanna..."* Non aveva terminato la frase, quel giorno, e ripensandoci adesso negli ultimi due mesi Alberto non aveva mai detto esplicitamente che cosa bisognava aspettare che Joanna facesse o sentisse per allontanarla dalla sua casa e dalla sua vita. Forse che si rassegnasse alla perdita del figlio, o che finisse nel letto di qualcun altro: ma era stata lei, Dora, a interpretare così una frase mai compiuta. E a convincersi che l'una e l'altra cosa sarebbero avvenute in tempi molto brevi.

Le settimane invece passavano e quella ragazza era sempre lì. Troppo furba, si ripeté astiosa, per prendere il suo valigino e andarsene per il mondo mollando un nido d'oro. Troppo furba per non capire cosa significasse, economicamente e socialmente, essere la moglie di Alberto Fortis. Sentì l'ira montarle dentro fino a infuocarle il viso. Devo stare calma, si disse. Il tempo gioca in mio favore e un giorno sarò *io* la moglie di Alberto. Ha bisogno di me, è me che stima, è con me che parla. Mi telefona ogni giorno, almeno ogni settimana facciamo l'amore...

Erano le diciannove e trentacinque, ora, e Dora si infilò a testa alta nell'ingresso del Savini. Tra le tante umiliazioni le veniva risparmiata quella della clandestinità. Lui non mostrava alcun imbarazzo nel mostrarsi a cena o a teatro con lei, né nel tenerla intimamente per un braccio quando erano per strada, né, talvolta, a portare con sé il bambino. Ieri, per esempio, avevano fatto colazione con Pietro.

Si guardò intorno e vide subito Alberto. Anche lui la vide, e le venne incontro sorridendo. «Cinque minuti di ritardo,» puntualizzò quando furono seduti «non è da te, perfettissima signora.»

«Non così perfetta, visto che ho una relazione con un uomo sposato.» Si pentì subito di quella uscita infelice. Si era riproposta di non fare mai cenno a Joanna, la tattica migliore per farlo sentire sollevato e grato, e allo stesso tempo oscuramente in colpa. Rimediò subito. «Scusami, dopo una frase come questa la mia perfezione è proprio andata a rotoli!»

Fortunatamente arrivò il cameriere e la scelta del menù li tenne occupati per alcuni minuti. Quando rimasero nuovamente soli, il breve gelo di quella infelicissima frase si era ormai dissolto. Che fosse Joanna, si disse sollevata Dora, a sentirsi offesa, a recriminare, a irritare. Lei, come tutte le amanti vincenti, doveva invece apparire rilassante e amabile. Le parve di risentire la voce di suo marito: "L'uomo va pazzo per la mancanza di problemi e la vera *femme fatale* è quella che riesce a farlo ridere".

Io non ho una natura allegra, stabilì Dora meticolosamente, però sono disponibile, dolce, rappresentativa e perbene.

«Forse dovremmo parlare di Joanna» stava dicendo Alberto fissandola mestamente.

«No,» lei disse in fretta, quasi spaventata, «è un discorso che non riguarda noi due.»

«Credi proprio?»

Era stata lei ad aprire quella breccia, Dora pensò funerea, e adesso toccava a lei richiuderla in gran fretta. «Lo credo *proprio*.» Sperò che il suo tono fosse definitivo, ma Alberto continuava ad avere quell'espressione concentrata e solenne che precede le grandi spiegazioni.

«Joanna è mia moglie e...»

«Non capisco perché te la sei ripresa in casa» Dora sbottò, più in preda al panico, ora, che non alla rabbia. La situazione le stava sfuggendo pericolosamente di mano. «E ancor meno capisco fino a quando ci resterà» aggiunse. Se un chiarimento doveva esserci, che Alberto si arrangiasse a chiarire.

Lui si limitò a stringersi nelle spalle. «Non lo so» disse cupamente. «Non so perché l'ho ripresa, né so fino a quando resterà.»

Dora lo fissò annichilita. «Vuoi dire che... che stai vivendo alla giornata, senza porti alcuna scadenza? E io che posto occupo, che ruolo ho? Oggi ci sono e domani chissà?»

«È la prima volta, onestamente, che mi pongo questo problema.»

Il cameriere arrivò con i risotti e Dora approfittò di quella brevissima pausa per ritrovare il controllo. Fissò Alberto aspettando che continuasse. Ma abbassò subito gli occhi: troppo rischioso, avrebbe potuto dire cose che sarebbe poi stato difficile cancellare. Prese la forchetta e allargò delicatamente il riso. Poi, con voce neutra: «Joanna cosa dice, di tutto questo?».

«Non ne parliamo mai.»

«Ma saprà bene che *io* esisto.»

«Non ne parliamo mai.» Sembrò rendersi conto che Dora aveva diritto a una spiegazione meno laconica e si decise ad alzare gli occhi. «Ci comportiamo come due persone bene educate che si trovano a vivere nella stessa casa ed hanno alcuni interessi comuni.»

«E quali sarebbero, questi interessi?» Gli occhi di Dora sembravano due fessure.

«Pietro, per esempio. Ha parecchi problemi con la scuola e la maestra ha chiesto di vedere me e Joanna con una certa urgenza.»

«Tuo figlio non sopporta Joanna, è questo il suo solo problema.»

Era vero?, si chiese Alberto. A volte il piccolo appariva realmente ostile, ma altre volte sembrava quasi dipendere da lei. E comunque aveva smesso di provocarla o di disobbedirle. Si accorse che Dora aspettava una risposta e, non potendola dare, si limitò a un gesto vago.

«E quali altri interessi comuni avreste, oltre al bambino?»

Già, quali? Gli era sempre sembrato che fossero tanti, ma così, messo alle strette, non ne trovava altri all'infuori di Pietro. Ancora una volta dovette limitarsi a un gesto vago.

«Non parlate mai, non mi sembra abbiate questi famosi punti di contatto, a quanto mi hai sempre lasciato capire non avete neppure rapporti... sessuali. A questo punto mi piacerebbe sapere cosa spinge quella signora a vivere con te, all'infuori del solo interesse comprensibile, quello economico.»

Alberto scosse energicamente la testa. «Joanna non è interessata.»

«Oh.» Per qualche istante Dora restò senza parole. «Di certo è molto furba, se è riuscita a convincerti di questo» si affrettò ad aggiungere. Era furiosa.

«Vorrei cambiare discorso, Dora.»

«D'accordo. Allora mettiamola così: perché pensi che *io* stia con te?»

«Perché mi vuoi bene, suppongo.» Questa volta aveva risposto subito.

«E *tu* perché stai con me?» Dora incalzò.

La domanda era diretta e non concedeva scappatoie. «Perché ti voglio bene» rispose diligentemente. Ma non era la risposta giusta. Perché sei la donna a cui dovrei voler bene, avrebbe voluto dire. Perché somigli a Francesca e stando con te mi illudo in qualche modo di ritrovarla e di capire tutte le cose che non ho capito di lei. Per otto anni l'ho creduta compiutamente felice e invece, nel profondo del suo cuore, lei era lacerata da umiliazione, e rifiuto, e volontà di riscatto. La rivelazione di sua suocera, ora lo capiva, lo aveva traumatizzato più di quanto all'inizio potesse supporre. E così la perfetta Carla aveva avuto il suo bravo passato. Anche lei come Joanna, e come chissà quante altre donne. Ma Dora no.

«Ti voglio bene perché sei come Francesca» le sorrise. «Leale e affidabile.» In qualche modo *questa* era la risposta più vera. E il sorriso che lei gli rivolse allentò miracolosamente ogni tensione. Finirono di cenare e poi Alberto l'accompagnò a casa.

Stanotte festa grande, Joanna pensò cinicamente guardando l'orologio. Era l'una passata e Alberto era sempre fuori. Ancora una volta si stupì di non provare gelosia né dolore né rabbia. Alzò gli occhi dal copione e vide il volto di Francesca. Aveva rimesso tutte le foto al loro posto, fin dalla prima settimana: non era lei la nemica, né il fantasma da scacciare.

Lo aveva capito fin dalla sera del suo ritorno in viale Majno. Sola nel grande letto, incapace di prendere sonno, il ricordo del suo piccolo angelo come un peso nel cuore. Sarò sola e sconfitta per sempre, aveva pensato a un certo punto. Ma la voce ferma di Signore aveva creato una improvvisa barriera tra lei e l'orrore di quella realtà. *E allora, ti arrendi oppure lotti?*

Aveva deciso di lottare. E si era rimessa la sua corazza di guerriera. La prima nemica da far fuori era quella tremula Joanna che sussurrava, piagnucolava e implorava anziché chiedere, agire e imporsi.

Quando lei aveva tredici anni, Signore le aveva spiegato la curiosa ma profonda filosofia dei proverbi. ''Ogni massima ha il suo contrario'' le aveva detto. ''Per esempio all'affermazione' Al peggio non c'è mai fine', fa riscontro 'Al buio segue sempre la luce'.''

''*Allora non è vero che i proverbi sono la voce della saggezza...*''

''È vero, sì: ma esiste la saggezza dell'ottimista e la saggezza del pessimista, la logica dei fatalisti e la logica di chi non si arrende. Per il fatalista 'Tutto arriva a chi sa aspettare', mentre per il lottatore 'Nulla è impossibile a chi vuole'. E tu devi *volere* sempre, Joanna, senza lasciarti intimidire neppure da cose che possono apparirti spropositate, pazzesche."

Lei amava Alberto: era così spropositato credere che un giorno anche lui l'avrebbe amata? In questo momento certamente sì, pensò guardando nuovamente l'orologio: erano quasi le due e Alberto era ancora con Dora Ratti. «Ho una cena di lavoro, non aspettatemi» aveva telefonato verso le diciannove.

Non far domande, e imporsi di non soffrire, faceva parte della sua strategia. E che altro potresti fare? le sussurrò subdolamente la tremula Joanna.

Potrei esigere una spiegazione, metterlo in imbarazzo, fare appello alla sua onestà, si disse Joanna. Ma otterrei soltanto un educato rispetto della forma, e non è questo che io voglio.

Udì dei passi nel corridoio e spense in fretta la luce: ma non era Alberto, era Piccolino. Lo sentì andare in bagno e poi tornare nella sua stanza. Stava scivolando nel sonno, quando la porta si aprì di nuovo. Tese l'orecchio: Piccolino adesso stava andando in cucina.

Infilò la vestaglia e lo raggiunse. «Stai poco bene?»

«No, non ho sonno e sono venuto a bere. Torna pure a letto, Joanna.» Il tono di sempre, con il muro di quella mostruosa gentilezza.

«Vuoi che ti faccia una spremuta?»

«Grazie, no.» Aprì lo sportello del frigorifero, prese una bottiglia d'acqua minerale e cercò il bicchiere. «Domani vieni dalla mia maestra col papà?»

«Certo.»

«Se hai da fare, può venire soltanto papà.»

«La maestra vuole vederci tutte e due. E non ho altro da fare, domattina.»

L'appuntamento con Moroldo, il regista di *Giorni*

di moda, era per le quattro del pomeriggio. Aveva accettato di partecipare a quel film, in pratica nel ruolo di se stessa, perché alla lunga abbandonare il lavoro era stato più doloroso di quel che credeva. Si era accorta di aver pagato il prezzo per qualcosa che non era arrivato mai.

«Be', Joanna, io torno a letto.» Pietro la stava guardando come se sperasse che lei gli dicesse ancora qualcosa o, addirittura, lo pregasse di fermarsi.

C'è senz'altro una chiave per aprire il suo piccolo cuore, lei pensò, ma io non riesco a trovarla. *"Sei qui... Jo"*. La sua voce incerta e incredula, la sera in cui era ritornata. E poi quella corsa verso di lei, quell'eccitato, tremante abbraccio. *"Sono qui, Piccolino."* Subito lui si era ritratto. Si era molto allungato, in quei mesi, ma era rimasto il suscettibile e magro bambino di sempre, ancor più magro di come le era apparso quell'indimenticabile giorno, nei giardini di Porta Venezia: era stata l'ultima passeggiata di Angelo.

Scacciò con forza il ricordo del piccolino perduto per sempre. Ma non aveva altrettanta forza per trattenere Pietro e sostenere un prolungamento di quei loro dialoghi più faticosi di un corpo a corpo: così circospetti, così carichi di ostilità sotterranea e, allo stesso tempo, di supplici richieste d'aiuto che lei non sapeva raccogliere.

«Buonanotte, Pietro, adesso torno a letto anch'io» disse. Aveva di nuovo spento la luce quando sentì Alberto rientrare. Erano le due e quaranta.

La sveglia suonò alle sette e subito dopo Maria bussò alla porta. Quel caffè a letto era ormai un rituale, dapprima subìto con disagio e in seguito accettato con gioia. Il buongiorno di giornate non sempre buone. Joanna ricordò il mattino seguente il suo ritorno. Quando Maria era entrata nella stanza, lei si era vergognata e, quasi, sentita in colpa per quel grande letto vuoto. Ma la donna, porgendole il piccolo vassoio, le aveva rivolto un sorriso talmente caldo che ogni disagio era caduto. «Adesso porto il caffè anche all'avvocato, nella sua stanza» si era poi congedata. Dando come naturale che Alberto dormisse in un'altra stanza.

In realtà si trattava del suo studio. Da quella sera, ogni sera, Maria apriva la poltrona e preparava il letto di lui. E ogni mattina, prima svegliava Joanna e poi Alberto.

«Devo aprire le finestre?» stava chiedendo, adesso.

«Sì, grazie, Maria. E aspetti a svegliare il piccolo Stanotte, alle due, era ancora sveglio.»

«Sì, lo so. Ma ho sentito che lei lo raggiungeva in cucina e così non mi sono alzata. Sono contenta che vada dalla maestra, stamattina. Forse Pietro ha qualche problema con la scuola...» A Joanna non sfuggì la scarsa convinzione con cui Maria aveva pronunciato quest'ultima frase. Lei stessa era certa che era inutile cercare a scuola una soluzione dei problemi di Pietro.

Sorseggiò lentamente il caffè e andò a malincuore verso il bagno. Su la maschera, Joanna, la giornata comincia e si scende nell'arena. Quando fu pronta andò a svegliare Pietro, ma il bambino, già lavato e vestito, stava preparando la cartella. Come la sentì entrare si girò. «Se non hai tempo, Joanna, può bastare che venga papà.» Una strana vocina ansiosa, quasi supplice.

«Come ti ho già detto, stamattina sono tutta tua» lo tranquillizzò allegramente. Ma non sembrava tranquillizzato affatto. Joanna evitò di approfondire e andò in cucina. Stanza e bagno, cucina e soggiorno; il quadrilatero del mio girare a vuoto, ironizzò, il labirinto delle mie confusioni.

Anche Alberto era già pronto. Stava bevendo un secondo caffè e le augurò il buongiorno. In quella casa nessuno litigava mai o perdeva il controllo o alzava mai la voce: erano tutti educati, e la loro arma era una micidiale gentilezza. Ma non mi ferirai, amico, Joanna si disse. E, a voce alta: «Pare sia proprio una splendida giornata di dicembre».

Si sentì immediatamente una cretina, ma meglio cretina che fatta a pezzi. E, implacabilmente, aggiunse: «Iniziare una nuova giornata con entusiasmo non costa niente. Magari, per compiacerti, la giornata diventa splendida davvero».

«Oggi bisognerebbe compiacere soprattutto la maestra di Pietro, che ci aspetta mezz'ora prima dell'inizio delle lezioni» fu la risposta di Alberto.

La prima cosa che Joanna osservò furono le mani: aveva, da sempre, la curiosa convinzione che da una persona con le mani belle e gentili non ci si potesse aspettare mai nulla di cattivo: e quelle della maestra di Pietro lo erano. Aveva i polsi delicati e le dita sottili. Doveva essere sulla quarantina, Joanna valutò, e tutta la sua persona emanava serenità e dolcezza. Era subentrata quell'anno alla vecchia insegnante di Pietro, ma le sembrò impossibile che gli allievi potessero avere dei problemi.

«Mi sarebbe molto piaciuto avere una maestra come lei» disse impulsivamente. Alberto le lanciò un'occhiata raggelante e la donna arrossì. Joanna si accorse, imbarazzata, che aveva già cominciato a parlare e che lei l'aveva interrotta con quella sua infantile osservazione. «Mi scusi» disse.

«Di niente» la maestra sorrise. «Come dicevo, sono molto preoccupata per Pietro. Il bambino...»

«Fa i compiti tutti i pomeriggi, le assicuro, e studia sempre le lezioni» Joanna puntualizzò.

«Vuoi lasciar parlare la signora?»

«Sua moglie ha ragione, avvocato. Pietro è un alunno diligente e studioso. Dal punto di vista scolastico non esiste alcun problema.» La donna si interruppe e Joanna si accorse di pendere dalle sue labbra.

«Il problema è un altro.» Di nuovo una pausa. «Pietro è psicologicamente molto... disturbato. Infelice, direi, se non fosse mostruoso usare un aggettivo simile per un bambino di otto anni.»

«Lo so» mormorò Joanna.

Alberto parve non sentirla. «Forse stiamo drammatizzando, signora. Mio figlio era legatissimo alla madre e, come saprà, l'ha perduta tragicamente. Mi sembra *normale* che soffra e sia... disturbato, per usare il suo termine.»

«Avvocato, non è *normale* che un bambino scriva un tema come questo.» C'era come una nota di durezza, nella sua voce mite, e le sue mani parvero a Joanna decise e senza dolcezza mentre tendevano ad Alberto un foglio di quaderno.

Alberto lo prese con circospezione e lo lesse due volte, mentre Joanna lo fissava angosciata. «Posso leggerlo anch'io?» chiese quando lui, finalmente, alzò gli occhi da quel foglio.

Cara Maestra, questo tema io non lo posso fare perché non ho una famiglia. La mia mamma è morta e nessuno parla con me o mi racconta che cosa fa o si accorge quando ho pianto. Nessuno mi vuole e mi dispiace di non avere altro da scrivere. Joanna lesse, agghiacciata. La maestra stava dicendo: «I bambini, nel tema, dovevano raccontare che cosa significa per loro la famiglia».

«E i bambini spesso mentono, signora. Come può credere che nessuno voglia bene a Pietro?» Era la voce alterata di Alberto, questa.

«Il fatto è che lo crede lui» Joanna disse con gli occhi lucidi.

La maestra la guardò con simpatia. «È esattamente quello che volevo dire. Ed è per questo che vi ho chiamati. Spesso gli adulti sopravvalutano i bambini e la loro capacità istintiva di ''sentire'' l'amore o di percepire un'atmosfera serena. Non è così per tutti. Molti, e soprattutto se hanno subìto un grosso trauma o una grande perdita, tendono a colpevolizzarsi e a non fidarsi più del loro istinto. Qualche volta addirittura lo perdono, e sono smarriti e confusi. È di parole che hanno bisogno. Parole che li confortino e li rassicurino.» Spiegava con pazienza, e continuava a guardare soprattutto Joanna.

Anche Joanna la guardò. Era come se la maestra di Pietro *sapesse*. Per quanti anni Signore aveva parlato con lei, rassicurandola e confortandola? Per quanti anni l'aveva spinta a osare, a aver fiducia in sé, a non arrendersi?

Ora la maestra guardava Alberto e la simpatia sembrava essersi attenuata, sul suo viso. «Il punto fermo, per Pietro, è lei. Non soltanto perché è suo padre, ma anche perché rappresenta la continuità con il passato, ciò che gli è rimasto della sua prima famiglia. Lei *parla* con il bambino, avvocato? Gli racconta del suo lavoro? Gli chiede che cosa ha fatto a scuola? Si accorge quando è turbato o triste?»

«Io *amo* mio figlio» Alberto si difese.

«E glielo ripete spesso?»

«No.»

Joanna avrebbe voluto stringerlo tra le braccia e confortarlo. E, allo stesso tempo, implorare la maestra di smettere.

«No» ripeté Alberto. Era sconvolto. «Prima c'era sua madre, e Pietro non aveva certamente bisogno di parole per capire quanto era amato. Poi... poi è successa la tragedia e tutto è cambiato.»

«Giorni fa ho parlato con la nonna di Pietro, avvocato. Secondo lei, non è mai stato un bambino sicuro e allegro. Per esempio, non ha mai frequentato degli amici fuori dalla scuola. E neppure questo è normale.»

«Pietro adorava la mamma: giocava con lei, usciva con lei... Per il bambino sua madre era tutto.»

«Neppure questo è normale, avvocato» la maestra ripeté, di nuovo con dolcezza. Poi, rivolta a Joanna: «E con lei che rapporto ha, signora?».

«Mi detesta» ammise desolata. «All'inizio non era così, parlava, era felice di ascoltarmi, sembrava aver continuamente bisogno di me. Mi ha respinto di colpo quando ho sposato suo padre. Ai suoi occhi sono diventata quella che lo aveva imbrogliato, quella che voleva rubare il posto di sua madre.»

«Capisco» la maestra disse annuendo, e Joanna ebbe la certezza che avesse realmente capito, tutto.

Intervenne Alberto: «Non credo che l'ostilità di Pietro sia così totale, e comunque chiara a lui stesso». Fece una breve pausa, come per scegliere con attenzione ogni parola. «Alcuni mesi fa io e mia moglie... sì, Joanna... ci separammo, e mio figlio mi sembrò molto rattristato, come se lei gli mancasse. E quando è ritornata a casa, la sua prima reazione è stata di grande felicità. Il suo rifiuto, insomma, non è così drastico.» Disse quest'ultima frase rivolto a Joanna, come se fosse desideroso di convincere soprattutto lei.

«Chi è Dora, avvocato?» La sommessa e inaspettata domanda della maestra parve avere su di lui l'effetto di una mina. E Joanna si sentì, di nuovo, agghiacciare.

«È una signora che conosco. Perché me lo chiede?»

«Perché Pietro, in un tema di qualche settimana fa, ha parlato di una certa Dora con termini che mi sono parsi molto affettuosi. Era un'amica della sua prima moglie, avvocato? Il bambino ha scritto tra l'altro ''Dora somiglia molto alla mia mamma''.»

«No, non era un'amica di mia moglie. Però in qualche modo è vero, le somiglia molto.» Un breve sorriso. «Questa volta l'istinto di mio figlio ha funzionato.»

Non è vero, Joanna avrebbe voluto urlare. Ma a che cosa sarebbe valso? Togliti la corazza, Jo, sei stata sconfitta. *Ti arrendi oppure lotti?* No, non mi arrendo. Amo Piccolino e voglio che Piccolino mi ami e sia felice.

Respirò a fondo. «Signora, quando mio marito se ne sarà andato, vorrei restare qualche minuto ancora con lei. E poi rivederla.»

XVI

«Con te c' è di bello che i provini non servono» sorrise Moroldo. «Posso darti del tu, vero?» E, senza aspettare, proseguì: «Spero che sia la sceneggiatura sia il copione ti siano piaciuti: tengo molto a te, Joanna, per la parte ho esaminato decine di top model, ma la migliore sei tu».

Moroldo era molto giovane, non più di trent'anni. Piccoli occhi vivi dietro gli occhiali alla Cavour, barba incolta, maglione di cachemire a piccole coste, era esattamente come ci si aspettava che fosse un giovane regista-rivelazione: impegnato e travolgente. E per di più *parlava*, Joanna pensò sentendosi sollevata e a suo agio come da tempo non le capitava.

«Sul mondo della moda sono stati girati parecchi film e scritti molti libri» stava spiegando adesso «e io non voglio aggregarmi al mucchio. *Giorni* non è un thrilling, né un film di costume né un'escursione nel sogno, ma la storia di una fotomodella che in mille giorni ha vissuto quel che generalmente una donna comune non riesce a vivere in quarant'anni. A diciassette era una stella, a venti è tramontata. Come reagisce? Con quali fili si riannoda alla realtà?»

«Vuoi fare un film psicologico, in parole semplici.»

«Sì. Ma anche, e soprattutto, di fatti. Il mondo della moda è un punto di partenza, poi subentra la vita con vicende, incontri, sorprese. Hai letto la sceneggiatura, no?»

«L'ho letta. E mi è piaciuta molto, anche se il personaggio di Cindy Horne, e cioè il mio, ha una psicologia piuttosto contorta e un destino un po' troppo eccezionale perché le donne possano identificarsi in lei. Siamo sempre nel sogno, insomma, bello o brutto che sia.»

Moroldo assunse un'aria di estrema pazienza. «Cara Joanna, le platee si identificano soltanto con vicende e personaggi *straordinari*, ossia assolutamente lontani dalla ordinaria, quotidiana realtà. Nessuna donna al mondo potrà mai vivere le vicende di Rossella O'Hara, nessuna coppia ''innamorarsi'' in metrò come Robert De Niro e Meryl Streep e nessun bambino incontrare E.T. in un giardino. L'abilità sta nel rendere verosimile quello che non si verificherà mai. Manipolare le fantasie, intrigare nei sogni, giocare con la paura e lo spirito d'avventura e sbatterle su un gigantesco schermo, ecco il segreto. Il meccanismo per fare entrare la gente nei cinema è identico a quello che occorre per esaurire i biglietti di una lotteria: devi vendere il sogno, lo straordinario travestito da reale. Pensa a tutti i film e i libri di successo degli ultimi cinquant'anni e capirai che sto dicendo semplicemente la verità.»

«Guarda che io non ho demolito il tuo film, Moroldo. Ho appena finito di dire che *mi piace*. E per quanto riguarda il resto, mi hai convinta!»

«Mi chiamo Paolo» sorrise lui. «Fin dalle elementari, mi piaceva molto essere chiamato per nome dalla maestra.»

La maestra. Pietro. Ecco la realtà che non era possibile sfuggire o manipolare. Joanna si rabbuiò e guardò l'orologio.

«Hai fretta?»

«Sì, mio marito mi aspetta in studio tra un'ora e prima devo fare alcune spese.» Suo malgrado sospirò.

«Qualche problema, Joanna? Tuo marito non è d'accordo che torni al lavoro?»

"Trovo criminale questa tua decisione, ma ne riparleremo stasera." L'aveva lasciata così, poche ore prima.

Joanna sospirò di nuovo e Paolo scoppiò in una risata. «Hai una faccia così realmente afflitta che non riesco a commuovermi! Il discorso di prima: neppure il dolore deve essere vero, ma verosimile.»

«Come dire che a un funerale non ti commuovi perché è realmente morto qualcuno: se permetti, trovo questa deformazione professionale molto pesante.» Sembrava irritata, ora.

Moroldo smise di sorridere e la fissò gravemente. «Scusami, volevo solo sdrammatizzare. Nella realtà non sopporto veder piangere un bambino o maltrattare un animale. Quanto ai funerali, mi danno una autentica angoscia: considero la perdita di una persona cara la più dolorosa delle violenze che si possa subire.»

«Scusami tu.» Joanna avrebbe voluto abbracciarlo. Da quanto tempo non parlava con qualcuno? Ma il breve e perfetto istante di felicità si incrinò subito. Neppure Piccolino riusciva a parlare, ed era ben più triste, per lui.

«Non sopporto di essere fissata come se fossi in un'aula di tribunale, Alberto.» Da quando era entrata nel suo studio la stava proprio guardando così, come se lei fosse l'imputata e lui il giudice. E non era la prima volta, da quando era ritornata a casa.

«Le persone non vengono giudicate soltanto nelle aule dei tribunali, Joanna, e comunque non è questo che io sto facendo. La maestra di Pietro ci ha messo di fronte a un grosso problema, e tu non puoi scappare.»

«Tengo a dirti che questo problema, io, l'ho sempre conosciuto. Pietro è infelice, ma non posso fare niente per lui. Forse la sua ostilità non è totale, come hai detto stamattina, ma sta di fatto che rifiuta di comunicare con me. Non posso parlargli, né toccarlo, né abbracciarlo. E tanto meno dirgli quanto lo amo...»

Suo malgrado Alberto si commosse e la voce si raddolcì. «Lo so, e questo è il *tuo* problema. Non credere che non veda i tuoi sforzi... la tua buona volontà. A suo modo, mio figlio ha bisogno di te e anche tu puoi aiutarlo. Ma non certo uscendo da casa al mattino e rientrando a notte inoltrata, salvo non rientrare affatto.» Era di nuovo duro, adesso.

«Ti ho spiegato che si tratta soltanto di tre mesi. Le riprese del film inizieranno in gennaio, dopo le vacanze di Natale, e a fine marzo sarò già libera.»

«Ma perché, Joanna? Che senso ha questo ritorno al lavoro? Avevi deciso spontaneamente di ritirarti, e devi darmi atto che non ho mai fatto pressioni su di te...»

«Le stai facendo ora...»

«Perché ero convinto, mi *avevi* convinto, che per te esistessero cose più importanti del lavoro. Per esempio Pietro.»

«Ed è così. Se faccio questo film, è soprattutto perché amo Pietro.»

Alberto la fissò stupefatto. «Se vuoi spiegarti meglio, te ne sarò grato. Un certo tipo di logica mi sfugge.»

«Ti sfuggono molte cose» replicò Joanna con voce amara. «Per esempio come da qualche mese sto vivendo. E gli sforzi che sto facendo per non apparire ferita, triste e sconfitta come spesso mi sento.»

«Stiamo parlando di mio figlio, Joanna, non di te.»

«Tranquillizzati, non ho alcuna intenzione di affliggerti né, tanto meno, di colpevolizzarti. Se parlo di me è perché sono una presenza nella vita di Pietro. E non voglio essere una presenza negativa. Tra me e lui c'è una specie di battaglia, e ti assicuro che lui è un piccolo nemico molto agguerrito: purtroppo soprattutto contro se stesso. È smanioso di punirsi, ferirsi, privarsi di ciò che gli darebbe gioia. E la mesta Joanna che si aggira per la casa è un'avversaria troppo fragile Non riuscirebbe mai a vincerlo. Devo ritrovare la sicurezza che ho perduto, devo ritornare a stimarmi... Ecco perché ho accettato di fare questo film.»

Joanna si accorse che questo era il discorso più lungo che avesse mai fatto con lui. Aveva parlato tutto d'un fiato, consapevole che non era facile capire ciò che aveva detto e che neppure a lei era chiaro fino in fondo. Tuttavia sperò che lui capisse.

Stava riflettendo, in effetti, mentre girava meccanicamente una matita tra le dita, a occhi bassi. Quando li rialzò disse: «Non credi che una Joanna spavalda e sicura potrebbe terrorizzarlo? È un bambino sensibile, e forse se la intenderebbe meglio con la mesta Joanna, come dici tu».

Ha capito, lei esultò dentro di sé. «No,» disse «non lo credo affatto. E ti chiedo soltanto di aver fiducia in me. Il mio psicologo diceva sempre che ho un istinto sanissimo...» L'euforia che l'aveva travolta si trasformò in panico. Che cosa si era lasciata sfuggire?

«Non sapevo che tu fossi stata in analisi» registrò, puntualmente, Alberto.

«Non era il mio analista, ma un amico con cui ogni tanto parlavo» disse in tono leggero.

Alberto abboccò, e cambiò discorso. «Mentre io e te non parliamo mai, vero?» Ma neppure questo era un discorso facile. Ed era difficile eludere una domanda tanto diretta, e quegli occhi che la sfidavano in attesa di una risposta precisa.

«No, non parliamo mai. Però adesso... lo stiamo facendo.»

«Tra le tante cose che non ti ho mai chiesto, e che tu non mi hai mai detto, ce n'è una: perché resti con me in una casa dove certamente non sei felice?»

Perché ti amo, avrebbe voluto rispondergli. Invece, a sua volta, chiese provocatoriamente: «E tu perché non mi hai ancora chiesto di andarmene, visto che non hai alcun bisogno di me e sono del tutto inutile a tuo figlio? Non sforzarti di rispondere, non ne saresti capace. Così come non ne sono capace io».

«C'è qualcuno con cui parli, Joanna? Quel tuo amico psicanalista, per esempio?».

Di nuovo quel tono che esigeva una risposta. «È morto» Joanna disse in fretta. «E no, non c'è nessuno con cui parlo.»

Anna e Amedeo Fontana si erano trasferiti a Roma pochi giorni dopo che lei era tornata a vivere con Alberto, e con i Corsini si vedeva pochissimo: Alberto non aveva mai perdonato al collega di avergli taciuto la gravidanza della moglie, il suo soggiorno a Londra, la nascita del bambino. Lo aveva accusato di slealtà e di scorrettezza. E Joanna si limitava a qualche breve telefonata, ben sapendo che avrebbe offeso il marito continuando a frequentarli.

«A quanto pare» lui constatò sarcastico «siamo una famiglia davvero poco loquace.»

«Grazie per avermi incluso» osservò Joanna. «E c'è un'altra cosa che vorrei dire al proposito: come famiglia, siamo forse un po' troppo chiusa. Pietro non ha amici, come faceva osservare la sua maestra, e neppure tu hai una vita sociale molto attiva. Dovresti invitare qualcuno a cena, frequentare della gente, accettare degli inviti...»

«Francesca ed io avevamo molti amici,» la interruppe Alberto «ma da quando è morta i rapporti si sono, logicamente, rallentati. Qualcuno viene a trovarmi in studio o mi invita a colazione, ma non desidero socializzare più di tanto.»

«Ti vergogni di me?»

Alberto si incupì. «Non dire sciocchezze, ti prego. Escludo che qualcuno dei miei amici possa essere stato... tuo *amico*» sottolineò.

«Non è certo questo che intendevo,» lei proruppe «non ho un passato così avventuroso da imbattermi in un ex amante ad ogni angolo della strada.»

«È già capitato, se non sbaglio. E proprio a casa mia.» Era micidiale, ora. «Quanto al tuo passato, ne so molto poco. Neppure di questo abbiamo mai parlato.»

Joanna si alzò di scatto. «Ti stai comportando in modo ignobile» disse piano «e preferisco non sentire altro.»

Era sulla porta quando lui la richiamò. «Per restare in tema di amicizie, farò in modo che mio figlio possa incontrare più spesso Dora. A quanto pare, è la sola estranea che gli piace.»

Quanti mesi erano passati da quando Joanna aveva sbattuto la porta dietro di sé, con altrettanta forza? Una ventina calcolò. E si perse in quel calcolo per impedirsi di affrontare la umiliante verità: era stato veramente ignobile. Così come era ignobile il suo modo di comportarsi di quegli ultimi mesi.

Sono egoista e vile, si disse impetuosamente. Mi sono lasciato travolgere come un vecchio bavoso dalla ragazza fatale, e l'ho sposata come un pazzo senza sapere nulla di lei. Quando ho scoperto chi era, l'ho buttata fuori di casa ma da bravo cretino l'avevo messa incinta e lei ha giocato la parte della brava ragazza dignitosa con la complicità del mio migliore amico. Poi la farsa si è trasformata in tragedia e in un soprassalto di scrupolo l'amico mi ha raccontato tutto.

La faccia desolata e impaurita di Joanna in clinica. Le sue spalle curve dopo il breve trasporto di quella creaturina al cimitero. Dov'era finita la sfrontata e spavalda ragazza che una lontana sera si era spogliata davanti a lui? Si era lasciato travolgere di nuovo: questa volta da una rabbiosa pietà. E quando lei aveva drizzato nuovamente le spalle, la pietà era sparita ed era rimasta la rabbia. Rabbia di saperla sola nel grande letto della stanza vicina, di vederla girare per la casa con quella superba fiamma di capelli rossi, di sentirla ridere con Maria, di scorgere ogni tanto nei suoi occhi quella antica luce di desolazione, oppure di innocente fiducia...

"*In certi momenti sembra proprio una bambina, signora Joanna*", una sera di due mesi prima aveva udito Maria dire. E lui si era sentito rivoltare. Non era mai stata *bambina*, Joanna. A quel punto si era alzato e aveva fatto il numero di Dora.

Sono ignobile anche con lei, si disse, perché l'ho usata e la sto usando senza amarla, soltanto perché accanto a Dora mi sento un uomo pulito. Infonde serenità e sicurezza, al contrario di Joanna che continua a sconvolgermi.

Devo pregarla di andarsene, decise, e rimettere subito ordine nella mia vita. L'ho ripresa in casa per potermi vendicare di lei, si disse platealmente, ma questo ruolo di aguzzino non mi dà alcuna gioia. Joanna è una persona negativa che anche mio figlio, d'istinto, respinge.

Devo pregarla di andarsene, si ripeté con fermezza. Soltanto così smetterò di essere l'uomo vile e contorto che sono diventato. E pensare che un tempo credevo di amarla.

Quei suoi occhi supplici e ansiosi fissi su di lui, quando poco prima gli aveva domandato: ''Perché non mi hai ancora chiesto di andarmene?''. Perché forse la amo ancora, pensò inorridito.

Alle sette telefonò a Maria per avvertire che non sarebbe tornato a cena. Non aveva fame, e sul suo tavolo c'erano parecchi fascicoli da esaminare e documenti da firmare. Ma alle nove si accorse che non aveva concluso nulla. Chiuse lo studio, ritirò l'auto dal parcheggio e tornò a casa.

Joanna, arrampicata su una scala, stava addobbando l'albero di Natale. Pietro aveva la faccia rivolta in su e Ketuth aveva l'aria molto preoccupata. A turno, porgevano a Joanna le palline colorate.

«Buonasera» salutò circolarmente come un educato signore in visita. Lei smise di attaccare le palline e gli chiese con semplicità: «Hai cenato?».

Alberto provò uno smisurato sollievo. Si era aspettato di trovarla offesa o muta con gli occhi rossi (o addirittura di non ritrovarla affatto), e invece eccola a addobbare l'albero come se poche ore prima non fosse accaduto niente.

«Hai cenato?» ripeté lei. E Alberto si accorse improvvisamente di avere fame.

«No, ma non vorrei disturbare la compagnia.» Il sollievo continuava a crescere, osava persino accennare uno scherzo.

Joanna scese dalla scala. «Preferisci due spaghetti o un piatto freddo?»

«No, Joanna, dillo a Maria. Noi dobbiamo finire l'albero!» protestò Pietro.

«C'è tempo. Adesso ci sediamo a tavola e facciamo

compagnia a papà. Noi due potremo mangiare un'altra fettina di crostata, che ne dici?»

Al sollievo si aggiunse uno sconosciuto e profondo senso di rispetto. Joanna stava dando prova di una grande dignità, quella vera. Anziché rinchiudersi nel narcisismo dell'orgoglio, aveva perdonato con generosità e gentilezza. E a sentirsi umiliato era lui: come aveva potuto essere tanto meschino e violento?

«Allora, due spaghetti o piatto freddo?» Aspettava ancora la risposta.

«Se Maria non mi manda al diavolo, due spaghetti.»

La vide uscire dal soggiorno con quel suo passo lungo e quella rossa chioma ondeggiante e si chiese, non l'aveva mai fatto prima, quali sforzi le costava tenere fieramente dritta al schiena in una casa dove gliela piegavano ogni giorno con rifiuti e offese.

Tornò prima che potesse darsi una risposta. «Maria sta preparando, vogliamo sederci a tavola?»

Ketuth aveva silenziosamente apparecchiato, di nuovo, e Pietro non protestò. Era in uno dei suoi rarissimi ''momenti sì'' e rivolgeva spesso gli occhi verso Joanna, senza quell'ombra distaccata e critica di sempre. Quando Maria arrivò con gli spaghetti, sorprendentemente chiese: «Ne potrei avere due fili anch'io?».

Poi, quando ebbe finito: «Non potremmo continuare a fare l'albero?».

«Sono le dieci passate, Pietro, e domattina devi alzarti presto. Continueremo domani sera, sempre che il babbo non ci disturbi.»

Doveva essere la sera dei miracoli, perché il bambino non protestò. Si avvicinò al padre e gli diede il bacio della buonanotte. Stava avvicinandosi anche a Joanna, ma parve ripensarci e agitò la mano. «Be', buonanotte anche a te, Joanna.»

«Vuoi che venga a leggerti una favola?» La domanda le era scappata.

«Ho otto anni, le favole non mi interessano più» ribatté pronto, con una dura vocina da adulto che desolò Alberto. L'allegria di Joanna era scomparsa.

«Non prendertela, sai che sta attraversando un momento difficile» lui la consolò quando restarono soli. Era triste anche lui, ora. «Hai parlato con Pietro del nostro incontro con la maestra?»

«È stata la prima cosa che mi ha chiesto, appena sono tornata a casa.» Le era venuto addirittura incontro davanti all'ascensore.

«E gli hai detto qualcosa del... del suo tema?»

Joanna gli lanciò un'occhiata piena di stupore. «Naturalmente no. L'avrei ferito e fatto sentire in colpa.»

«A volte mi chiedo come fai a essere tanto sensibile e acuta.» Era sinceramente stupito.

«Sono stata bambina anch'io, tutto qui.»

«Una bambina difficile come lui?»

«Sì.» Soltanto dopo aver parlato con la maestra, Joanna aveva capito perché Pietro sembrava tanto turbato all'idea che lei andasse a quel colloquio. Sapeva di aver scritto delle cose ingiuste e aveva il terrore che la maestra mostrasse il tema. Il suo viso spaurito e chiuso quando lei era tornata a casa.

"E allora, che cosa ti ha detto?"

"Nulla che non sapessimo: sei un po' distratto, a volte, e devi essere seguito di più."

"Di sicuro non ha detto altro?"

"E che altro avrebbe dovuto dire, Pietro?" L'incredibile schiarirsi di quel piccolo viso, la sua contentezza per tutta la serata.

«Joanna,» la richiamò Alberto «a cosa stai pensando?»

«A quanto è difficile essere bambini. E all'infinità di piccole cose che un bambino riesce a ingigantire, fino a rendersi infelice.»

«Non mi hai mai raccontato nulla di te, lo sai?»

Joanna accennò un sorriso. «È la seconda volta che me lo dici, oggi.»

«In effetti è strano che non abbia mai avuto la curiosità di sapere nulla di te. Ma forse si può spiegare. Sei entrata nella mia vita quella terribile notte: avevo appena perduto Francesca e la sola realtà era questa. Ho intravisto una mano, la tua, e mi ci sono aggrappato senza vedere altro. Di te, mi interessava soltanto l'aiuto che potevi darmi. Sono stato molto egoista» ammise.

«E io molto vile. C'erano tante cose che avrei dovuto dirti... e non ne ebbi il coraggio. Ma non *volevo* sposarti, lo sai. Non volevo imbrogliare te, e neppure Piccolino.»

Aveva gli occhi lucidi e, chiaramente, si stava sforzando di non piangere. Come una bambina orgogliosa. Alberto ebbe l'impulso di prenderla tra le braccia, ma il pensiero di lei con lo zio Mario lo paralizzò. Potrei dimenticare tutto, pensò, ma non *questo*.

«So a che cosa stai pensando» lo sfidò Joanna improvvisamente ostile. «Ma è una realtà che non si può cancellare e che devi accettare, così come io ho accettato la tua relazione con Dora Ratti.»

«Vuoi colpevolizzare *me,* adesso? Non è gioco leale, Joanna.»

«No, voglio semplicemente capirti. E ho capito che la parte più inflessibile di te ha bisogno di Dora per riscattarsi dall'abietta attrazione che provi per me.»

L'intuito di Joanna era incredibile e Alberto ne fu come folgorato. «Non ti offende, tutto questo?» riuscì a chiederle quando fu in grado di parlare.

«Offende soltanto il mio orgoglio» replicò semplicemente. E notando che lui la fissava sempre più stupefatto osservò con un piccolo sorriso: «Anche tu confondi l'orgoglio con la dignità. Invece sono due cose diverse. È una lezione che non ho mai dimenticato...»

Una lontana domenica d'autunno, quando aveva dodici anni. Suor Laura le aveva eccezionalmente dato il permesso di andare al cinema con una esterna: Betta, la sua unica amica. E lei la stava aspettando in parlatorio, il soprabito di panno blu delle grandi occasioni e il cuore in gola per l'emozione. Betta era la sua compagna di banco e il suo idolo. Una ragazzina ricca e fortunata, ma anche generosa e allegra. E lei la adorava. Alle sei del pomeriggio suor Laura le aveva posato una mano sulla spalla. ''Ormai è tardi, Joanna, la tua amica non verrà più.'' E finalmente aveva registrato l'orribile verità: Betta si era dimenticata di venirla a prendere.

Per tre giorni non le aveva rivolto la parola e al quarto aveva pregato l'insegnante di lettere di cambiarle banco. Ma, lontana da Betta, era come se avesse perduto il sole. Signore si era accorto subito che lei era immalinconita e cupa. ''Perché non le chiedi una spiegazione, Joanna?''

''Perché è lei a dovermela dare. E non voglio umiliarmi. È una questione di dignità.''

''No, Joanna, stai facendo una delle confusioni più rovinose, quella che crea dolori inutili e spesso distorce rapporti e esistenza.'' La voce remota di Signore.

«Joanna, che differenza c'è tra dignità e orgoglio?» Era la voce di Alberto, questa.

Lei lo fissò. «Se fai, oppure non fai, qualcosa per orgoglio ti senti confuso, infelice, in colpa. Se invece è la dignità a spingerti, puoi provare magari malinconia o rimpianto, ma mai essere dubbioso o sentirti in colpa. L'orgoglio ti fa star male, la dignità ti restituisce la pace.» Stava ripetendo, meticolosamente, la lontana lezione di Signore.

«Vuoi dire che la mia relazione con Dora Ratti ti fa sentire... in pace?» Alberto sembrava sinceramente sbalordito.

«Mi fa sentire in pace l'aver capito ed essermi... rassegnata. Per dirla con una bella frase, non ho alcun diritto su di te. Dora è un problema tuo e prima o poi dovrai *tu* prendere una decisione. Il mio orgoglio può sentirsi insultato, ma la dignità no.»

«Però potresti andartene sbattendo la porta. Per la maggior parte delle mogli questo sarebbe il gesto più dignitoso.»

«Per me no, perché ne soffrirei. Sbattuta la porta mi sentirei tormentata e dubbiosa. E non avremmo risolto nulla. ''Dignità'' è anche evitare colpi di testa e aspettare di capire con chiarezza.»

Alberto le passò un braccio attorno alle spalle. «Tu che cosa devi chiarire, Joanna?» le domandò con dolcezza.

«Nulla. Sto aspettando che sia *tu* a veder chiaro.»

«Non è facile» lui confessò. Continuava a tenerla stretta. «Hai portato molta confusione nella mia vita e...» E mi sono scoperto passionale, illogico e in malafede, disse a se stesso. Mi sono come estraniato dal mio nucleo: una parte di me ti vuole, l'altra ti respinge, e io sto a guardare con un desolante senso di impotenza.

«Vorrei aiutarti, Alberto, ma non so come.» Si staccò da lui e aggiunse: «Quando smetto di razionalizzare e costruire una montagna di spiegazioni e di alibi, la nostra situazione mi sembra pazzesca». Il tono mesto era sparito e Joanna appariva quasi aggressiva.

Lui guardò l'orologio e si alzò dal divano. «Sarà meglio che andiamo a letto, è tardi.»

Si alzò anche Joanna. «Io in una stanza e tu in un'altra?» Era lei, adesso, ad averlo preso per le spalle e lo fissava in un modo che non dava scampo, sfrontato e furioso allo stesso tempo.

«Fare l'amore non risolverebbe neppure uno dei nostri problemi, Joanna.»

«Però metterebbe in chiaro che io sono tua moglie, non una governante, o un'ospite, o un'amica. È come moglie che dovrai respingermi o accettarmi.»

«Ma non *ora*. Hai appena detto che non vuoi forzarmi la mano, e invece è quello che stai facendo.»

«Io voglio soltanto stare con te. Ho bisogno di un po' di tregua» disse piano. «E ne hai bisogno anche tu.»

Non posso resisterle, pensò Alberto stringendosela contro. La tenne così per qualche istante fino a quando lei, dolcemente, non si divincolò e lo prese per mano. Quando furono nella loro stanza, Joanna lo guidò verso il grande letto e lo fece sedere. Gli prese la testa tra le mani e lo baciò sulla fronte con una tenerezza quasi materna. Poi si inginocchiò e gli sfilò le scarpe. Posò un attimo la testa sulle ginocchia, si rialzò e cominciò a svestirlo. I suoi gesti erano delicati ma senza incertezza.

Non avevo mai provato un senso di pace e di abbandono così profondo, Alberto pensò con infinita beatitudine. Certo, Joanna è una professionista, gli disse dentro una voce malvagia. Di colpo si irrigidì. Adesso lei si stava spogliando, il volto soffuso di una assorta dolcezza. E non c'era nulla di sfrontato in quei suoi gesti che avevano qualcosa di lento e solenne, come un rituale antico.

E quando gli scivolò accanto, completamente nuda, fu come se gli stesse offrendo la sua anima. Era disarmata e innocente. Con un gemito Alberto la raccolse tra le braccia. Il cuore gli batteva all'impazzata. «Ti amo… ti amo, Joanna.» Le parole gli erano sfuggite, la diga era crollata ed entrando dentro di lei sentì una dilagante e appassionata felicità. Joanna era la vita e gli stava dando la vita.

Più tardi, quando tutto fu finito, la testa di lei sulla sua spalla, pensò senza panico che neppure con Francesca aveva mai provato questa sensazione di gioia perfetta. Era come sentirsi su una vetta.

Quando si svegliò, il letto era vuoto. Erano già le otto e mezzo. Infilò la vestaglia e andò in cucina. «Stavo venendo a portarle il caffè, la signora mi ha pregato di non svegliarla prima» disse Maria.

«La signora dov'è?»

«È andata a scuola ad accompagnare Pietro. Ma torna subito.» Stava riempiendo d'acqua la caffettiera.

«Ho pensato che potremmo andare a passare il Natale in montagna, cosa ne diresti, Maria?» Era un'idea che gli era venuta in quel momento. A Pietro avrebbe fatto bene cambiare aria, e certo anche a Joanna sarebbe piaciuto. Quanto a lui, aveva voglia di… far festa, sì. Buttarsi giù per le piste, tra la neve e gli abeti, con Joanna che volava giù felice. Chissà se sapeva sciare, non glielo aveva mai chiesto.

«Mi sembra una bella idea,» stava dicendo Maria «ma, se decide, bisogna che Ketuth vada su qualche giorno prima di noi per sistemare la casa e controllare il riscaldamento. Lei vuole andare a Solda, vero?»

«Sì.»

«Sono tre anni che non andiamo lì, avvocato, e un piccolo controllo ci vuole proprio.»

Alberto aveva scoperto Solda, in Alto Adige, per caso, alla fine degli anni Settanta e ne era rimasto immediatamente incantato, al punto che senza riflettere aveva comperato un piccolo appartamento. Ma l'avevano goduto assai poco perché a Francesca, invece, quel solitario e innevato angolo di paradiso non era piaciuto. Troppo silenzioso e troppo isolato, sosteneva. In effetti, le poche volte che l'aveva convinta ad andare lì, sua moglie gli era apparsa immalinconita e a disagio. Neppure le due stupende piste ai piedi del ghiacciaio l'avevano entusiasmata: la immalinconiva anche quella solenne e scintillante visione. "È qualcosa di incombente che mi fa sentire piccola e... mortale" si giustificava.

Chissà perché aveva la certezza che a Joanna, invece, Solda sarebbe piaciuta. «È deciso, Maria. Ma non serve che Ketuth ci preceda, basta telefonare all'amministratore che mandi qualcuno a mettere in funzione acqua e caldaia. Ci penserò io stesso.»

Il caffè era ottimo. O era lui, quella mattina, a sentirsi particolarmente sensibile a sapori, novità, progetti?

«Un caffè anche a me, subito, sono congelata!» Joanna era entrata in cucina con due sacche della spesa che buttò sul tavolo. Mandò un bacio ad Alberto, con la punta delle dita, e tolse pelliccia e berretto. «Sta nevicando» annunciò.

«E io ti ho preparato un pieno di neve. Si va tutti a Solda, in montagna, a passare il Natale. Sono certo che ti piacerà.»

«Solda? La conosco benissimo» disse Joanna eccitata. «Una volta un mio carissimo amico lavorava lì.» Vide Alberto rabbuiarsi e precisò, con una sottile fitta di malinconia: «È Henri Chenot, un uomo straordinario che dirige un centro di salute».

«Non si direbbe che tu abbia mai avuto dei problemi di salute» commentò Alberto.

C'era un impercettibile tono di sospetto, nella sua

voce, ma Joanna si impose di non raccoglierlo. «Chenot è come un fratello maggiore, per me. E mi ha insegnato un'infinità di cose, prima tra le quali che *nessuno* gode di perfetta salute in quanto l'organismo umano è predisposto a morire.»

«Sbaglio, o questo tuo amico è un po' stregone?»

«Per la cronaca, è il più noto esperto europeo di medicina cinese. E lo conobbi proprio a Solda.»

«Cosa ci facevi, lassù?»

«Uno dei miei primi servizi di moda. Moda-neve, per l'esattezza. Ed eravamo alloggiati nello stesso hotel in cui lui teneva i suoi corsi di rieducazione energetica.»

Alberto sembrava finalmente tranquillo. «Tornando a Solda: ti piace?»

«Ne sono incantata.» Via quella fitta di malinconia, Joanna.

«Sai sciare, vero?»

«Una volta me la cavavo, ma da parecchio tempo non scio più. Fray, il capo della mia agenzia, me lo aveva praticamente proibito: una gamba rotta è una catastrofe, per una top model. Significa una stagione e parecchi milioni perduti!»

Tra le tante cose che, di Joanna, avevano sbalordito Alberto c'era anche l'aver appreso l'entità dei suoi guadagni. Lui stesso l'aveva presentata al commercialista del suo studio legale e Joanna gli aveva in pratica affidato tutti i suoi interessi, dalla denuncia dei redditi all'amministrazione.

''Tua moglie ha fatto degli investimenti molto intelligenti, diversificati ma ugualmente sicuri'' gli aveva detto il commercialista stesso.

Lo squillo del telefono interruppe le sue riflessioni. «Rispondo io» disse. Al di là del filo, la voce di Dora.

«Due giorni fa ci siamo lasciati un po' male e... e non ti ho più sentito» gli disse subito.

Erano passati soltanto due giorni?, si chiese Alberto. Non sapeva cosa dire, si accorse, e quella telefonata lo infastidiva come quando, mentre leggeva un libro o guardava un film in televisione, all'improvviso gli venivano in mente una pratica complicata o un problema lasciato in sospeso.

«Sei lì, Alberto?»

«Sì. Ho avuto due giorni piuttosto occupati, scusami.» Joanna stava parlando con Maria e sembrava non ascoltare. «Ti telefono più tardi dallo studio, d'accordo?»

Doveva parlare con Dora, decise, e spiegarle che la loro storia era arrivata a un punto morto e comunque non avrebbe potuto avere un futuro. Indipendentemente da Joanna.

XVII

Maria, nel letto accanto, aveva il respiro lento e regolare del sonno. Per non svegliarla, Pietro si alzò senza accendere la luce. Ma non conosceva questa piccola stanza bene come la sua, e mentre cercava di raggiungere la porta urtò contro un tavolino. Buck cominciò ad abbaiare.

«Dove vai, Pietro?» Il rumore aveva svegliato Maria, che accese la luce e si drizzò nel letto.

«Non riesco a prendere sonno, vado di là.»

«Di là dove? Qui non siamo a Milano, la casa è piccola e, se ti alzi, svegli papà e Joanna. Torna a dormire, da bravo.»

«Non ho sonno.»

«Se ti rimetti a letto, il sonno arriva.» Guardò l'orologio. «Sono le due, domattina non riuscirai ad alzarti presto se non ti riaddormenti subito. Da bravo, Pietro» insistette.

Sospirando, il bambino tornò a letto e si infilò sotto le coperte. Con un balzo, Buck si accucciò ai suoi piedi. Maria spense la luce e dopo qualche minuto era di nuovo addormentata. Non aveva problemi, lei, Pietro pensò. Cosa aveva detto la maestra, prima delle vacanze? "Dubitare, preoccuparsi per qualcosa e anche, talvolta, essere tristi è segno di intelligenza. Soltanto gli sciocchi sono sempre soddisfatti e sicuri."

Il respiro di Maria si era fatto più profondo. Non aveva né dubbi né problemi, lei. Era *sciocca*, come aveva detto la maestra. Bastava vedere come si era lasciata imbrogliare da Joanna: sempre lì a chiederle se voleva qualcosa, signora qua e signora là, tutto un parlare e un ridere. Il fatto è che soltanto io ricordo la mamma, pensò con un sospiro così forte che temette di svegliare di nuovo Maria. Soltanto io ho capito che Joanna vuol prendere il suo posto, e per questo la odio.

A volte mi dimentico di odiarla, pensò mortificato, perché lei è furbissima: e sembra *davvero* che mi voglia bene e si preoccupi per me. Da quando siamo a Solda è andata sulle piste con papà soltanto due volte, e tutte le altre è rimasta con me sul campetto per insegnarmi a sciare, come se le importasse davvero farmi imparare. Quando mi stacco dallo ski-lift, lei mi tende sempre le braccia e qualche volta mi stringe come se volesse abbracciarmi.

L'altra notte è entrata in punta di piedi in questa stanza e io ho fatto finta di dormire. Si è curvata a darmi un bacio sulla fronte e ha detto piano piano "dormi bene, Piccolino". Io stavo per stringerle le braccia al collo e mettermi a piangere, ma mi sono ricordato che è furbissima. Aveva capito che io non dormivo e faceva la scena, così ho continuato a tenere gli occhi chiusi e lei se n'è andata.

A volte mi fissa con aria tanto triste che mi verrebbe voglia di consolarla, ma è tutta scena anche questa. Non devo dimenticare mai, mai, che è imbrogliona e furba. Vuole prendere il tuo posto, mamma, e soltanto io ti difendo. Maria e Ketuth le fanno le moine, papà non è più arrabbiato con lei e qualche volta le fa anche le carezze. Persino la nonna mi dice di essere gentile con lei. Ma io non ci casco. Soltanto io so che è *cattiva*, soltanto io conosco il suo segreto.

Mamma, aiutami a difendermi da lei. Ogni tanto non riesco a odiarla... Scivolò nel sonno lentamente, malgrado avesse ancora tante cose a cui voleva pensare.

L'antivigilia di Natale, Ketuth si procurò un piccolo abete e lo sistemò tra la porta del cucinino e la finestra del soggiorno. Fu Joanna, come aveva fatto a Milano, ad adornarlo con palloncini, festoni e luci colorate. Alla vigilia, lei e Alberto scesero prestissimo a Merano per comprare i regali da mettere sotto l'albero: un spilla d'oro per Maria, un orologio con il lunario per Ketuth, un collare nuovo per Buck e un computer per Pietro. Joanna volle poi andare in un grande magazzino dove, girando da un reparto all'altro, si scatenò nell'acquisto degli oggetti più svariati.

«È per il ''cesto multiplo'', una mia personale specialità in fatto di regali natalizi: stasera vedrai» spiegò ad Alberto. Tornarono a Solda a mezzogiorno passato, dopo aver telefonato a Ketuth di allontanare Pietro con qualche pretesto. Come cospiratori, nascosero i regali nella loro stanza e poi andarono tutti a tavola. Alle due cominciò a nevicare e quando calò la sera sembrava di essere in un paesaggio da presepe.

L'immobile distesa della neve era illuminata dalle tremolanti luci delle baite sperdute sui crinali e gli abeti sembravano scintillare al chiarore azzurrino della luna. Sullo sfondo, la rotonda curva del ghiacciaio si univa al cielo. Joanna, per qualche minuto, restò incantata a guardare attraverso la vetrata del soggiorno. Ma doveva confezionare ancora qualche pacchetto, aiutare Maria in cucina, preparare il centrotavola, fare una doccia e vestirsi. Mancavano solo due ore per la cena, e bisognava affrettarsi.

Alle otto e mezzo in punto furono a tavola, e lei volle che anche Ketuth e Maria cenassero con loro. Pietro mangiò tutto, dai ravioli alle mandorle al tacchino ripieno, fino al panettone farcito, senza bisogno di essere pregato. Di tanto in tanto Maria o Ketuth si alzavano per cambiare i piatti e servire, ma poi tornavano subito a sedersi.

Fu una cena allegra e serena. Joanna raccontò di una vigilia di Natale di quattro anni prima, quando una bufera l'aveva bloccata con le giornaliste e i fotografi all'aeroporto di Detroit e avevano trascorso tutta la notte nella saletta del bar aspettando che da un'ora all'altra l'aereo potesse decollare.

«Deve essere stato bruttissimo» osservò il bambino.

«Non poi tanto, perché un fotografo aveva con sé un mazzo di carte e organizzammo un simpatico giochino. Ciascuno di noi mise in palio qualcosa di suo, per esempio un foulard o una catenina o un libro o un profumo, e chi estraeva la carta più alta aveva diritto a scegliere la vincita. Dopo mezz'ora tutti i passeggeri che erano nel bar vollero unirsi a noi. Un rappresentante di automobili molto ricco e molto folle mise addirittura in palio il suo prezioso Cartier d'oro.»

«E chi lo vinse?» si informò Pietro, incuriosito.

«Un prete francese. Disse subito che avrebbe usato il Cartier per una pesca di beneficenza tra i suoi fedeli. E quando spiegò che aveva bisogno di soldi per la sua scuola di bimbi sordomuti, tutti fecero a gara per offrirgli dei soldi. Credo che per quel prete sia stato il Natale più sorprendente della sua vita. E in un certo senso anche per me, perché capii che qualcosa di buono può capitare anche nelle situazioni più spiacevoli.»

«Però ti piace anche *questo* Natale, vero?» Pietro si informò ansioso.

«È il Natale più bello della mia vita» disse solennemente Joanna.

Anche per me, si disse Alberto. Francesca riuniva sempre tutti i parenti, alla vigilia, ma l'atmosfera non era mai stata così intima e piena di pace

«Joanna, è ora di aprire i pacchi dei regali?» Pietro chiese.

«Direi proprio di sì.»

I pacchi erano tutti sotto l'abete e ciascuno cercò il suo. Maria fu commossa per la spilla, Ketuth entusiasta dell'orologio, Pietro strillò di gioia quando vide il computer. Ma non era finita.

Per ognuno c'era il famoso ''dono multiplo'' preannunciato da Joanna: un cesto infiocchettato pieno di piccoli pacchettini colorati che furono aperti con curiosità e gridolini di sorpresa. Piccoli pensieri. Però, pensò Alberto, spiritosi e scelti con sorprendente cura. Maria trovò tra l'altro un fermacapelli, il suo profumo preferito e il mini-oroscopo del suo segno con i tarocchi incorporati, Ketuth una radiolina portatile e un manuale di giardinaggio, Pietro un microscopico cagnolino di pelouche che aveva il muso identico a quello di Buck, una piccola armonica e un'agendina dei Puffi.

«Non vedo nulla per me. Mi sento il grande dimenticato della serata» finse di offendersi Alberto.

Joanna frugò tra i rami e ne estrasse un pacchetto che era stato accuratamente nascosto. «Questo è per te, uomo di poca fede.» Erano due gemelli in oro, antichi, che aveva comperato da Perissi prima della partenza.

«La grande dimenticata sono soltanto io» disse, fingendosi a sua volta offesa.

«No, Jo, ci siamo ricordati» disse Pietro eccitato. «Maria ha nascosto i regali per te nella nostra stanza.» Corse con lei a prenderli e poi aspettò, trepidante, che

Joanna li aprisse. Maria e Ketuth le avevano regalato uno scialle e un'agenda, Pietro una borsa di Mario Valentino.

«Mi ha accompagnato la nonna» spiegò il bambino «e mi ha aiutato lei a sceglierla. Quando in negozio abbiamo detto che era per te, ci hanno pure fatto lo sconto!»

Joanna era commossa e abbracciò tutti. Era davvero il più bel Natale della sua vita.

«Non ti sembra che manchi qualcuno, all'appello?» rise Alberto porgendole a sua volta un pacchetto. «Non credere di essere stata la sola ad avere assaltato gli orefici milanesi prima della partenza...»

Era una veretta di diamanti, e Joanna trattenne il fiato per la sorpresa.

«Provala» la incitò il bambino, festoso.

Joanna si avvicinò ad Alberto e lo baciò su una guancia. «È proprio il caso di dire: non trovo le parole per ringraziarti» scherzò. Ma avrebbe avuto voglia di piangere. Era troppo felice.

A mezzanotte infilarono sciarpe, berretti e stivali e scesero in paese per ascoltare la messa. La strada, ripulita da poco, rifletteva il chiarore della luna e c'era una magica solennità nel biancore che li avvolgeva. È tutto magico, Joanna pensò quando furono nella piccola chiesa, continuando a lottare contro la voglia di piangere.

All'una, tornati a casa, Maria preparò un punch bollente per tutti. Più tardi, quando finalmente Pietro si lasciò convincere ad andare a letto, Alberto e Joanna spensero le luci e andarono nella loro stanza. Fu lui, questa volta, a spogliarla. E prendendola tra le braccia, di nuovo provò quel senso di perfetta straripante felicità.

La notte di Capodanno accettarono l'invito del direttore del Sulden Hotel, e nel grande salone parato a festa Pietro si scatenò con girandole, coriandoli e trombette. Quando l'orchestra cominciò a suonare, invitò addirittura una bambina del tavolo accanto a ballare.

Non era mai stato tanto allegro e pieno di vita, Alberto pensò con sollievo, e anche Joanna stava pensando la stessa cosa perché gli indicò il piccolo, con un sorriso, e poi gli strinse le dita. «Avremo uno splendido 1986» sussurrò. Tre giorni dopo, sulla via del ritorno, si sarebbe superstiziosamente pentita di aver pronunciato quella frase.

Era stata Esther, una indossatrice con cui aveva lavorato anni prima, a spiegarle quella antica credenza peruviana: non bisogna mai affermare a voce alta ''sono felice'', ''sono fortunata'' o cose del genere, perché il vento trasporta la voce fino alla cima in cui siede il Grande Vecchio incaricato di distribuire agli uomini, in egual misura, povertà e ricchezza, dolore e gioia. E quando il Grande Vecchio sente che tu hai avuto ''troppa'' ricchezza o gioia, subito provvede a mandarti la tua parte di povertà e di dolore. ''Ecco perché i ricchi piangono sempre miseria'' aveva concluso seriamente Esther.

Ma tutto questo Joanna lo avrebbe ricordato soltanto sulla via del ritorno. Per altri tre giorni, a Solda, fu compiutamente felice. Ripartirono il 3 gennaio. Ketuth alla guida, Alberto nel posto accanto e, dietro, lei, Maria e il bambino. Il naso incollato ai vetri, Pietro guardava fuori dalla macchina improvvisamente incupito.

«Ti dispiace partire, vero, Piccolino?» Joanna gli chiese passandogli un braccio sulle spalle e attirandolo verso di sé. «Abbiamo passato dei giorni bellissimi.»

Il bambino si girò verso di lei scostandola con la mano. Aveva gli occhi pieni di lacrime. «Sei stata molto furba, Joanna, e sarà *bellissimo* soltanto quando sparirai.»

Il suono secco di uno schiaffo. Alberto si era voltato con un balzo tanto fulmineo che fu impossibile fermarlo. «Chiedi immediatamente scusa» tuonò.

«No...» Joanna gli posò una mano sul braccio. «Ti prego, no.»

Arrivarono a Milano in silenzio, dopo una breve sosta in autogrill. Pietro non volle scendere e Maria rimase a fargli compagnia. Una volta a casa, il bambino andò subito a letto rifiutandosi di cenare. A mezzanotte la luce filtrava ancora dalla sua stanza e Joanna entrò in punta di piedi.

«Mi vuoi dire che cosa ti ho fatto, per favore?»

Il bambino, gli occhi su un giornaletto, finse di non udire e lei glielo tolse dalle mani. «Ti chiedo semplicemente di essere educato.»

«Tu non mi piaci, Joanna. Tutto qui. Non voglio che mi parli, mi accompagni a scuola, mi tocchi, mi fai regali. Non ci casco.»

«Vuoi davvero che io sparisca?»

«Sì, come... come hai fatto con l'altro bambino» Pietro disse tutto d'un fiato. Aveva posato il giornaletto, ora, e la guardava con sfida.

Joanna avvertì un dilagante senso di pericolo. «Quale bambino?»

«Quello che avevi in braccio ai giardini. Ti ho vista, sai. Lo guardavi come fai con me quando vuoi imbrogliarmi. Ma forse in quella casa non ti volevano e per questo sei tornata qui. E di quel bambino non ti importa niente, l'hai dimenticato.» Nel tono di sfida c'era una sottilissima ansia, quasi Pietro volesse essere rassicurato e smentito.

Ma non posso farlo, Joanna pensò stravolta.

«Non l'ho detto a nessuno, ho tenuto il segreto» stava dicendo Pietro, persuaso che quella complicità l'avrebbe spinta a dire tutto.

Non posso, si ripeté Joanna, è un ''segreto'' che ti creerebbe troppa confusione, Piccolino. «Ti ringrazio,» gli disse con voce ferma «un giorno ti spiegherò.»

«Non ora?» Sembrava deluso.

«No, Pietro. Adesso dormi.»

«Tanto non mi interessa. Ciao.» Spense la luce e chiamò Buck sul suo letto. Joanna stava chiudendo la porta quando il bambino aggiunse: «Non mi piaci proprio, sai?».

Tornò nella sua stanza e scivolò silenziosamente nel letto attenta a non svegliare Alberto. Il Grande Vecchio stava equamente pareggiando i conti. L'aveva studiato anche a scuola, del resto: se la felicità rende gli uomini così sicuri da diventare tracotanti, gli dei, invidiosi, li castigano. Joanna si raggomitolò su se stessa chiedendosi come fosse possibile che quella sua minima felicità di pochi giorni avesse potuto suscitare l'ira o anche, soltanto, l'attenzione degli dei.

«Non prendertela, Joanna.» Alberto era sveglio e se l'attirò contro. «È una delle crisi di ostilità ricorrenti. Ma gli intervalli diventeranno sempre più lunghi fino a quando Pietro ti amerà completamente» disse.

«Ne sei proprio sicuro?» Avrebbe voluto stringersi ancora di più a lui, ma un oscuro timore la trattenne. Le sarebbe stato di enorme consolazione, e ciò avrebbe potuto accrescere l'ira degli dei. Alberto le accarezzò un fianco.

«Ne sono sicuro» disse piano. In realtà non lo era affatto: l'avversione di suo figlio sembrava avere radici profondissime. O, semplicemente, il bambino non riusciva a dimenticare sua madre. Il ricordo di Francesca lo riempì di colpo dell'antica malinconia. Ritrasse la mano come se stesse profanando la memoria di lei. E la presenza di una ragazza come Joanna nel suo letto, nella sua vita, per qualche istante gli sembrò mostruosa.

Quella notte dormì poco, e malissimo. E al mattino andò in ufficio con la certezza che avrebbe avuto una giornata altrettanto nera. Alle dieci gli telefonò l'avvocato Consoli, il difensore di Renato Ratti: il processo all'ex marito di Dora era stato fissato per la fine del mese. «Ma prima vorrei discutere amichevolmente con te di un paio di cose. Potrei passare nel tuo studio la prossima settimana?» Consoli gli chiese.

«Guarda che è il mio socio a rappresentare Dora e la sua azienda» lo avvertì.

Consoli insistette per parlare con lui personalmente e Alberto gli fissò un appuntamento per il mercoledì successivo. Abbassò il ricevitore e decise di affrontare la mole di pratiche e di posta che si erano accumulate in quelle ultime settimane. C'era una raccomandata di Isa Fortis, la vedova di suo zio. *Riservata personale*. L'aprì con riluttanza: i loro rapporti si erano definitivamente chiusi quando lui aveva rifiutato di partecipare ai funerali dello zio. Ora, con poche e informali righe, la vedova gli anticipava la comunicazione ufficiale di una decisione da lei presa quale presidente: i Maglifici Riuniti Emme Effe non intendevano più avvalersi dello studio Fortis-Oleari né per le pratiche amministrative né per quelle legali.

Da tempo Alberto se l'aspettava e, in un certo senso, ne fu sollevato. Scrisse sulla busta ''in visione per Oleari'' e fece un promemoria alla segretaria affinché inviasse ai nuovi rappresentanti degli Emme Effe la pratica ancora inevasa per il recupero di un credito.

Alle undici decise che era arrivato il momento di

chiamare Dora. Le aveva fatto due brevi telefonate da Solda, alla vigilia di Natale e di Capodanno, e gli era apparsa elusiva e freddina. Anche adesso rispose con lo stesso tono.

«Sono tornato ieri sera» Alberto disse «e volevo salutarti.»

«Quando ci vediamo?»

La domanda lo colse di sorpresa, ma era naturale che Dora desiderasse vederlo, il loro ultimo incontro risaliva a tre settimane prima. «Possiamo fare colazione insieme, se non hai altri impegni.» Joanna doveva cominciare il suo film, quel giorno, e non sarebbe tornata a casa se non nella tarda serata.

«Sì, ma non al ristorante. Ti aspetto da me.»

«Sarò libero tra un paio d'ore. A presto, Dora.» Meglio così, un ristorante non era il posto migliore per il discorso che doveva farle. Probabilmente aveva già capito che la loro breve storia era finita. O almeno, così lui sperava: sarebbe stato molto difficile, e doloroso, doverglielo dire di sorpresa e spiegarle *perché* aveva preferito Joanna a lei. Era questa, semplicemente, la realtà che lui stesso non sapeva spiegarsi.

Sto accingendomi a lasciare una donna tranquilla e rispettabile, pensò, per una ragazza inafferrabile e amorale. Ho odiato mio zio al punto di non aver voluto neppure assistere ai suoi funerali, eppure ogni notte dormo con la sua amante. L'inflessibile Fortis è cascato nella trappola di una ex prostituta.

Quali motivi potevano aver spinto Joanna a buttarsi via? Era la prima volta che si imponeva di soffermarsi su questo pensiero. E ricordò quella lontana conferenza del professor Grayson, a Los Angeles, sulla psicopatologia della prostituzione. Certo anche in Joanna esistevano motivazioni patologiche. Ma quali? Bisogno di valorizzazione di sé? Ribellione a una troppo rigida e autoritaria figura paterna? Volontà di potenza in senso adleriano? Istanze esibizionistiche? Odio inconscio verso l'uomo?

D'istinto respinse tutte queste spiegazioni: nessuna di esse somigliava a Joanna. Ma, pensò subito, in realtà io so pochissimo di lei, della sua infanzia, della sua famiglia d'origine. So che è nata in America e che è rimasta orfana prestissimo, ma non mi ha mai parlato di suo padre e di sua madre. Chi l'ha cresciuta? Chi l'ha mantenuta e le ha pagato gli studi? Non gliel'ho mai chiesto e non me l'ha mai raccontato, Alberto pensò a disagio. E io, per questa ragazza malata e sconosciuta, che mio figlio respinge dal profondo del suo essere, sto per lasciare una donna come Dora.

Non dubitò neppure per un attimo che l'avrebbe fatto, e l'irrevocabilità di questa viscerale decisione gli apparve un insulto alla sua razionalità, al suo controllo, alla sua stessa integrità. L'Angelo azzurro e Lolita continuano a colpire, pensò, anch'io mi sono perduto per una donna, senza scampo.

A mezzogiorno gli telefonò Dino Paoletti, un magistrato che stimava molto e con il quale aveva anche un rapporto d'amicizia. Si trattava di una faccenda tanto delicata quanto urgente, potevano far colazione insieme? Non osò rifiutare, così telefonò a Dora avvertendola che sarebbe passato da lei nelle prime ore del pomeriggio, per un caffè.

XVIII

Quando entrò in soggiorno, Dora parve non sentirlo. Era seduta compostamente sul divano, i capelli raccolti e l'aria assorta. Mai come in quel momento ad Alberto ricordò Francesca. La chiamò e lei immediatamente si alzò e gli venne incontro. Gli sembrò piuttosto dimagrita e molto pallida. «Mi dispiace di essermi liberato soltanto adesso» si scusò.

«Non preoccuparti. Vieni, siediti. Ti faccio fare un caffè?»

Quando lui fu seduto, lei si mise sul divanetto di fronte. «Come sono andate le vacanze?» gli chiese.

«Bene. Il bambino ha sciato e respirato aria buona.»

«Solda è un posto incantevole, per quel che ricordo.»

«Un posto unico, direi. Grandi silenzi, ski-lift senza code...» Si interruppe sentendosi ridicolo e vile. Non era lì per una visita di cortesia né per incarico dell'Azienda di Soggiorno. «Devo parlarti, Dora» disse.

Lei assentì e ad Alberto parve di essere entrato in un tunnel. O di essere catapultato su un razzo. Non c'era più via di ritorno. «La nostra situazione è assurda e dobbiamo chiarirla. Ho molto riflettuto, su questo» disse in fretta.

Dora assentì di nuovo. «Sono d'accordo» replicò quietamente. E gli puntò gli occhi in faccia, aspettando che continuasse.

«Come sai, sono sposato...» Si sentì ridicolo Aveva esordito con la tipica frase scontata di chi, non avendo il coraggio di affrontare un discorso, gira a vuoto e prende tempo partendo dal principio. «Un matrimonio assurdo e sbagliato, però reale» precisò. Sentendosi, stavolta, meschino.

«Non mi stai dicendo una cosa nuova» puntualizzò Dora.

«Il fatto è che Joanna ha bisogno di me. È... è malata.»

«Ha un tumore?» lei si informò con voce priva di ogni emozione.

«No. È esaurita e in crisi.» In che razza di spiegazione si era cacciato?

«Non si direbbe, stando a quanto scrivono i giornali. Ho letto che inizia proprio in questi giorni, come protagonista, un film di Paolo Moroldo.»

Per un attimo Alberto ebbe la sensazione di odiarla, ma subito l'odio si ritorse contro se stesso, come un boomerang. Benvenuto, amico, nella folta schiera delle persone in malafede che si infuriano se qualcuno li spiazza con la logica.

Fece un gesto vago, quasi a significare che era un particolare irrilevante. Sto scendendo sempre più in basso, si disse. E, a voce alta: «Fa questo film proprio per rassicurarsi, per uscire dalla crisi». In un certo senso era vero, no?

«Capisco. Ma che cosa cambia, per noi due?»

Forza, amico, c'è un copione bello e pronto per gli uomini che scappano. Buttatici senza pudore. «Dora, tu meriti molto di più» si sentì dire. «Sei una giovane donna perbene che merita molto di più di una relazione adulterina... Di un uomo a metà.» Cadere in basso non era poi tanto difficile, una volta iniziata la discesa, Alberto pensò con un protervo senso di sollievo.

«Non mi stai dicendo una cosa nuova» Dora disse per una seconda volta, continuando a guardarlo con l'inequivocabile espressione di chi aspetta il seguito del discorso.

Di nuovo c'è che Joanna mi ha irretito, avrebbe voluto dirle. Che non posso più vivere senza questa sfuggente, appassionata, pericolosa ragazza. Ma non sarebbe mai stato capace di confessarlo.

E sobbalzò, sentendosi come violentato, quando Dora, curvandosi verso di lui e stringendogli affettuosamente una mano, gli chiese: «Una sola cosa devi dirmi, Alberto: sei innamorato di Joanna?».

«No. No» ripeté in fretta. Gli venne in mente Giuda.

Dora si raddrizzò con un'espressione di enorme sollievo. «Questo soltanto conta, caro. Perché, vedi, io sono incinta.»

Dopo averlo accompagnato alla porta, mezz'ora più tardi, Dora si versò un whisky e lo bevette tutto d'un fiato. Voleva scaricarmi e non gliel'ho permesso, pensò feroce. Che scaricasse Joanna, ora.

''Quando l'hai saputo?'' La voce strozzata di lui.

''Venti giorni fa. Ma non ho voluto guastarti le vacanze.'' Gli aveva passato la palla. Che ci giocasse. Che si arrangiasse a mettere tutto in ordine, e in gran fretta. Ancora la voce di lui, piena di imbarazzo, quando tre settimane prima le aveva annunciato: ''Passerò le vacanze a Solda, Dora, ma ti telefonerò...''. Il dubbio era diventato certezza: Alberto stava per lasciarla, Joanna aveva vinto.

Non aveva mai sottovalutato le armi di quella ragazza: innanzitutto era sposata con lui e poi aveva una bellezza strepitosa, una dolcezza subdola, una capacità quasi animalesca di sedurre. Bastava guardarla sulle copertine dei giornali che strillavano il gran ritorno della top model. E lei aveva imparato quasi a memoria il viso di Joanna. Anche a occhi chiusi poteva "vedere" il sottile increspparsi delle labbra nel sorriso, la luce ambigua di quegli occhi lunghi, le due fossette sulle gote, il colpo di luce di quei capelli di fuoco.

Il confronto era perdente in partenza. Ma lei, Dora, al momento giusto aveva sfoderato l'arma vincente: un figlio in arrivo.

Provò una sottile rabbia ripensando all'espressione... sì, spaventata di Alberto: ma l'aveva previsto. In che altra maniera avrebbe potuto reagire? L'avvocato stava prendendo il volo e lei gli aveva sparato il grande colpo. Una leccata alle penne e si sarebbe rialzato. Avrebbe preso coscienza del suo dovere.

Su questo Dora non aveva dubbi: Alberto apparteneva a quella categoria di persone che non viene mai a patti con la propria coscienza. Troppo onesto per dribblare la realtà di un figlio. Non era stato forse il senso del dovere a fargli riprendere quella sgualdrina in casa? La convivenza aveva fatto il resto. Ma presto sarebbe stata lei, Dora, a convivere.

Gliela farò dimenticare, si disse. Quando in quella casa entrerò *io*, finirà per abituarsi a me. Porterò serenità e ordine, sicurezza e comprensione. Gli darò le cose che per lui veramente contano e tra qualche mese non potrà più fare a meno di me.

Quando Alberto tornò a casa, poco prima delle venti, Joanna non era ancora rientrata. «Sarà qui tra poco» comunicò Maria. «Ha telefonato mezz'ora fa che stava partendo dagli studi della Icet.»

«Pietro dov'è?»

Maria allargò le braccia sospirando. «Ha già cenato e si è chiuso nella sua stanza. Credo che non voglia vedere la signora Joanna.»

''*Sparisci*'' il bambino le aveva detto astiosamente, senza sapere quanto presto il suo desiderio sarebbe stato esaudito. Perché di una cosa Alberto era assolutamente certo: non appena le avesse detto del figlio in arrivo, Joanna se ne sarebbe andata.

Andò in soggiorno e si sedette, aspettandola. Che glielo avesse detto quella sera o tra dieci giorni, la conseguenza sarebbe stata identica. In poco più di un anno ho messo incinte due donne senza volerlo, pensò sopraffatto dall'umiliazione. Il Grande Inseminatore ha colpito ancora, e questa volta sono in gabbia.

Sentì arrivare l'ascensore, poi la porta aprirsi e poi la voce di Joanna. Entrò nella stanza trafelata, dopo aver sparso guanti, berretto e sciarpa lungo il percorso. «C'era un traffico tremendo, scusami» disse liberandosi infine della pelliccia. «Non vedo Pietro, dov'è?» aggiunse subito.

«Non farci caso, i soliti capricci. È nella sua stanza. No,» la trattenne «lascialo stare. Ti risponderebbe male e sarei costretto a dargli un altro ceffone.» Lo avvilì vedere la sua faccia oscurarsi, e ancor più lo avvilì la consapevolezza che tra poco le avrebbe dato un dolore ben più grande.

«Posso servire a tavola?» Era Maria, questa.

«No, grazie. Vorrei uscire a cena con mia moglie.» L'aveva deciso in quel momento. «Ti va, Joanna?»

«Sì... certo.» Un attimo di sorpresa. «Vado subito a cambiarmi.»

La trattenne di nuovo. «Stai benissimo così. Andiamo in un posto tranquillo.»

«Compio gli anni e me ne sono dimenticata?» rise Joanna. «O cos'altro dobbiamo festeggiare?»

Il nostro addio, Alberto si disse lugubre, andando a prendere il cappotto. In ascensore si accorse che lei lo guardava con aria preoccupata e le fece un breve sorriso.

«Qualcosa non va, Alberto?»

Lui fece cenno di no e in silenzio raggiunsero il parcheggio. «Com'è andata la tua prima giornata di lavoro?» le chiese mettendo in moto e salendo verso la strada.

«Benissimo! Per due ore mi hanno truccato la faccia nei punti sbagliati e poi ciak, scena numero uno. Il film comincia con l'ultimo servizio di una ''vecchia'' fotomodella ventenne, mentre sfilano titolo e sottotitoli. Domani ci trasferiremo a Linate per alcune riprese in esterni, e devo ritornare smagliante.»

«Il regista che tipo è?»

«Paolo Moroldo? Molto professionale e pignolo. Ha impiegato oltre un'ora a spiegarmi *come* dovevo posare, quasi non avessi fatto la fotomodella per sette anni!»

«E quando finirà, il film?»

«Fra tre mesi, e Moroldo...» Joanna si interruppe, accorgendosi che Alberto le stava facendo le prime domande che gli venivano in mente soltanto per farla parlare. E aveva l'impressione che non ascoltasse neppure quel che lei diceva. «Alberto, che cosa c'è? È successo qualcosa?»

«Ne parliamo dopo, a tavola.»

«Ma dove stai andando?» Erano arrivati in corso Buenos Aires e non c'era alcun ristorante che avessero mai frequentato, da quelle parti.

«A cercare un posto tranquillo.»

Joanna si rigirò senza replicare. Dopo dieci minuti erano arrivati alla fine di via Porpora e Alberto s'infilò deciso in via Palmanova, verso le autostrade

«Stiamo fuggendo a Venezia?» Joanna tentò di scherzare. In effetti erano sulla tangenziale, adesso, e Alberto sembrava tirare diritto verso i caselli.

«Fermati, per favore» gli disse a un tratto, posandogli una mano sul braccio.

«Non qui, non si può.»

I cartelli indicavano una stazione di servizio e Joanna ordinò, quasi: «Cento metri più avanti puoi svoltare. Rallenta».

Alberto si fermò nel piccolo parcheggio poco distante dal bar, davanti a una aiuola spelacchiata. L'interno dell'automobile era rischiarato dal bagliore violaceo delle insegne al neon, e si udiva solo lo sfrecciare di camion e di automobili sulla tangenziale.

«Qui nessuno ci disturba. Puoi parlare.» Joanna, di nuovo, si era girata verso di lui e lo fissava con aria decisa.

Non potevamo finire in un posto più triste, Alberto si disse, e quella tristezza lo schiacciò. Avrebbe voluto sprofondarci dentro e lasciarsi andare. Invece doveva essere lucido e parlare. Quel che era accaduto, quel che stava per dire, gli parve mostruoso.

«Alberto» lo richiamò lei. La voce era dolce, ma il tono di attesa senza scampo.

«Oggi ho telefonato a Dora. Volevo lasciarla...» Lasciò la frase in sospeso, fisicamente incapace di continuare.

«*Ma*...» proseguì Joanna. Poiché lui taceva, aggiunse: «*Ma* che cosa te lo ha impedito?».

Alberto allungò un braccio verso di lei, ma subito lo ritrasse. «Aspetta un bambino. Me l'ha detto oggi.»

Il rimorchio di un camion cigolò e alcuni ragazzi uscirono ridendo dall'autogrill. Vi fu qualche attimo di silenzio. Poi si udì la frenata di un'automobile accanto alle pompe della benzina. L'auto ripartì. Altri attimi di silenzio e il rumore di una frenata. Poi, di nuovo, altre voci di persone che uscivano dall'autogrill.

Alberto si rese conto che il silenzio di Joanna era innaturale, e lunghissimo. Mi è insopportabile perderla, pensò con improvviso panico, dirò a Dora di abortire e se rifiuta mi occuperò soltanto del bambino. Allungò di nuovo una mano verso di lei e fu lei, stavolta, a ritrarla.

«Quando è successo?» chiese con un filo di voce durissimo che lo fece sobbalzare.

«L'ha saputo venti giorni fa. Ma tra noi non deve cambiare nulla, Joanna. Sistemerò tutto, abbi fiducia in me.» Quell'ultima frase gli apparve sinistramente ridicola.

«Andiamo via da qui» lei disse ancora. E poi tacque, fino a quando non furono a casa.

Pietro si era alzato e stava guardando la televisione. Appena vide entrare suo padre e Joanna, borbottò un saluto e se ne tornò nella sua stanza.

Joanna lo raggiunse. «Volevo salutarti» gli disse restando in piedi sulla porta.

Il bambino la sogguardò. «Bene. Buonanotte e...» Parve voler aggiungere qualcosa, ma spense subito la luce. Buck emise un piccolo, insonnolito guaito e Jo richiuse la porta dietro di sé. Poi andò nella sua stanza e riempì in fretta una piccola valigia.

Stava chiudendola quando Alberto entrò. «Che cosa fai?» chiese avvicinandosi a lei e afferrandola per le spalle.

«Me ne vado. Chiamami un taxi, per piacere.»

Era una voce definitiva, che ad Alberto sembrò un annuncio di morte. Dopo Francesca, aveva perduto Joanna.

"Non capisco perché non vuoi vendere né affittare la tua casa di via Spiga. A meno che per te non abbia un valore simbolico, una specie di monumento di ciò che eri e a quale alto prezzo potevi farti pagare..." Glielo aveva detto mesi prima e la voce velenosa di Alberto le risuonò nelle orecchie mentre girava la chiave nella serratura. Annaspò alla ricerca dell'interruttore e la vista della sua casa, illuminata, le diede una infinita consolazione. Era finalmente al sicuro.

Qui nessuno più l'avrebbe ferita, respinta, umiliata. Ripensando a quegli ultimi mesi in viale Majno si chiese come aveva potuto sopportare il gelo di Pietro, i sospetti di Alberto, i suoi malvagi soprassalti di rancore. È finita, Jo, si disse. Volevano distruggerti e ti sei salvata. Ero tornata in quella casa piena di speranza, e mentre io cercavo umilmente di farmi amare da Alberto, lui mi tradiva. Mentre io ricacciavo dentro il ricordo del mio angelo perduto, lui metteva incinta un'altra donna.

Sentì la rabbia salire fin dal profondo del suo essere e irradiarsi in ogni fibra. Si accorse di avere il volto in fiamme. Basta, si ordinò, non una lacrima né un rimpianto. All'indomani avrebbe telefonato a Ketuth perché le facesse recapitare in via Spiga tutta la sua roba. A viale Majno non si sarebbe più avvicinata per il raggio di un chilometro. Tolse dalle poltrone e dai divani le vecchie lenzuola con cui li aveva avvolti, aprì il contatore dell'acqua e poi lo scaldabagno e infine spalancò tutte le finestre per cambiare aria. Era una fredda e tersa notte di gennaio e Joanna si affacciò dal terrazzo inspirando a fondo.

Poi richiuse le finestre. Nella dispensa trovò una scatoletta di tonno. L'aprì, fece sgocciolare l'olio e lo mangiò: quella sera non aveva cenato e le era venuta fame.

Tornò in soggiorno, accese il televisore e per una decina di minuti guardò un'asta di tappeti. Poi andò in bagno e fece una doccia. A mezzanotte era a letto. E quando la sveglia suonò, alle sette, si accorse che aveva dormito profondamente e senza incubi. Alle otto doveva trovarsi con Moroldo e la troupe a Linate, davanti all'ingresso dei voli nazionali. Non c'era un attimo da perdere.

Si preparò in fretta e, dopo aver chiamato un taxi, ricordò che doveva avvertire Ketuth di farle avere anche la sua Dyane. Era rimasta nel parcheggio di viale Majno. Lo avrebbe chiamato da un telefono pubblico di Linate, non c'era tempo, ora. L'ascensore era occupato e scese le scale a piedi. Il taxi non era ancora arrivato. Gettò un'occhiata all'orologio e quando alzò gli occhi Alberto era davanti a lei, sbucato da chissà dove.

«Ti stavo aspettando, Joanna. Dobbiamo parlare...»

Sembrava sconvolto, lei registrò con distacco. «Sparisci,» gli ordinò «se hai qualcosa da dire fammelo comunicare dal tuo avvocato.» Il taxi era arrivato e Joanna ci si infilò con una energica sbattuta di portiera. Bella frase, rise tra sé. Era felice, felice: rivedere Alberto non le aveva dato alcuna sofferenza, alcuna emozione.

Fu l'ultima ad arrivare all'appuntamento. Pagò il tassista e si unì al gruppo. L'Alitalia aveva messo a disposizione della troupe una saletta dove avrebbero potuto vestirsi, truccarsi e fare qualche pausa tra una ripresa e l'altra.

Il parrucchiere stava dandole gli ultimi colpi di pettine quando la segretaria di produzione si avvicinò. «Cosa è successo, Joanna? Stamattina alle sei tuo marito mi ha svegliata. Voleva sapere se alloggiavi con noi al Principe e se, comunque, sapevo dove avrei potuto trovarti.»

«Mi dispiace. Io e mio marito ci siamo appena separati, e se dovesse chiamare un'altra volta digli che... sono morta» sorrise dallo specchio. Adesso che ricordava, le era parso di sentire lo squillo del telefono, quella mattina, ma evidentemente era troppo addormentata per rendersi conto che avrebbe dovuto alzarsi e rispondere.

L'arrivo di Paolo Moroldo fece cadere il discorso. «Siamo pronti? Abbiamo a disposizione soltanto un'ora per girare il tuo ingresso a Linate, Joanna, e poi devono togliere le transenne.»

Le transenne erano in realtà dei cordoni che circoscrivevano il percorso della protagonista. Cindy-Jo, secondo copione, scendeva trafelata da un taxi e si dirigeva correndo all'interno dell'aeroporto mentre l'altoparlante annunciava l'imbarco immediato per Roma, la sua destinazione.

Quante volte, nella realtà, Joanna era arrivata lì all'ultimo minuto? Tantissime. Eppure nella finzione cinematografica tutto sembrava maledettamente difficile. Una volta la giacca ondeggiava troppo, un'altra lei appariva "poco" trafelata, un'altra ancora il passo risultava troppo veloce. Tutto, a Moroldo, sembrava troppo, o troppo poco.

Erano arrivati alla quinta ripetizione e Joanna cominciava a sentirsi ridicola, tanto più che al di là dei cordoni si erano formati gruppi di curiosi. «Joanna, non devi forzare nulla.» Moroldo le era venuto accanto. «Tutto, sullo schermo, appare mostruosamente enfatizzato e per questo devi *pensare* più che esprimere. "Pensa" che stai perdendo l'aereo, "pensa" che devi correre, ma non esagitarti correndo o assumendo espressioni trafelate. Questo non è un western.»

Alla sesta, finalmente, Moroldo diede l'okay e si trasferirono all'interno, all'estremità di una pista che la direzione aveva messo a disposizione della troupe. Questa volta fu più facile, perché la scena veniva ripresa dall'alto. Cindy-Jo, confusa tra gli altri passeggeri, scendeva dal bus e si avviava verso la scaletta dell'aereo. Avrebbero ripreso in seguito il vero decollo di un aereo di linea.

Alle quattordici fu tutto finito. «Sei andata benissimo» le disse Moroldo più tardi, in macchina, mentre raggiungevano gli studi della Icet.

«Non mi sembra proprio.»

«È il tuo primo film, Joanna, e essere una bravissima top model non significa *apparire* una bravissima top model. Il cinema è finzione anche quando devi esprimere tristezza o allegria o ''atroce dolore''. Se ridi o ti affliggi come avviene nella realtà, la faccia appare deformata e l'effetto è grottesco. Come ti dicevo stamattina, devi interiorizzare, concentrarti: ci pensa la macchina da presa a strapparti fuori tutto, e a stampartelo in faccia. Per essere la tua prima volta, ripeto, sei stata bravissima. Ma per oggi basta lezioni.»

«Un'ultima domanda, Paolo: deve essere *finta* anche la bellezza?»

«Diciamo che alcune vere bellezze sullo schermo spariscono. Non vengono fuori, non acchiappano. Se hai il dubbio che io abbia scelto te perché sei la più bella, scordatelo.»

Joanna socchiuse gli occhi e si allungò leggermente sul sedile. Era molto stanca.

«Ehi, mi aspettavo che mi chiedessi perché ho scelto te!» Paolo rise.

«Era implicito: perché la mia bellezza acchiappa» replicò Joanna ridendo a sua volta.

«Sicura di sé, l'amica.»

«In verità non troppo. In questo momento mi sento

come un naufrago a cui hanno scippato la zattera.» Era diventata improvvisamente seria.

«Ho sentito che ti sei separata da tuo marito.»

«Sì, ma non vorrei parlartene.»

«Né, in tutta franchezza, io vorrei ascoltarti. I racconti di chi soffre per amore sono mortalmente noiosi e sempre uguali.»

Joanna non fece in tempo a replicare, perché erano arrivati al parcheggio degli studi.

Quel pomeriggio non erano previste riprese: bisognava scegliere, in una montagna di sacche e scatoloni, tutti i vestiti che Joanna avrebbe usato per il film. Esattamente ottanta, calcolando che per un terzo della vicenda Cindy sarebbe stata ripresa nella sua carriera di fotomodella e indossatrice.

Joanna scartò e scelse fino alle nove di sera, stupita che Moroldo non obiettasse né la contraddicesse mai. E quando furono di nuovo in macchina osservò con una punta di polemica: «Male che vada, potrei diventare la costumista dei tuoi film. A quanto pare i nostri gusti coincidono».

«È più esatto dire che tu hai un gusto formidabile. Fa parte del mestiere, suppongo» minimizzò scherzosamente.

«Non per tutte» tenne a puntualizzare lei. «Alcune si limitano a presentare gli abiti nel migliore modo possibile, altre ne afferrano la bellezza, se c'è, e li interpretano, gli danno vita.»

«Sono certo che tu appartieni a quest'ultima categoria» rise lui. «Dopo questo film, vorresti farne altri? Diventare un'attrice vera, insomma?»

Joanna scosse la testa. «Nessuna fotomodella professionista è mai diventata una grande attrice. Sono due professioni molto diverse. E la mediocrità non mi entusiasma.»

«Che cosa intendi fare da grande?» Moroldo la prese in giro.

«Fino a ieri sera avevo le idee chiare, adesso...» Si interruppe. «Cambiamo tema, stavo addentrandomi in uno di quei discorsi che giudichi mortalmente noiosi.»

«Potrei fare un'eccezione in cambio di un piatto di spaghetti, se li sai fare.»

«Desolata, ma in dispensa era rimasta solo una scatoletta di tonno ed è stata la mia cena di ieri sera.»

«Non mi resta che invitarti fuori, anche se detesto i ristoranti. A tavola si litiga, si fanno affari, ci si innamora: mangiare insieme, insomma, è qualcosa di molto intimo e liberatorio. E la presenza di estranei è per me una specie di profanazione.»

«Sei così complicato in tutto?» s'informò Joanna.

«Diciamo che non pratico idee e abitudini generalizzate. E nei momenti migliori mi ritengo geniale. Ma impediscimi di parlare di me. Ho il viziaccio di tutte le persone che sono state in analisi, quello di ritenersi estremamente interessanti. E ogni tanto mi sfugge che il prossimo non è pagato per ascoltarmi né è costretto a farlo per dovere professionale.»

Sono stata in analisi anch'io, stava per dire Joanna, ma si trattenne per tempo. L'ultima cosa che voleva, quella sera, era disseppellire i fantasmi.

«Non mi chiedi perché sono stato in analisi?» sogghignò lui.

«Perché non concedi un pizzico di genialità anche al prossimo?» chiese lei a sua volta.

«Toccato. Dovresti guidarmi verso un ristorante, Joanna, non sono molto pratico di Milano. Comunque te lo voglio dire lo stesso, sono corso dallo psicanalista quando una donna mi piantò. Lei era sui trentacinque, il fulgore degli anni, io ventitré, il fulgore dell'imbecillità.»

Joanna guardò fuori dal finestrino e aspettò che lui proseguisse a raccontare. Erano dalle parti di Lambrate. «Svolta a sinistra» gli suggerì «e continua sempre dritto seguendo le frecce del Parco Lambro. C'è un buon ristorante, lì.»

Moroldo eseguì senza rispondere e, stranamente, tacque. La sua affermazione, *trentacinque, il fulgore degli anni*, aveva sollevato quella specie di pietra che dalla sera prima Joanna aveva messo con determinazione sopra le sue emozioni. E adesso malinconia e paura stavano riemergendo. Le mancavano più di dieci anni per arrivare ai trentacinque: come li avrebbe potuti riempire, vivere? Il vuoto che aveva dentro si proiettò nel futuro e quei dieci anni le apparvero un incolmabile e pauroso abisso.

«Dove vado, adesso?» Moroldo chiese riportandola al presente.

«Entra nel parco e prosegui ancora. Dopo il ponte c'è la Capanna dello zio Tom, ti piacerà.»

XIX

Sono in trappola, Dora pensò quando l'avvocato Consoli, il difensore di suo marito, sparì dentro l'ascensore dopo un impeccabile baciamano. Elegantemente, quasi dolcemente, Consoli l'aveva messa con le spalle al muro. Ormai la denuncia contro Renato Ratti seguiva il suo corso, e purtroppo ritirarla era impossibile, ma se lei in tribunale avesse infierito e in qualche modo contribuito ad aggravare l'inevitabile condanna, sarebbe stata guerra aperta su tutti i fronti.

«Lei capisce, signora, suo marito ha il diritto di difendersi e io il dovere di aiutarlo con tutti gli strumenti possibili» Consoli le aveva detto. E così, durante il processo, sarebbe saltato fuori che Renato Ratti non era stato il solo a esportare valuta e stornare gli utili dai bilanci aziendali. Il primo conto in Svizzera l'aveva aperto lei, no? Certamente ricordava con quali abili giri di fatture falsificate, l'avvocato aveva precisato con tono quasi d'ammirazione.

«Potrei suggerire l'ipotesi che il mio cliente sia stato... sì, istigato a proseguire su questa linea, e toccherebbe a lei, signora, provare la sua totale estraneità. Da accusatrice, potrebbe ritrovarsi coimputata, e sarebbe comunque molto spiacevole. Anche se penalmente ne uscisse indenne, il dubbio resterebbe e i sindacati potrebbero procurarle molti, molti fastidi...»

Era stato stringente e implacabile come un pugile che spinge l'avversario verso l'angolo.

«E poi c'è la famosa questione morale» Consoli aveva continuato con un sospiro. «La fuga... diciamo così, con un'altra donna è certo un'aggravante, quanto meno a livello emotivo. Ma noi potremo difenderci anche qui.»

Ripensando a quella frase, Dora si sentì gelare. Sono stata una moglie onesta e fedele, cercò di rassicurarsi, Renato era un piccolo ragioniere quando lo conobbi e gli ho messo in mano l'azienda. E gli ho dato una bella casa in cui lui trovava i pasti pronti, gli abiti stirati, gli ospiti giusti...

"*Ma non tenerezza e calore...*" Le parve, quasi di udire Consoli in aula. E rivide il volto gelido di suo marito quella lontana sera di cinque anni prima, risentì la sua voce piena di rabbia.

"Quello che hai fatto è imperdonabile, Dora. Ancora una volta hai cercato di castrarmi. Adesso il nostro matrimonio è soltanto un patto d'affari, tu gli hai tolto ogni speranza..."

Io non volevo figli, pianse Dora, ricordando il panico di quando si era accorta, cinque anni prima, di essere incinta. Se tireranno fuori questa storia in tribunale, racconterò che io avevo tredici anni quando mia madre morì, durante il parto, con il suo bambino, e che da quel giorno maternità è per me lutto, paura e solitudine. Dovranno capire che per quello decisi di abortire e convinsi il mio ginecologo a legarmi le tube.

Ma *capirà* anche Alberto, pensò affranta. Capirà che non aspetto nessun bambino e che ho vilmente bluffato.

Era in trappola e l'aveva perduto. Poteva soltanto sperare di salvare la faccia dicendogli tutto prima che si incontrasse con l'avvocato di suo marito. E doveva farlo subito. Si avvicinò al telefono e compose il numero del suo studio. L'avvocato era occupato sull'altra linea, poteva lasciare il numero?

Richiamò lui, un quarto d'ora dopo.

«Tutto bene, cara?» Nella sua gentilissima voce non c'era un filo di amore, Dora registrò amaramente.

«In un certo senso sì, Alberto.» Si interruppe un attimo. E in tono discorsivo e leggero aggiunse: «Volevo soltanto dirti che la nostra situazione è meno complicata. Non sono incinta».

«Che cosa vuoi dire?» La voce di Alberto, dopo un'eternità.

«Soltanto che mi sono sbagliata. Si è trattato di un ritardo, e siccome non mi era mai successo mi sono lasciata prendere la mano. Non sono incinta» ripeté. «Ti richiamerò tra qualche giorno.» E riattaccò. Sapeva che non l'avrebbe chiamato mai più.

Alberto posò il ricevitore molto dopo il suono di quel *clic*.

L'incerto e incredulo sollievo dilagò fino a diventare smisurato. Era libero. Allungandosi sulla poltrona provò una sensazione di benessere fisico tanto profonda che solo in quel momento si rese conto quanto era stato male quell'ultima settimana. Dora non era incinta e tutto poteva ricomporsi.

Devo dirlo subito a Joanna, pensò. Ma nel momento stesso in cui provava a immaginare la reazione di lei il sollievo sparì e la situazione gli apparve come realmente era: ridicola fino al grottesco. Si era fatto incastrare come l'ultimo dei fessi.

La peggior violenza che le persone e la vita possano infliggerti è farti sentire umiliato, pensò. Al dolore puoi reagire con la forza e alla rabbia con lo sfogo, ma l'umiliazione ti fa sentire impotente. Non puoi reagire per la semplice ragione che ti hanno distrutto la dignità e la fiducia in te stesso. E lui si sentiva così, impotente e annientato. Umiliato fino al centro di se stesso.

Certamente Joanna avrebbe dovuto sapere la verità, ma non poteva telefonarle così, semplicemente, e annunciarle che era stato tutto un equivoco. Doveva esserci un altro modo, si disse, e lui *doveva* trovarlo. Ma non subito. Non ne aveva la forza, adesso.

"Si è trattato di un ritardo." La voce quasi gaia di Dora. Gli parve di odiarla. Come aveva potuto pensare che somigliasse a Francesca? Il volto composto e dolce di sua moglie gli ritornò alla memoria e il sollievo fu così immediato che si aggrappò al suo ricordo. Con lei, e solo con lei, era stato realmente se stesso. C'erano soltanto sicurezza e serenità, nel loro matrimonio. La casa era il suo rifugio, Francesca il suo incrollabile punto fermo. Non ci sarà più un'altra come lei, si disse sconsolato.

E gli parve, quasi, di odiare anche Joanna. Ha portato soltanto conflitti, problemi e dubbi nella mia vita, pensò. Ha trasformato l'uomo sicuro che ero in una specie di Humbert Humbert disposto ad accettare qualunque compromesso e affronto. E adesso mi sto tormentando per riportare a casa quella specie di sgualdrina che mi ha irretito. Non ci sarà più un'altra Francesca, si ripeté di nuovo.

E stava tentando di riafferrare il ricordo di lei quando Oleari, il suo socio, si affacciò alla porta. «L'avvocato di Ratti chiede conferma per l'appuntamento di domani» disse.

«Vacci tu» rispose di botto. E rendendosi conto che doveva dare una spiegazione aggiunse: «Ritengo del tutto inutile la mia presenza, visto che sarai tu a rappresentare Dora Ratti in tribunale».

«Ma Consoli voleva anche te.»

«Digli che è sopraggiunto un altro impegno urgente. Il suo interlocutore sei soltanto tu, dopotutto, e sarà con te che dovrà vedersela in aula.»

Oleari accese una sigaretta. «Qualcuno mi ha detto che in questi ultimi tempi ti sei incontrato spesso con Dora Ratti.»

«È vero. C'è stata una specie di... amicizia, ma senza alcun seguito. E anche per questo non voglio essere coinvolto nella causa.»

«Bene, me la caverò da solo. Mentre dovrai occuparti tu del caso di Luisa Padova. Ti telefonerà per un appuntamento e credo che abbia una certa urgenza di incontrarti. È una brutta storia di violenza carnale.»

Alberto tornò a casa tardi, dopo le ventidue, e fu stupito di trovare Pietro ancora alzato. Era sdraiato sul tappeto della sua stanza, in pigiama, e stava giocherellando con il computer. Buck era accucciato, tutto lungo, al fianco del bambino. Registrò la sua presenza socchiudendo gli occhi e agitando impercettibilmente la coda. Poi richiuse gli occhi e tornò immobile.

«Dovresti dormire» Alberto disse curvandosi a deporre un bacio sulla testa del figlio.

Il bambino gli circondò le spalle e lo tirò contro di sé. «Ti voglio tanto bene, papà.»

«Anch'io, Piccolino. Tantissimo.»

«Mi hai chiamato come Joanna. Piccolino» Pietro disse stupito.

«Ti dà tanto fastidio?»

«No, se me lo dici tu.»

«E Joanna, invece?» Alberto chiese deponendogli un altro bacio sulla guancia.

«Joanna non tornerà più in questa casa, papà?» il bambino domandò anziché rispondere.

«Non lo so. Non subito, comunque.»

Il piccolo parve riflettere. D'un tratto disse: «Non mi piaceva, Joanna. Però...».

«Però?» lo incoraggiò lui.

Pietro si strinse nelle spalle. «Non mi ricordo più che cosa volevo dire. Adesso vado a letto. Buonanotte, papà.» Come si alzò, Buck si drizzò sulle zampe e salì velocemente sul letto.

«Buonanotte, Pietro.» Spense la luce e si preparò ad affrontare Maria. Da quando le aveva detto che Joanna se n'era andata, gli rivolgeva a malapena la parola, e aveva l'aria offesa, come se si fosse separato per fare un dispetto a lei.

Lo accolse con un «Ha già cenato, vero?» borbottato con uno sguardo ostentatamente rivolto all'orologio. Non osò replicare che no, non aveva ancora cenato, e assentì stancamente. «Domattina mi svegli alle sei e mezzo, per piacere. Buonanotte, Maria.»

«'Notte.»

Allo schieramento di guerra mancava adesso Ketuth. Come evocato, si affacciò all'ingresso del soggiorno. «Ho portato in via Spiga tutta la roba della signora,» comunicò «ma la signora non c'era.» Lo guardò come se fosse colpa sua. Poiché Alberto taceva, dopo qualche istante proseguì: «Si è trasferita al Principe & Savoia, dove alloggiano tutti quelli del film».

«Bene, c'è altro?»

«No. Buonanotte, avvocato.»

Il festival della buonanotte è finito, pensò Alberto causticamente, e posso prepararmi alla mia solita notte insonne. Udì Ketuth mettere la sicura alla porta di ingresso e Maria chiudere la porta della cucina. Dopo qualche minuto, nella casa scese il silenzio.

E così Joanna si era trasferita in albergo. Certo non doveva essere stato facile, per lei, ritrovarsi in quella casa vuota, dove il loro povero bambino aveva vissuto i suoi brevissimi giorni. Né doveva esserle stato facile ''buttarsi nella mischia'', come una volta gli aveva detto. Alberto provò una improvvisa eccitazione immaginando il volto di Joanna illuminarsi di felicità quando le avrebbe detto che era stato tutto uno sbaglio e che poteva ritornare a casa. Dimenticherò il suo passato, si ripromise, e smetterò di torturarmi. Questa decisione gli diede un sollievo immediato. Forse non sarà una brutta notte, pensò alzandosi per andare finalmente a dormire.

Passando davanti alla stanza di Pietro gli parve di udire uno strano lamento. Forse il piccolo stava facendo un brutto sogno. Socchiuse adagio la porta e sentì dei brevi, soffocati singhiozzi. Premette l'interruttore e vide che Pietro, la faccia contro il cuscino, stava piangendo disperatamente. Corse verso il letto e si curvò su di lui. «Tesoro, cosa c'è?»

«Non lo so» rispose girando la faccia.

«Hai fatto un brutto sogno?»

«No.»

«E allora, perché piangi?»

«Sono... sono triste.»

Quella risposta lo agghiacciò. «Vuoi venire nel lettone con me?» chiese, desolato di non sapergli dire altro.

Il piccolo scosse la testa. «No, papà, grazie. Basta che resti qui con me finché mi addormento.»

Alberto si sedette accanto a lui. «Certo, tesoro mio.

Non vuoi dirmi perché sei triste?» Poiché il bambino taceva gli suggerì piano: «Forse ti manca... Joanna?».

«No. Lei non mi vuole bene.»

«Come puoi dire questo? Te ne vuole tanto, invece, e te lo ha sempre dimostrato.»

«E allora, perché se n'è andata?»

«Perché siamo stati cattivi con lei, Pietro. Se tornerà, non dovremo più esserlo.»

Il bambino spalancò gli occhi. «Tornerà?» chiese. «Andrai a prenderla tu?»

«Sì, andrò a prenderla io.»

«E se non vuole venire?» chiese con voce indifferente.

«Verrà» lui promise. «Ma adesso dormi. Resto qui con te, non avere paura.» Spense la luce e pensò, umilmente, che anche lui era molto triste senza Joanna. Chissà dov'era, adesso, e che cosa stava facendo.

Era appena uscita dalla doccia e, avvolta nell'accappatoio, stava aprendo la porta della sua stanza a Paolo Moroldo, in un buffo pigiama a rigoni.

«So che è un po' tardi, ma ci sono volute quattro ore per ammansire Ceccato.»

«L'hai convinto che dodici righe di taglio e tre aggettivi cambiati non significano "il massacro" di una sceneggiatura?» Joanna rise facendolo passare.

«A suo dire, quei tre aggettivi erano la chiave di volta del film. Ma non vorrei parlarne più, per stasera.» Parve accorgersi solo in quel momento che lei era in accappatoio e ammiccò scherzosamente. «Vedo che anche tu ti sei messa in libertà: devo considerarlo un segnale di cedimento?»

«Purtroppo sono sempre arroccata nella mia virtù»

Joanna rispose con lo stesso tono. Dopo quella serata alla Capanna dello zio Tom, una settimana prima, avevano cenato insieme tutte le sere. Per di più, da tre giorni lei si era trasferita nel suo stesso hotel: finché sarebbe durato il film, era più comodo alloggiare lì con tutta la troupe, e spostarsi con il pullman della produzione. E ogni sera, dopo cena, c'era un supplemento di chiacchiere in questa stanza o in quella di Paolo.

Purtroppo lui aveva cominciato a farle la corte. Versandogli un bourbon, a Joanna venne quasi da ridere per aver pensato quel "purtroppo": Paolo aveva genialità e fascino, sensibilità e tenerezza. E sembrava sinceramente attratto da lei.

«Qual è il brutto pensiero, Jo?» adesso le stava chiedendo. «Ti sei rabbuiata di colpo.»

«Penso a quanto sono cambiata negli ultimi due anni. Un tempo non ero così... virtuosa. E neppure così abile nel manipolare sentimenti e reazioni.»

«Se stai lottando o barando per resistermi,» rise lui «non ne vale la pena. È più semplice lasciarsi andare.»

«Non è questo che intendevo. E comunque un tempo mi lasciavo *sempre* andare.» Come Signore mi aveva insegnato, aggiunse tra sé. *"Malinconia, gioia, paura, angoscia e allegria, fanno parte della nostra vita emotiva. Non ostacolare mai nulla: se hai voglia di piangere fallo, se ti senti triste siilo fino in fondo, se ti senti improvvisamente felice ridi."*

E invece, da due anni, aveva fatto proprio il contrario. Mi sono rifiutata persino di soffrire per la morte del mio angelo, pensò. E ora respingo il ricordo di Alberto, la malinconia che ho per la perdita di Piccolino. Sto respingendo persino il sollievo che potrei provare lasciandomi andare alla tenerezza di questo ragazzo.

«In realtà so pochissimo di come eri... e sei» Paolo

constatò scrutandola. «Ecco perché sono pazzo di te: hai il fascino dell'ignoto.»

«O quello del silenzio: secondo i manuali galanti, tacere e ascoltare è la migliore arma per sedurre un uomo» lei replicò apparentemente scherzosa. Ma chiedendosi, seriamente, cosa l'avesse trattenuta dal parlargli davvero di sé. Lo aveva fatto con Amedeo Fontana e con l'avvocato Corsini: perché con lui no?

«Stasera sei bellissima, Jo» disse Paolo ad un tratto.

Perché tra noi nascerebbe una complicità che non voglio e finirei per fare l'amore con lui, si rispose. E io non ho più bisogno di essere stretta tra le braccia di un uomo per scacciare il fantasma della Bestia e imparare che il sesso può essere anche dolcezza e rispetto. Non amo questo ragazzo e cedendogli mi sentirei, per la prima volta, a disagio e in colpa.

«Che cosa può dire, un poveruomo, per destare l'attenzione di una bella fanciulla?» Paolo chiese ostentando un'aria affranta.

«Stasera sono stanchissima, scusami.»

Paolo si alzò. «Sono io che devo scusarmi, tesoro. Di giorno faccio l'aguzzino e di notte vengo a importunarti...»

Si alzò anche Joanna, e in quel momento si sentì bussare delicatamente alla porta. «Ma chi può essere, all'una di notte?» chiese perplessa, andando ad aprire.

«Forse il tuo amante segreto» Paolo rise. «Sarà bene che io scappi.»

Era Alberto. Joanna provò un'emozione così violenta che restò impalata sull'uscio, incapace di parlare, una mano stretta nell'accappatoio. Alberto. Che cosa faceva lì, a quell'ora? Lo guardò, ma dovette abbassare subito gli occhi. Devo mandarlo via, si disse, non voglio ascoltarlo né soffrire più. Ma non aveva la voce.

«Sarà bene che io scappi» ripeté Paolo Moroldo, rompendo un lunghissimo silenzio. «Credo di essere di troppo» aggiunse spiritosamente.

«No.» Alberto guardò prima lui e poi Joanna, con un'occhiata che la raggelò. «Sono *io* di troppo.»

«Guardi che lei ha frainteso.» Era la voce di Paolo, lei registrò, appassionato paladino in un sinistro pigiama a strisce bianche e rosse. Ma Alberto stava già correndo via

«Era mio marito» mormorò Joanna.

«Ma che cosa ha capito?» Paolo era allibito.

«Devo avvertire la signora?» gli aveva chiesto il portiere. E lui aveva risposto che non ce n'era bisogno, era il marito e la signora lo stava aspettando. Joanna avrebbe potuto dire al portiere di non farlo salire. Oppure essere pronta a riceverlo, già irrigidita e ostile. Voleva invece che lei aprisse la porta dopo essere stata risvegliata di colpo. Se lo sarebbe trovato di fronte disarmata e sorpresa, e lui l'avrebbe presa tra le braccia senza dirle nulla.

La sorpresa c'era stata, eccome, Alberto rise malvagiamente volando giù dalle scale. La rossa Jo colta in flagrante con l'amico di turno. E meno male che non era il turno di riposo, altrimenti lui se la sarebbe presa e riportata a casa, quella furba sgualdrina dal volto innocente.

Salendo in macchina ripensò a un'ora prima, quando tutte le luci si erano spente e lui, mentre si stava avviando verso la sua stanza, aveva improvvisamente pensato: perché aspettare? Vado a prenderla subito. Abbiamo, tutti, sofferto abbastanza. Il passato di Joanna appartiene soltanto a lei, devo seppellirlo e non pensarci mai, mai più.

Che munifico imbecille sono stato, si insultò. Le strade erano quasi deserte e in dieci minuti fu sotto casa. Molto più tardi, quando finalmente si decise ad andare a letto, vide che Pietro aveva acceso la luce. Esitò qualche istante, ma tirò dritto. Non se la sentiva di parlare neppure con suo figlio, in quel momento.

XX

Ai primi di aprile la maestra lo chiamò in studio. Aveva dei nuovi problemi con il bambino, potevano incontrarsi al più presto?

Alberto fissò l'appuntamento per la mattina successiva chiedendosi che cosa altro suo figlio stesse combinando. Dovrei assumere una governante col polso di ferro, pensò. Glielo aveva detto anche Dora Ratti, tanti mesi prima, e forse non aveva avuto torto: Maria viziava troppo quel bambino e lo assecondava in tutto. Era incapace di imporsi e ancor più incapace di educarlo. Erano passati ormai due anni dalla morte di Francesca e continuare a trattare Pietro come una fragile creatura traumatizzata significava fare di lui un adulto senza spina dorsale. Esattamente quello che sua madre non avrebbe mai voluto.

Se non vuole mangiare, che salti il pasto. Se non ha voglia di rispondere, che se ne stia con i suoi bronci, Alberto pensò irritato. La segretaria gli aveva appena portato il fascio dei quotidiani e, sospirando, si accinse a sfogliarli. Prese *Il Giorno* e dopo qualche istante lo buttò nel cestino: Joanna sorrideva dal fotocolor della prima pagina. Dov'è finito il giornalismo, pensò furioso, se fa notizia anche una qualunque ragazza che ha finito di girare un film? La luce rossa si accese per la quinta volta, quella mattina.

«Sì?» tuonò Alberto premendo il tasto dell'interfono.

«Ho in linea la signora Padova. Dice che è urgente» si scusò, quasi, la segretaria. Alberto impiegò alcuni istanti per mettere a fuoco. Luisa Padova, già. L'elegante e timorata signora a cui alcuni mesi prima avevano violentato la figlia dodicenne. Erano venute entrambe nel suo studio. La ragazzina, Antonia gli sembrava si chiamasse, aveva una strana faccia vuota e lo sguardo perduto chissà dove. «Noi crediamo di sapere chi è stato,» aveva detto la donna «ma lei rifiuta di dire qualunque cosa.» I sospetti cadevano sul figlio venticinquenne di un impresario edile, pecora nerissima, si sussurrava nei salotti bene, di una stimata famiglia, e la Padova avrebbe voluto denunciarlo senza alcun indugio. Purtroppo, lui le aveva spiegato, senza prove sarebbe stato rischioso, anche perché c'era da prevedere che la famiglia non avrebbe passivamente subìto.

A un esame più attento i sospetti della Padova apparivano soprattutto sensazioni, impressioni: e Alberto aveva suggerito di sporgere la semplice denuncia del fatto, auspicando che in breve tempo la ragazzina si sarebbe decisa a dire la verità. Se la verità non era la solita infame e anonima aggressione. Due giorni dopo aveva saputo, dal suo socio, che la Padova si era rivolta a un altro legale.

Ed ora eccola, dopo un lungo silenzio, all'apparecchio. Prese la linea vagamente incuriosito: cosa poteva essere sopraggiunto, perché si rifacesse viva ''con urgenza''?

La salutò, le rivolse il rituale «Come sta?» e tacque aspettando che fosse lei a parlare.

«Mia figlia sta male» esordì «e l'abbiamo dovuta ricoverare in una clinica. È come... come impazzita.»

Dopo aver sinceramente espresso il suo rincrescimento, Alberto aspettò che proseguisse. Ma la donna taceva e così le chiese: «Cosa posso fare per lei, signora?».

«Parlare con Betta, la più grande delle mie figlie. Le dirà tutto lei. E le sarei grata se potesse riceverla oggi stesso.»

Gettò un'occhiata al planning: aveva un paio di ore libere soltanto dalle diciotto in poi, e fissò un appuntamento per quell'ora ricordandosi di avvertire Maria che avrebbe probabilmente tardato per la cena.

Congedata Luisa Padova, controllò l'ora, diede alcune disposizioni alla segretaria e si preparò per andare in tribunale.

Betta Padova arrivò alle diciotto in punto. Doveva avere poco più di vent'anni, Alberto valutò, e pur non essendo bella aveva lo sguardo pieno di intelligenza e una innata grazia. Da lei si sprigionavano femminilità e gentilezza.

«Mia madre ha fatto una grossa sciocchezza a rivolgersi a un altro studio» disse subito con franchezza «e come lei aveva previsto, avvocato, siamo nei guai perché la famiglia di quel... ragazzo ha risposto alla nostra denuncia con una querela.»

«Sua sorella non ha rivelato niente che possa far chiaro in questa vicenda?»

Betta Padova abbassò gli occhi. Ma subito li rialzò. C'era nel suo sguardo una luce rassegnata e allo stesso tempo fiera, notò Alberto. «Due settimane fa mia sorella ha rischiato di morire per una dose di eroina tagliata con chissà che. E ora l'abbiamo ricoverata in una clinica. Si sente assurdamente sporca e in colpa e credo che abbia cominciato a drogarsi per distruggersi. Quella violenza rischia di rovinarla, ma io non lo permetterò.»

Fece una breve pausa. «Mia sorella era una bambina felice. E quel che le sta accadendo è mostruoso. Io ho bisogno del suo aiuto per salvarla, avvocato.»

«In che modo posso farlo?» Alberto era, suo malgrado, profondamente turbato.

«È stato Gianni Rossi, lo stesso ragazzo che l'ha violentata, a iniziare mia sorella alla droga. Bisogna provarlo e farlo sbattere in galera.»

Alberto allargò le braccia. «Io non sono un detective, purtroppo.»

Betta sembrò non averlo udito. «Solo quando quel Rossi sarà processato, e condannato, si spezzerà l'orrenda dipendenza di mia sorella da lui. Aprirà gli occhi e capirà di essere stata soltanto una vittima. Almeno, così spero.»

«Per farlo condannare occorrono delle prove, e a questo punto non so neppure quanto la stessa testimonianza di sua sorella potrebbe apparire attendibile.»

«Me ne rendo conto. Ma uno del giro è disposto a parlare: basta pagarlo bene. E io e mia madre siamo disposte a farlo. Però non possiamo esporci personalmente, bisogna che qualcuno prenda i contatti per noi.»

«Io, come vostro legale, sarei altrettanto sospetto» Alberto la prevenne.

Betta scosse la testa. «Non è questo che le stavo chiedendo. Lei, come legale, può suggerirci il modo migliore per contattare quella persona e farla venire a testimoniare in tribunale.»

«Non è così semplice, purtroppo. Se soltanto si venisse a sapere che quella persona è stata pagata per testimoniare, Gianni Rossi uscirebbe dal processo come una vittima, anziché come colpevole. E la difesa, indagando un po', non dovrebbe certo faticare per scoprirlo e demolire la nostra unica testimonianza.»

Gli occhi della ragazza si riempirono improvvisamente di lacrime. Ma come riprese a parlare, Alberto capì che non erano lacrime di disperazione, bensì di rabbia. «Mi rifiuto di credere che sia impossibile avere un po' di giustizia e che un verme come Rossi possa farla franca dopo aver rovinato una bambina!» urlò.

«Potrei convincere sua sorella a parlare. Si tratta, appunto, di una bambina e si sa fino a che punto possono arrivare silenzi o resistenze, a quell'età...»

Gli occhi di Betta sembravano due fessure, adesso. «Crede davvero?» disse con voce quasi stridula. «Tanto tempo fa conobbi una bambina che era stata violentata. A nove anni. Quando uscì dall'ospedale, fu ricoverata in un istituto di suore. Per tre anni non aprì letteralmente bocca, neppure per mangiare, e dovettero nutrirla a fleboclisi. A quindici anni era ancora anoressica e pesava trenta chili. Cominciò a frequentare la scuola quando la misero in piedi, e io sono stata la sua compagna di banco oltreché la sua unica amica di allora. Posso assicurarle che era una *bambina* disperata e lucidissima.» Un singhiozzo la interruppe.

«Spero proprio che qualcuno l'abbia aiutata» disse Alberto, sempre più turbato.

«Infatti: fu lo psicologo a cui il giudice minorile l'aveva affidata. Per anni fece, praticamente, da guida e da padre a Joanna. Io non posso certo pretendere che lei faccia altrettanto con mia sorella, avvocato, però...»

«Come ha detto che si chiamava, quella bambina?»

Betta, al suono di quella voce stravolta, ebbe come un sobbalzo. Lo guardò attonita. «Joanna. Joanna Fusaro. È diventata una indossatrice molto famosa» aggiunse.

«E che cos'altro sa, di lei?»

«Poco. Come mia sorella, quella povera creatura non

parlava» Betta precisò con una sfumatura di ritrovata aggressività.

«Non aveva i genitori, Joanna?»

Betta lo fissò, chiedendosi perché mai Fortis si mostrasse tanto interessato alla sua ex compagna di scuola anziché al dramma di sua sorella. Quasi con malgarbo rispose: «Suo padre morì quando era piccolissima e sua madre si impiccò dopo... dopo l'incidente. Così sentii dire a scuola. Si sussurrava anche che la madre di Joanna facesse la prostituta e che a violentare la bambina fosse stato un suo cliente. Come vede, avvocato, neppure la situazione più catastrofica è senza via d'uscita se qualcuno è disposto a tendere una mano».

«In che anno, esattamente, è accaduto il fatto?»

«Come posso saperlo?» si irritò lei. «Quindici o sedici anni fa, suppongo. Ed è probabile che qualche giornale dell'epoca ne abbia parlato. Se la cosa le interessa tanto, perché non cerca in qualche archivio?»

«Lo farò» disse Alberto. Era terreo. «Vede, Betta, quella bambina era... è mia moglie. Ma non sapevo nulla, assolutamente nulla. Neppure con me Joanna ha mai parlato.»

«Mio Dio, è tremendo.» Betta era improvvisamente ritornata la ragazza sensibile e gentile che un'ora prima aveva varcato la soglia dello studio. «E dov'è adesso?»

«Non lo so.»

Betta ebbe paura che stesse male. «Avvocato, posso fare qualcosa per lei?»

«No. Sono io che *debbo* fare qualcosa per sua sorella. Mi lasci soltanto il tempo di riflettere. Quel Rossi non resterà impunito.»

E chi punirà me?, Alberto si chiese quando rimase solo. Joanna è stata violentata due volte, da quel bruto e da me. L'ho usata, presa, cacciata, ripresa, cacciata di nuovo. L'ho ferita ed insultata. È entrata nella mia vita portando amore e ne è uscita con la schiena spezzata dal mio odio. Quello psicologo l'ha rimessa in piedi e io l'ho di nuovo fatta a pezzi. Non ci sarà mai una punizione abbastanza grave per me, pensò.

O forse sì, una punizione c'era. La peggiore: lasciare Joanna alla sua nuova vita, rinunciando a lei per sempre. L'enormità di quella perdita lo schiacciò al punto che, senza accorgersene, le sue spalle si curvarono.

«Se prendiamo l'ascensore ci sentono» Pietro sussurrò a Buck inginocchiandosi per allacciargli il collare. Il cane alzò il muso e scodinzolò, come a dire che aveva capito. E seguì a piccole zampate il padroncino giù per le scale, un piano dietro l'altro, frenando l'istintiva frenesia con cui si slanciava giù quando era Ketuth a tenerlo al guinzaglio. Davanti al grande portone d'ingresso si arrestò, aspettando che Pietro armeggiasse con i pulsanti.

«Andiamo» il bambino disse tirandolo. Disceso il breve scalone esterno, si trovarono davanti al cancello.

Prima di aprirlo, Pietro si guardò furtivamente intorno: adesso il solo pericolo era quello che sopraggiungesse suo padre. Che cosa avrebbe detto vedendolo lì alle undici di sera? Ma non c'era nessuno. Via libera. Chissà a che ora sarebbe rincasato, suo padre.

Non gli importa niente di me, si disse chiudendo il cancello alle sue spalle. Maria e Ket dormono, Joanna mi ha lasciato, la maestra mi sgrida sempre e la mamma è morta. Nessuno mi vuole e io me ne vado via. Lontano da qui, per sempre.

Nello zainetto, che aveva tenuto nascosto sotto al letto, c'erano le trentamila lire tolte dal salvadanaio, due stecche di cioccolata, due panini, una scatola di carne per Buck e l'agendina dei Puffi.

«Per prima cosa dobbiamo raggiungere la stazione» disse a voce alta, improvvisamente intimidito dal buio della notte. Era buio anche il cielo, e le sole luci erano quelle dei fari delle automobili che sfrecciavano veloci. Tirando il guinzaglio, per tenere Buck più vicino a sé, riuscì a portarsi al lato opposto del viale, e si diresse verso sinistra. Era la prima volta che usciva da solo, ma la strada per arrivare alla stazione se la ricordava. Arrivato in fondo, avrebbe dovuto svoltare a destra, dove c'era un parcheggio di taxi, e poi proseguire diritto.

Certamente prendere un taxi sarebbe stato più veloce, ma secondo Maria i tassisti detestavano i cani, e poi c'era il rischio che qualcuno gli chiedesse dove stava andando e magari lo riportasse a casa.

E io a casa non ci torno più, si disse, odio quella casa dove nessuno mi vuole bene. Era stato Buck a farlo arrestare di colpo, con uno strattone al guinzaglio, oppure il battito del suo cuore, così furioso da farlo spaventare? Improvvisamente gli era venuta in mente Joanna che lo chiamava Piccolino e gli portava il latte caldo col miele, Joanna che rideva e gli faceva gli scherzi, Joanna che si curvava a baciargli la fronte quando lui teneva gli occhi stretti e faceva finta di dormire, Joanna che gli ripeteva *"sei un bravissimo bambino, sempre"*, Joanna che attaccava le palline dell'albero di Natale, cantando.

Quando c'era lei non odiavo la mia casa, pensò sbalordito per quella scoperta. Quando c'era lei ero... ero ancora più felice che con la mia mamma. Scacciò furiosamente la voglia di piangere. «Mamma...» chiamò piano. Buck, il musino all'insù, drizzò le orecchie e guaì.

"Mamma" ripeté tra sé, silenziosamente. Cercò di ricordare il viso di lei, ma quello di Joanna subito si sovrappose. Mi ha imbrogliato, si disse con forza. Ma si accorse che non riusciva più a capire perché. Però se n'era andata. L'aveva lasciato solo, come l'altro bambino dei giardini. È furba e cattiva, si disse ancora. Ma non riuscì a convincersi, gli venivano in mente soltanto il sorriso di Joanna e il suo volto triste quando la respingeva.

Forse mi ha lasciato perché sono cattivo, pensò affranto. *"Dovremo essere buoni con lei"* papà gli aveva detto tante sere prima. Lui era a letto e non riusciva a dormire, quando lo aveva sentito aprire la porta di casa e scendere con l'ascensore. Adesso va a prendere Jo, si era detto col batticuore. Era rimasto sveglio e immobile, con gli occhi sbarrati, aspettando che la porta si aprisse di nuovo e papà tornasse con lei. Invece era ritornato da solo, e molto arrabbiato.

E quando, al mattino dopo, si era fatto coraggio e gli aveva chiesto: "Quando andrai a riprendere Joanna?", lui aveva risposto secco: "Mai più' .

Io non l'avrei fatta più piangere e non le avrei più risposto male, pensò umilmente. Ma Joanna non è voluta tornare. Sono cattivo con tutti, anche con la maestra, e per questo nessuno mi vuole bene. Forse anche la mamma è morta perché ero un bambino cattivo. Si arrestò di nuovo, schiacciato da questo pensiero. Quando riprese a camminare, si accorse che aveva perduto la strada: era davanti a un incrocio che non aveva mai visto. Dopo qualche attimo di indecisione svoltò a sinistra e Buck riprese a zampettare al suo fianco.

Aveva cominciato a piovere, ora, e Pietro udì lontano il sordo fragore d'un tuono. «Presto, Buck,» disse «dobbiamo arrivare in fretta alla stazione.»

Alberto aveva esitato a lungo prima di farlo: mettere in moto le ricerche ufficiali significava in qualche modo ammettere la realtà della scomparsa di Pietro, cosa che lui invece rifiutava di accettare. Ma alle due di notte si rese conto che non c'era altro da fare e telefonò al capitano Trebbi. Per due ore era rimasto attaccato al telefono facendo un numero dietro l'altro, anche quelli più assurdi. Era per esempio da escludere che il bambino potesse essere fuggito dalla vedova dello zio Mario oppure dalla signora che due anni prima veniva ad aiutare Maria in guardaroba, eppure Alberto aveva chiamato anche loro. Alla fine aveva dovuto cedere. E non restava che aspettare.

In quel momento, ne era certo, l'amico Trebbi aveva già messo in moto tutti i mezzi e gli uomini possibili per setacciare ogni strada e locale nel raggio di tre chilometri. E se necessario si sarebbero allargati oltre nella ricerca del piccolo.

«Vado a raggiungere Trebbi» Alberto comunicò infine a Maria e Ketuth, rigidi come statue accanto a lui. Maria, dopo la disperazione dei primi minuti, gli aveva via via suggerito tutti i numeri da fare nella speranza, sempre più improbabile, che dall'altro capo del filo qualcuno rispondesse: ''Sì, Pietro è venuto qui''.

«Avvocato...» Alberto si stava infilando il cappotto quando la donna lo raggiunse e lo fermò, con voce incerta.

«Avvocato,» ripeté, stavolta con voce decisa, «non abbiamo chiamato la signora Joanna.»

Lui si girò di scatto. «Sarebbe un'altra telefonata inutile. Perché mai Pietro avrebbe dovuto andare da lei? Non sa neppure dove abita!» Ripeteva ciò che si stava dicendo da due ore. Non aveva il diritto di angosciare ancora Joanna.

Maria scosse la testa. «Sbaglia. La signora, un pomeriggio, portò il bambino in via Spiga. E poi, Pietro sa il suo indirizzo. La chiami, per favore.»

«No» Alberto disse con fermezza. «Non serve.»

L'acqua scendeva a rovesci, piegata da un vento furioso, quando scese la scala esterna per raggiungere il garage. E tuonava. Se Pietro non avesse trovato un portone aperto per ripararsi?, si chiese con ansia. Non osava neppure pensare che fosse al riparo tra le mani d'un rapitore o di un maniaco. Dove, dove poteva essere fuggito?, si chiese per la millesima volta salendo in macchina e mettendo in moto.

I tergicristalli, benché ruotassero velocemente, non facevano in tempo a detergere i vetri. Era come guidare alla cieca. Dopo dieci minuti vide la luce di una pizzeria e accostò. Stavano abbassando le serrande. «Posso fare una telefonata urgente?» chiese. Forse, nel frattempo, si erano avute notizie di Pietro. Il capitano Trebbi in persona venne a rispondergli. No, purtroppo non si avevano ancora notizie.

XXI

Erano le tre del mattino quando arrivò sotto al portone di Joanna. Era fradicio di pioggia e si era arreso. Forse Pietro è davvero qui, pensò, e comunque io ho un disperato bisogno di lei. Non fece in tempo a citofonare che udì lo scatto del pulsante.

Quando l'ascensore si aprì, Joanna allargò le braccia e se lo strinse contro. «Maria mi ha telefonato e... e speravo che tu venissi. Piccolino non è qui» sussurrò affranta.

Come aveva potuto dimenticare quanto erano confortanti e calde le braccia di Joanna? Avrebbe voluto restare così per sempre. Invece lei si divincolò dolcemente e lo prese per mano.

«Sei tutto bagnato, entra.»

«Sono disperato, Jo. Se succede qualcosa al bambino...» Si aggrappò agli occhi di lei e vi lesse la sua stessa angoscia.

Ma la vide immediatamente reagire. «Non dobbiamo neppure pensare a questo» disse con forza. «Siediti, ti prego.» Scivolò via dalla stanza e tornò qualche istante dopo con un grande asciugamano.

«Sei tutto bagnato» ripeté porgendoglielo. La vide allontanarsi di nuovo, il corpo magro, ancora più magro, stretto nella vestaglia. Allungò istintivamente un braccio, come a trattenerla. Gli era fisicamente insopportabile perderla di nuovo, sia pure per pochi istanti.

Lei ritornò con una tazza di latte bollente, e vi versò due dita di whisky. «Bevilo subito» disse. E restò in piedi fino a quando non portò la tazza alla bocca. Poi si sedette al suo fianco.

È equilibrata e materna, ricolma di amore e di vita, Alberto si disse socchiudendo gli occhi. La creatura più straordinaria che io abbia mai incontrato. Riaprì gli occhi come abbacinato. E all'improvviso provò un odio bestiale per il bruto che l'aveva violata, piccola creatura innocente.

«Devi essere stata una bambina eccezionale» Alberto udì la sua voce dire.

Joanna abbassò gli occhi e scosse piano la testa. «No. Ero una bambina molto infelice e molto sola. Come Piccolino.»

Alberto le circondò le spalle. «Oggi... ieri è venuta nel mio studio Betta Padova, una tua vecchia compagna di scuola» disse. La sentì sussultare e se la strinse ancor più vicina. Non voleva ferirla, ma soltanto consolarla.

«Mi ha detto tutto, Jo. E quando sono tornato a casa, e ho saputo che Pietro non c'era più, assurdamente non ho provato alcuna sorpresa. Solo dolore. Vedevo mio figlio e te bambina come se foste diventati una sola persona: io ero stato insensibile e cieco, e voi due ve n'eravate andati. Per sempre.»

«Non dire così, ti prego» Joanna si ribellò con voce di pianto. «Piccolino tornerà, ne sono certa.»

«E dovrai tornare anche tu. Dora... Dora aveva mentito, non aspettava nessun bambino. Dovremo costruirci una famiglia serena, Joanna. Io sono diventato un altro e ti amo.»

Lei si sciolse dall'abbraccio e lo guardò sconsolata. «Non è possibile. Piccolino mi rifiuta e forse se n'è andato per colpa mia.» Un tuono rimbombò nella stanza e Joanna si strinse le mani sulle orecchie, scoppiando in singhiozzi.

«C'era il temporale e tuonava, la notte in cui quella bestia mi violentò» spiegò a un tratto. Un irrefrenabile impulso aveva fatto crollare la diga.

Alberto le prese una mano e la costrinse a guardarlo. «E tu ti sei sentita contaminata e in colpa, vero? Lo scrivesti anche a mio zio. *Ho smesso a nove anni di essere innocente*... Amore, come hai potuto infierire così con te stessa? Eri una *bambina*!» proruppe.

Lei lo fissò con un sollievo che, quasi, lo abbacinò. «Hai capito. Hai *capito*» ripeté incredula.

«Oh, Jo, ho capito troppo tardi.» Se la riprese tra le braccia, commosso. «Forse in questo momento capisco anche quanto ti ha aiutato mio zio Mario.»

«Più di tutti gli altri» lei sussurrò sulla sua giacca. «Solo lui è riuscito a farmi capire che il sesso non era violenza, che si può fare l'amore e sentirsi pulite e libere... La Bestia mi teneva inchiodata sotto di sé, e io non potevo fare niente... E sentivo tanto male...»

«Basta!» le urlò, quasi. «Non devi pensarci *mai più*. È stato come un incidente, tu non hai avuto nessuna colpa. Nessuna, capisci?»

«Signore, il mio amico psicanalista, mi ha ripetuto la stessa cosa per tanti anni...» Aveva sollevato la testa, ora, e appariva di nuovo colpita per tutte le cose che Alberto sembrava miracolosamente capire. «Tra me e Moroldo, quel ragazzo che trovasti nella mia stanza, non c'è mai stato nulla» sentì l'urgente bisogno di spiegare.

«Lo so. Non c'è bisogno che me lo dica. E quando il nostro Piccolino tornerà...»

«E se gli accadesse qualcosa?» lei lo interruppe, con il panico nella voce.

«Lo stanno cercando dappertutto. *Tornerà*. In questo momento ne sono certo. E insieme dimenticheremo tutto.»

«No.» Non c'erano più né desolazione né paura, nella voce ferma di Joanna. «Pietro mi rifiuta» disse per la seconda volta «e non mi vuole nella sua casa.»

«Joanna, io ti amo. Ti amo molto più di quanto abbia saputo amare Francesca.» Era la verità che da tanto, troppo tempo si rifiutava di ammettere.

«Ma il tuo bambino no. Per lui sono una continua fonte di infelicità. Ho fatto di tutto per farmi voler bene, fin dal primo istante che lo vidi mi innamorai di lui. E l'ho sentito ancor più mio del povero angelo che se n'è andato... Ma ho perduto. Piccolino vuole soltanto te, e non possiamo infliggergli altre confusioni e dolori.»

Gli chiuse la bocca per non farlo parlare. «Sono stanchissima, non dire altro, ti supplico.»

Non tuonava più, ma la pioggia continuava a scrosciare e a picchiare sulle gronde. *Bambina cattiva, bambina cattiva...* Sollevò le mani per turarsi le orecchie ma il breve suono del campanello per un istante la paralizzò. Il campanello emise un altro breve suono e Joanna si slanciò verso la porta.

Aprì ed ebbe improvvisamente i piedi bagnati. Fu Buck il primo che vide, accucciato ai suoi piedi con la lingua di fuori, ansimante, il pelo inzuppato di pioggia. Lentamente, col cuore in gola, alzò gli occhi.

«Sono Pi... Piccolino» lui disse buffamente, il piccolo viso bagnato di lacrime e di pioggia sollevato verso di lei.

Joanna si curvò su di lui e gli tese cautamente le braccia. Il bambino vi si aggrappò con forza, tremando. «Non mandarmi via, ti prego, ho fatto tanta strada per trovarti... Senza di te non potevo più stare in quella casa...» Si fermò qualche istante, per ritrovare il respiro. «Io... io ti voglio bene, Jo!» singhiozzò.

Immobile, a pochi passi, anche Alberto stava piangendo.

SOMMARIO

BUR
Periodico settimanale: 21 marzo 2001
Direttore responsabile: Evaldo Violo
Registr. Trib. di Milano n. 68 del 1°-3-74
Spedizione in abbonamento postale TR edit.
Aut. N. 51804 del 30-7-46 della Direzione PP.TT. di Milano
Finito di stampare nel marzo 2001 presso
il Nuovo Istituto Italiano d'Arti Grafiche - Bergamo
Printed in Italy

ANNOTAZIONI

ANNOTAZIONI

ANNOTAZIONI

ANNOTAZIONI

ANNOTAZIONI

ANNOTAZIONI

ANNOTAZIONI

ISBN 88-17-11422-7